Werner J. Egli • Heul doch den Mond an



OMNIBUS

Foto: © Brigitte Batsch

**DER AUTOR**

Werner J. Egli wurde 1943 in Luzern geboren. Schon in jungen Jahren reiste er kreuz und quer durch die Welt, bevorzugt durch die USA. Die Erfahrungen seiner ersten großen Amerikareise hat er in dem vorliegenden Buch beschrieben, für das er mit dem Friedrich-Gerstäcker-Preis der Stadt Braunschweig ausgezeichnet wurde. Seine spannend erzählten und gut recherchierten Abenteuerromane begeistern ein wachsendes Publikum.

Von Werner J. Egli ist bei OMNIBUS erschienen:

**Cheyenne Sommer** (20543)
**Feuer im Eis** (20643)
**Der Fremde im Sturm** (20514)
**Das Geheimnis der Krötenechse** (20038)
**Heul doch den Mond an** (20179)
**Jamaica Charlie Brown** (20378)
**Rosys Liebe** (20515)
**Die Rückkehr des Kirby Halbmond** (20450)
**Der Ruf des Wolfs** (20606)
**San Antonio Blues** (20348)

Bei C. Bertelsmann ist erschienen:

**Blues für Lilly** (12559)
**Tunnelkids** (12244)

Werner J. Egli

# Heul doch den Mond an

OMNIBUS

OMNIBUS

Band 27004

Der Taschenbuchverlag
für Kinder und Jugendliche
von Bertelsmann

*Umwelthinweis:*
*Dieses Buch wurde auf chlorfrei gebleichtem Papier gedruckt.*

Einmalige Sonderausgabe zum Welttag des Buches 2001
Gesetzt nach den Regeln der Rechtschreibreform

Umschlagbild: SIS/Wood Ronsaville Harlin
Umschlagkonzeption: Klaus Renner
go · Herstellung: Peter Papenbrok
Satz: Uhl + Massopust, Aalen
Druck: Presse-Druck Augsburg
ISBN 3-570-27004-1
Printed in Germany

www.omnibus-verlag.de

# *Inhalt*

## 1. Kapitel
# *Die Neue Welt*

Bevor wir dem Wolf begegneten, war eigentlich für Paula und für mich die Welt so ziemlich in Ordnung. Wir hatten keine großen Schwierigkeiten miteinander. Wir lebten glücklich und zufrieden und planten zusammen eine richtige Reise durch Amerika. Das war im Sommer 1969. Und im Herbst flogen wir von Frankfurt aus mit einer DC 8 über Winnipeg nach Vancouver in Kanada.

Ich bin Billy. Eigentlich heiße ich Werner, aber in Amerika nannte man mich Bill oder Billy, was die Kurzform von William ist. Immer, wenn ich als W. J. Egli unterschrieben habe, streckten mir die Leute die Hand hin und sagten: »Well, how do you do, Bill?«, weil sie glaubten, das W steht für William. Inzwischen habe ich mich daran gewöhnt.

Paula und ich, wir waren schon drei Jahre zusammen. Ohne Hund. Ohne Katze. Auch ohne Kanarienvogel.

Die Paula wollte aber schon immer einen Hund haben. Schon seit sie klein war. Aber der Hausmeister war dagegen. Paulas Mutter auch. Stofftierchen sind besser. Nur, die Paula wollte lieber einen richtigen Hund haben und jeden Herbst, wenn sie Geburtstag hatte, schleppte sie mich in die Tierhandlung und spielte mit den kleinen Hunden herum, den Dobermännern und den Schäferhunden und

Spaniels, und ich stand griesgrämig daneben und sagte dauernd: »Müsu, bedenke doch, dass wir eine Expedition durch den Wilden Westen von Amerika machen wollen, und da wäre so ein Hund schon ein Problem.«

Müsu ist übrigens ein Kosename. Schweizerdeutsch für Mäuschen und mit einem U anstatt dem üblichen I.

»Ein Hund ist überhaupt kein Problem«, meinte die Paula und hatte mindestens hundert Erklärungen dafür, dass ein Hund ein Hund und kein Problem ist, auch nicht, wenn einer eine Reise tut. »Wir können einen Hund bequem überallhin mitnehmen. Hunde fahren gern mit dem Auto und …«

»Aber im Flugzeug. Denk doch, dass im Flugzeug …«

»Für Hunde gibt es extra schöne große Käfige, in denen sie während eines Fluges bequem liegen können«, unterbrach die Paula meine Einwände.

»Ich glaube aber nicht, dass Hunde gern fliegen, und …«

»Warum denn nicht? Ich bin sicher, dass Hunde nicht nur gern Auto fahren, sondern auch gern fliegen.«

Und dann nahm Paula meistens einen kleinen Hund aus einer der Kisten und kraulte ihn hinter dem Ohr und der kleine Hund wurde ganz aufgeregt und wollte dauernd ihr Gesicht lecken und das nahm dann die Paula als Beweis, dass sie Recht hatte. »Nicht wahr, du würdest viel lieber mit uns eine Reise machen und mit dem Flugzeug fliegen, als hier in dieser engen Kiste zu hocken und darauf zu warten, dass dich jemand kauft?«

Wenn dann das Hundchen noch ein bisschen japste und treuherzig dreinguckte, wollten meistens auch die Verkäuferinnen schon Erfahrungen mit Hunden gemacht haben, die nichts lieber tun würden, als Weltreisen zu machen.

Ich hatte immer viel zu tun, mich gegen die Hundchen

und gegen die Verkäuferinnen und vor allem gegen Paula durchzusetzen. Als ich ein kleiner Junge war, vor vielen Jahren, bin ich meinem Vater und meiner Mutter nämlich auch dauernd auf die Pelle gerückt und wollte einen Hund haben, aber noch heute höre ich meinen Vater im Brustton der Überzeugung sagen: »Ein Hund kommt nie in Frage. Das bringt zu viele Probleme. Und damit hat es sich.«

Damit hatte es sich.

Die Paula und ich, wir flogen ohne Hund nach Kanada. Das war im Sommer. Und im Herbst hatte Paula wieder einmal Geburtstag. Der erste Geburtstag in der Fremde. Weit weg von zu Hause. Alles war anders hier.

Vancouver ist eine Großstadt. Nicht so groß wie Los Angeles oder New York, aber das merkt man nicht, wenn man eine Weile dort lebt. Wir wohnten in einem Außenquartier. An der Kitsilano Beach.

Dritte Avenue, West. Zwei Reihen Holzhäuser, die alle so um die Jahrhundertwende gebaut worden waren, mit großen überdachten Veranden und spitzen Giebeldächern. Damals lebten viele junge Leute in so genannten Kommunen. Es war die Zeit der Hippies und dort, wo wir wohnten, roch es immer ein bisschen nach Marihuana und nach Räucherstäbchen. Die jungen Leute dort schienen alle zusammenzugehören, wie eine große Familie mit vielen Kindern und Hunden und Katzen. Die Türen waren meistens offen, und wenn man die Straße hinunterging, konnte man aus einem Haus Beethoven hören und aus dem anderen die Rolling Stones oder Crosby, Stills, Nash and Young. Jimmy Hendrix war auch top damals, kurz bevor er dann an einer Überdosis Rauschgift starb.

Wir wohnten zusammen mit Steve, Jeannie und Jack. Steve ist ein alter Freund von mir. Er war 1965 oder 66 nach

Kanada ausgewandert. Einen Freund wie Steve findet man nicht alle Tage. Er redet nie sehr viel, aber wenn er mal was sagt, dann sollte man schon zuhören. Außerdem hatte Steve damals in der Fremde schon unheimlich viel Erfahrung, was uns allen später zugute kam.

Steve hatte Jeannie, kurz nachdem er nach Kanada kam, kennen gelernt. Jeannie kommt aus Schottland. Aus McDuff. Das ist eine kleine Stadt, über die Jeannie immer viel zu erzählen wusste, weil sie dort aufgewachsen ist, bevor ihr Vater sein Glück in Kanada versuchen wollte und mit der ganzen Familie mit Sack und Pack auswanderte. Die Paula und ich haben von Jeannie in wenigen Wochen mehr Englisch gelernt als zuvor in vielen Schuljahren und Abendkursen. Allerdings mit einem schottischen Akzent, aber das war nicht weiter schlimm, weil wir ja eine richtige internationale Familie waren und während der nächsten drei Jahre in Mexiko noch einen spanischen Akzent und in Texas einen texanischen Akzent reinkriegten, ohne den schweizerdeutschen Akzent je zu verlieren.

Jack ist Jeannies Cousin. Ein höllischer Bursche, der heute in Australien Buschpilot ist und der angeblich nie nüchtern ein Flugzeug besteigt. Aber bis heute ist ihm nichts passiert, was vielleicht daran liegt, dass er einen Schutzengel von der Größe eines Zeppelins hat. Damals hauste er unten im Keller in einem kleinen Zimmer mit ein paar Mädchen zusammen, die kamen und gingen und manchmal ein bisschen aufräumten und sauber machten und seine Kleider zur Wäscherei brachten, weil Jack für solche Dinge nie Zeit hatte.

Außer uns wohnte sonst niemand mehr im Haus. Aber die Tür war immer offen und so kam es, dass dauernd irgendwelche Leute da waren, von denen wir nie genau wussten, zu wem sie gehörten. Einmal kam einer herein, als Paula und ich allein waren. Mit langen Haaren und Sandalen an den nackten Füßen und einem Rucksack.

Er kam herein und sagte: »Hello, ich bin Chuck.« Dann nahm er den Rucksack vom Buckel, ging in die Küche, angelte sich eine Dose Bier aus dem Kühlschrank und hockte sich vor den Fernseher, wo gerade Bugs Bunny lief. Paula und ich, wir dachten, dass er ein Freund von Steve oder von Jeannie oder von Jack war. Er tat auf jeden Fall so, als wäre er schon oft hier gewesen und erzählte uns schöne Geschichten über Kalifornien.

Am Abend kam dann Steve von der Arbeit nach Hause, und ich sagte: »Hey, Steve, das ist Chuck.« Steve musterte den Burschen, redete ein bisschen mit ihm und fing dann damit an, das Abendessen vorzubereiten.

Jeannie hatte um sechs Uhr Feierabend und ich sollte sie abholen.

»Ich hol jetzt Jeannie von der Arbeit ab«, sagte ich und Chuck stand sofort auf, klatschte in die Hände und sagte: »Hey, Mann, ich komm mit.«

Wir dachten alle, dass er Jeannie vielleicht von früher kannte, aber das war nicht der Fall. Er war auch kein Freund von Jack, der spät in der Nacht mit einem neuen Mädchen heimkam. Chuck saß bei uns, rauchte ein bisschen Marihuana, erzählte Geschichten, rollte dann neben dem Fernseher seinen Schlafsack aus und blieb bis zum nächsten Morgen. Nach dem Frühstück packte er seine Sachen zusammen, sagte: »Ich geh jetzt in die Berge«, und verschwand. Wir sahen ihn niemals wieder.

Aber so war das dort in den Häusern der dritten und vierten Avenue West. Und fast jede Nacht war in irgendeinem Haus ein Fest. Und da verschickte niemand Einladungen, weil jeder, der grad Lust hatte, reingehen und mitmachen konnte. Es war phantastisch friedlich dort.

Trotzdem warnten die Zeitungen immer davor, Haustüren nicht abzuschließen, weil in Vancouver unheimlich viel gestohlen würde, besonders in den Vierteln, wo die Hippies wohnten. Ich weiß nicht, wo die Zeitungen manchmal ihre Informationen hernehmen. Auf jeden Fall wurde bei uns nie etwas gestohlen und wir hatten immerhin eine ganze Menge Kram im Haus.

An Inka lag das bestimmt nicht. Inka war eine Dobermannhündin, die Steve und Jeannie gehörte. Man sagt, dass Dobermänner bösartig sind. Richtige Beißer. Das steht auch in Hundebüchern. Dass das alles nicht stimmt, weiß ich erst, seit ich Inka kenne. Inka hat in ihrem ganzen Leben nur einmal jemanden gebissen und das war, als sie Junge hatte. Da kam einer, der wollte eines davon kaufen. Er war ganz aufgeregt, fuchtelte mit den Händen herum und wollte eines der Jungen aus der Kiste nehmen. Inka biss ihm die Nasenspitze ab und zum Glück hatte Steve eine Versicherung, die für diese Nasenspitze glatt zweitausend Dollar auf den Tisch blättern musste, obwohl die Nase wirklich kein besonderes Prunkstück gewesen war.

Es waren gute Tage, die wir in Vancouver verbrachten. Ausgefüllt von den Vorbereitungen für unsere Expedition. Steve und Jeannie wollten mitkommen und auch ein paar Abenteuer erleben und keiner von uns hatte so richtig eine Ahnung, wo wir eigentlich hinfahren wollten. Zu den Indianern. Vielleicht mal ein bisschen auf Goldsuche. Oder einfach in die Berge, wo es noch Grislibären gab und Pumas. Wir hatten nicht nur ein Ziel, sondern viele Ziele und viele Träume, die uns glücklich machten und zu unglaublichen Leistungen antrieben.

Zuerst einmal brauchten wir Fahrzeuge. Wir klapperten alle Gebrauchtwagenhändler ab und alle unsere Freunde suchten für uns herum. Gebrauchtwagenhändler sind eine besondere Sorte von Menschen. Steve nannte sie »Fischaugen«. Die meisten von ihnen können reden, ohne jemals Luft zu holen, und sie klopfen einem auf den Schultern herum, als ob sie die menschenfreundlichsten Geschöpfe wären, die der Herrgott erschaffen hat.

Das erste Auto, das ich bei einem Gebrauchtwagenhändler in Vancouver kaufte, war ein Rambler Stationwagon. Jahrgang 65. Sechs Zylinder. Schön im Lack. Und geräumig. Ich hatte damals keine Ahnung von Autos und Steve wollte eigentlich dabei sein, wenn ich ein Auto kaufte, aber an diesem Tag hatte er irgendetwas anderes zu tun und ich war auf mich selbst und auf den Händler angewiesen. Er war so nett zu mir, dass ich richtig gerührt war, als er mir erzählte, wie sehr er selbst an diesem Station hinge, den seine Frau als Zweitwagen gefahren hätte. Alles sei in bester Ordnung. Der Wagen würde noch mindestens hunderttausend Meilen machen. Spielend. Und ich könne mich auf das verlassen, was er sage. Schließlich würde er nie einen Menschen übers Ohr hauen, der so weit von zu Hause weg sei und sich hier noch nicht richtig auskenne. Es gäbe zwar wirklich viele Schurken unter den Gebrauchtwagenhändlern, aber Ehrlichkeit sei für ihn schon seit frühester Kindheit eine Tugend und vor allem der Grundstein seines geschäftlichen Erfolges.

Manchmal kriegte er ganz feuchte Augen beim Reden. Ich durfte mir alles ansehen. Die Reifen waren gut. Der Motor sauber. Das Wasser im Kühler klar. Die Batterie in Ordnung. Dann durfte ich einmal um den Häuserblock fahren. Er saß daneben. Drehte am Radio herum. Stellte die Uhr am Armaturenbrett auf die richtige Zeit.

»Hören Sie etwas?«, fragte ich ihn.

»Nein, was soll ich denn hören, mein Freund?« Er drehte das Radio lauter.

»So ein Klopfen.«

»Ah. Das ist nichts. Klopfen tut jeder. Das gehört dazu. Das ist sozusagen der Pulsschlag amerikanischer Motoren.« Er lachte. »Das ist kein Mercedes-Benz, mein Freund. Das ist ein Rambler und ein Rambler, der nicht klopft, läuft nicht.«

Er wollte fünfhundertfünfzig Dollar. Wir handelten ein bisschen. Schließlich war er mit dreihundertfünfzig Dollar zufrieden. Ich war stolz auf mich. Und Paula war auch stolz auf mich.

»Das hast du phantastisch hingekriegt«, meinte sie.

Wir waren die glücklichsten Besitzer eines 65er Rambler Stationwagons, unterschrieben den Vertrag, fuhren davon und kamen ziemlich genau acht Meilen weit. Acht von hunderttausend. Wir hielten mitten auf dem sechsspurigen Broadway an einer Kreuzung und gingen buchstäblich in Dampf und Rauch auf. Rund um uns war der Qualm so dicht, dass wir überhaupt nichts mehr sehen konnten. Wir hörten nur hundert Autos hupen und Leute lärmen und dann schrie die Paula: »Hilfe, das Auto brennt!«

Sie wollte rausspringen, kriegte aber die Tür nicht auf und hatte plötzlich die schöne verchromte Klinke in der Hand. Das war furchtbar. Wie ein böser Traum. Aber irgendwann taumelten wir aus dem Qualm heraus und rund um unser Auto herum war die Straße wie leer gefegt. Die Fußgänger waren alle in Deckung gegangen und die Autofahrer hatten, sämtliche Lichtsignale missachtend, einfach das Weite gesucht. Nur ein alter Mann stürzte mit einem Feuerlöscher aus einem Haus und spritzte wie ein Verrückter Schaum in der Gegend herum. Irgendwie gelang es Paula, den alten Mann zu beruhigen und ihm den Feuerlöscher wegzunehmen.

Unser Rambler qualmte wie eine alte Dampflok und

heulte wie ein Düsenjäger im Sturzflug. Es dauerte etwa zehn Minuten, bis sich der Qualm etwas lichtete und der Rambler sichtbar wurde. Inzwischen war es zu einem Menschenauflauf gekommen und der Verkehr brach vollständig zusammen. Ein paar mutige Männer halfen mir, den Rambler von der Kreuzung auf einen Parkplatz zu schieben. Und als kein Qualmwölklein mehr zu sehen war, raste der Einsatzwagen der Quartiersfeuerwehr mit Blaulicht und Sirenengeheul heran, zusammen mit zwei Motorradpolizisten auf riesigen Harleys und einem Streifenwagen.

Das war alles ziemlich aufregend. Die Paula sagte, dass sie sich den Verkäufer vorknöpfen würde, und ich fluchte auf Schweizerdeutsch herum, als ich sah, dass der Zylinderkopf mehrere Löcher und sogar einen Spalt hatte. Da war nichts mehr zu machen mit dem Rambler und die Paula und ich gingen zu Fuß zum Gebrauchtwagenhändler zurück.

Als er uns sah, tat er so, als wären wir vor einem Jahr bei ihm gewesen und nicht erst vor knapp einer halben Stunde. Die Paula knöpfte ihn sich vor und verlangte glatt die dreihundertfünfzig Dollar zurück. Das wollte er natürlich nicht. Ich knallte ihm den Kaufvertrag auf den Schreibtisch und zeigte ihm den Absatz, wo drin steht, dass der Wagen bei Übergabe in Ordnung und verkehrstüchtig zu sein hatte, und er drehte den Vertrag um und zeigte auf ein paar ganz winzig klein gedruckte Sätze, die besagten, dass nach dem Kauf des Wagens der Verkäufer keine Garantie übernahm.

»Dein Pech, mein Freund«, sagte er dann und wollte mir noch einmal kameradschaftlich auf die Schulter klopfen, aber ich machte wohl ein Gesicht wie ein Menschenfresser, denn seine Hand blieb plötzlich in der Luft hängen.

Die Paula war richtig wütend, als wir heimgingen, und

wahrscheinlich überlegte sie die ganze Zeit, wie sie dem Gebrauchtwagenhändler eins auswischen konnte.

Steve wollte sich das Wrack einmal ansehen. Er verstand wirklich etwas von Autos. Und er nahm einen Freund mit, »Joe the Stockcar Driver«. Joe war ein wilder Bursche, der jedes Wochenende mit seinem total verbeulten 61er Ford Fairline Stockcar-Rennen fuhr, und wenn einer wusste, wie man den Rambler wieder flottkriegte, dann war es Joe. Aber als Joe die Löcher im Motor sah, wackelte er nur mit den Ohren und meinte, dass das fast ein hoffnungsloser Fall sei. Das Kühlerwasser, das wir einfüllten, spritzte aus sämtlichen Löchern.

»Wir könnten es mal mit Senfpulver versuchen«, meinte Joe. »Milchpulver ist auch sehr gut. Das Zeug könnte die Löcher von innen verstopfen.«

Das klang verrückt. Aber Joe musste es ja wissen und wir kauften im nächsten Lebensmittelladen zwei Pfund Milchpulver und ein Pfund Senfpulver. Joe hatte eine kleine Büchse mit einer dunkelbraunen klebrigen Flüssigkeit mitgebracht. Er schüttete das Zeug zusammen mit dem Milch- und Senfpulver in den Kühler und ließ das Wasser nachlaufen. Gebannt hingen unsere Augen an den Löchern. Der Motor lief. Klopfend wie zuvor. Und das Wasser schoss aus den Löchern wie aus Brunnenröhren. Nur der Wasserstrahl, der aus dem kleinsten Loch spritzte, versiegte plötzlich. Da ich überhaupt nichts von Autos verstand, schlug ich ungehemmt vor, mehr Zeug reinzuschütten, und ich lief in den Laden zurück, kaufte Milchpulver, Cornflakes und Haferflocken. Mit einer Einkaufstüte voll Lebensmittel kehrte ich zurück und wir schütteten unter den Blicken des verwirrten Lebensmittelhändlers alles in den Kühler. Zwei Schachteln Cornflakes, zwei Pfund Milchpulver und zwei Pfund Haferflocken. Das Kühlwasser wurde zu einer braunen stinkenden Suppe. Mächtige Blasen zerplatzten über dem Einfüllstutzen. »Joe der Stockcar Driver« stand wie ein Hexenmeister vor dem Rambler und schüttete den Rest der braunen Flüssigkeit in den Kühler.

Was dann geschah, schreibe ich eigentlich nicht sehr gerne, weil ich mir denken kann, dass jeder Autoexperte nur den Kopf schüttelt und sagt: »Der spinnt!«

Aber es ist eine Tatsache, dass nacheinander alle Löcher dicht wurden. Bis auf den Spalt, und den verschmierte Joe kurzerhand mit seinem Kaugummi, der sofort schmorte und fürchterlich stank. Aber es half.

Wir hatten unseren Rambler mit Lebensmitteln im Wert von etwa zehn Dollar wieder so weit hingekriegt, dass wir ihn fahren konnten. Der Temperaturanzeiger blieb zwar irgendwo hinter dem Armaturenbrett hängen, aber das störte uns nicht. Wir fuhren mit dem Rambler auf der Suche nach einem besseren Expeditionsfahrzeug zweitausend Meilen weit und verkauften ihn dann für dreihundertfünfzig Dollar der gleichen Firma, von der wir ihn gekauft hatten. In einer Filiale auf der andern Seite der Stadt warteten wir den Tag ab, an dem der Bruder des Händlers dort arbeitete. Da der Wagen nach wenigen Kilometern schon stark überhitzte, weil der zähflüssige Brei im Kühlersystem kaum mehr zirkulierte, parkten wir den Wagen zuerst zwei Stunden lang hundert Meter von der Einfahrt entfernt. Als er abgekühlt war, fuhren wir ihn langsam auf den Abstellplatz.

Der Händler sah ihn sich an. »Gut im Lack«, stellte er fest. »Die Reifen sind okay. Radio läuft. Die Scheinwerfer funktionieren.« Dann wollte er ihn mal fahren und wir erlaubten ihm, eine kleine Runde um den Häuserblock zu drehen. Wir hatten ja von seinem Bruder gelernt, wie man ein Autowrack verkauft. Als er seine Runde gefahren hatte, war der Motor gerade so heiß, dass die Suppe im Kühler nicht überkochte. Er unterschrieb den Kaufvertrag und wir kassierten dreihundertfünfzig Dollar. Dann erst erzählten wir ihm die Geschichte. Er ist fast übergeschnappt, aber machen konnte er nichts, denn auf dem Vertrag steht ganz klein gedruckt, dass der Verkäufer keine Garantie übernimmt. Nicht einmal für den ersten Meter.

Die Paula und ich entschlossen uns danach für einen VW-Bus. Gebrauchte VW-Busse waren damals nur schwer zu kriegen, weil 1969 die Zeit war, wo viele junge Leute das normale Leben an den Nagel hängten und auf den großen Trip gingen. Die endlosen Überlandstraßen Kanadas, Amerikas und Mexikos lockten. Die große Freiheit. Man wollte »on the road« sein – auf der Straße. Nicht mehr in engen Wohnungen eingekerkert sein. Nicht mehr den alltäglichen Trott mitmachen. Nicht mehr zur Universität gehen, büffeln, den Abschluss machen und danach trotzdem keinen Job kriegen.

»Ich sprenge alle Ketten, Mann«, sagte unser Freund Bob Armstrong eines Tages, rollte seinen Schlafsack zusammen, verschenkte seine Stereoanlage und die Schallplattensammlung, kaufte sich ein Paar Wanderschuhe und ging zur nächsten Straßenecke, wo er den Daumen in den Wind hielt. Wir sahen ihn vom Fenster aus. Mal stand er auf der rechten Straßenseite und mal auf der linken. Schließlich nahm ihn ein Auto mit, das südwärts fuhr und Bob Armstrong war »on the road«.

Gebrauchte VW-Busse wurden sozusagen von Tag zu Tag rarer. Wir erwischten schließlich einen, der völlig verbeult und ohne Motor im Hinterhof einer Möbelfabrik stand. Jahrgang 61. Hinten ohne Stoßstange. Der Besitzer wollte vierhundert Dollar dafür. Das waren damals umgerechnet sechzehnhundert Mark. Ohne Motor!

Als die Paula den Bus sah, sagte sie entsetzt: »Wenn wir dieses Ding mal in der Nähe der Heilsarmeestation parken, bringen die uns glatt eine warme Suppe heraus.«

»Wie er aussieht, ist nicht so wichtig«, wandte ich ein. »Es kommt viel mehr auf sein Innenleben an. Auf den Motor zum Beispiel. Der ist wichtig. Wir brauchen einen guten Motor.«

»Und eine Stoßstange. Und ein Getriebe. Und eine Kupplung. Und neue Bremsbeläge.«

Wir schleppten unseren Bus mit Steves Auto nach Hause. Dann trugen wir im Laufe der nächsten Wochen alles zusammen, was fehlte. Steve und ich gingen nie mehr ohne einen Satz Schraubenzieher, einen Engländer und eine Beißzange spazieren. Wir kletterten auf Bergen von Autoschrott herum. Fanden hier etwas und da auch. Kriegten einen Motor für hundert Dollar und gaben ihn zum Überholen einem Freund, der Rennmechaniker war und etwas von hochtourigen Rennmotoren verstand. Er baute uns eine Porsche-Nockenwelle ein und einen Satz Brabham-Kolben und sonst noch ein paar Dinge, von denen ich auch heute noch keine Ahnung habe. Aber als so nach zwei Monaten unser VW-Bus fertig war und wir ihn zum ersten Mal auf die Straße hinausfuhren, donnerte und röhrte er, dass die Leute in den Häusern an die Fenster kamen. Wir nannten ihn »Lipstick«, weil er so schön rot war.

Steve hatte weniger Schwierigkeiten. Er kaufte seinen VW-Bus von einem Freund, der gerade aus Mexiko zurückgekommen war, und er taufte ihn »Pflümli«, weil er so schön pflaumenblau war.

Wir bauten Lipstick und Pflümli miteinander um. Machten kleine Fenster mit Moskitonetzen an die Seiten und richteten sie innen so schön und praktisch ein, dass ich den Bauplan wahrscheinlich heute noch dem VW-Werk zur Innenausstattung ihrer Campingbusse verkaufen könnte. Paula und Jeannie schneiderten Vorhänge und überzogen die Schaumstoffmatten, die uns als Sitzkissen und Matratzen dienen sollten. Wir nützten den Raum so gut, dass wir alle unsere Sachen unterbringen konnten. Wir zimmerten einen Kleiderschrank, Schubladen, kleine Kästchen, isolierten die Wände, den Fußboden und die Decke. Mitte November waren wir fix und fertig und im März des nächsten Jahres wollten wir losfahren. Nach Süden. An der amerikanischen Westküste entlang und hinunter nach Mexiko. Vielleicht sogar nach Guatemala.

Wenn wir Fremden von unserem Traum erzählten, fragten sie jedes Mal: »Aber nicht mit diesen beiden Kamellen, oder?« Damit meinten sie Lipstick und Pflümli. Unsere beiden Busse. Sie sahen wirklich auf den ersten Blick nicht danach aus, als ob sie es je bis zur Stadtgrenze schaffen würden. Aber der Schein trügt eben. Innen waren sie okay und außen … na ja, rot und blau eben.

Da Steve und Jeannie noch bis zum Frühjahr arbeiten wollten, hatten Paula und ich Zeit, unseren Lipstick zu testen. Wir entschlossen uns Ende November ziemlich plötzlich, meinen Bruder Ray zu besuchen. Ray ist nach Kanada ausgewandert, als ich zehn Jahre alt war. Seither hatte ich ihn nicht mehr gesehen und ich erinnerte mich nur noch schwach an ihn. Er lebte mit seiner Frau und seinen beiden Kindern in Prince George, ungefähr tausend Kilometer von Vancouver entfernt in Richtung Alaska.

»Kein vernünftiger Mensch fährt um diese Jahreszeit da hoch, wenn er nicht unbedingt muss«, sagte Jim von der Quick-Gastankstelle an der vierten Avenue. »Es liegt

Schnee in der Luft, Mann. Und da oben ist es so kalt, dass dir der Arsch am Sitz festfrieren wird. Darauf kannst du dich verlassen.«

Der Himmel war klar an diesem Tag. Es sah überhaupt nicht nach Schnee aus. Die Sonne schien. Kalt war es auch nicht. Und Jim war überhaupt kein Wetterfrosch, sondern ein Tankwart, der immer rote Ohren kriegte, wenn er Paula sah. Daran konnte man erkennen, dass ihm die Paula am Herzen lag. Behauptete jedenfalls Steve und der kannte Jim schon länger. Auf jeden Fall wollte er nicht, dass wir da oben in Prince George eingeschneit würden und er die Paula dann für ein paar Wochen oder sogar Monate nicht mehr zu Gesicht bekam.

Wir ließen uns aber nicht einschüchtern und wollten am nächsten Morgen so früh wie möglich starten. Am Abend feierten wir noch ein bisschen Abschied. Wir aßen Pizza, tranken Wein und hörten Songs von Gordon Lightfoot. Jack war auch da. Ohne Freundinnen. Er war schon ziemlich betrunken, als er plötzlich auf die Idee kam, uns zu zeigen, wie sich ein Fallschirmspringer bei der Landung am Boden abrollt, und kletterte auf den einzigen Baum im Garten des Nachbars. Dann sprang er, flog heulend wie ein Sturzkampfbomber durch das Geäst des Baumes und landete auf dem Kiesweg. Platt auf der Nase. Als Buschpilot soll er aber gut sein. Trotzdem haben Paula und ich uns immer geweigert, mit ihm Stadtrundflüge zu machen.

Am nächsten Morgen weckte uns Steve. Er hatte so ein verschmitztes Grinsen im Gesicht, als er die Vorhänge aufzog. »Frau Holle hat die Betten gemacht«, sagte er und ich war mit einem Satz auf den Beinen. Draußen lag Schnee. Etwa fünf Zentimeter. Und ein scharfer Wind fegte Schneewolken gegen das Fenster.

»Wenn es hier unten so kalt ist und schneit, dann

kommt ihr nie durch den Fraser Canyon«, sagte Steve und er musste es wissen, denn er war schon in Alaska und überall. Bei jedem Wetter. Aber die Paula war versessen darauf, nach Prince George zu fahren. Sie hatte keine Ahnung, wie schlimm das werden konnte. »Wir schaffen das schon«, sagte sie. »Schließlich haben wir hinten Winterreifen drauf.«

Während wir das Frühstück, Eier und Speck, aßen, kam im Radio der Wetterbericht. Mir blieb glatt ein Stück Brot im Hals stecken, als der Sprecher sagte, dass »über Nacht der Winter Einzug gehalten hat, und zwar mit seiner ganzen urwüchsigen Gewalt«. Im Hinterland sei bis zu einem Meter Schnee gefallen. Abgelegene Dörfer seien vollständig von der Umwelt abgeschnitten und die Hauptstraße nach Norden sei wegen haushohen Schneeverwehungen zwischen der Ortschaft Hope und dem Fraser Canyon gesperrt.

Gerade als der Sprecher noch etwas über eisige Kälte sagen wollte, stand die Paula auf, ging zum Radio und drückte den Aus-Knopf.

Sie strahlte uns dabei an, als wäre sie soeben Gewinnerin des ersten Preises eines Waschpulver-Wettbewerbes geworden.

»Ich habe morgen Geburtstag und den möchte ich in Prince George verbringen«, sagte sie fröhlich.

Ich legte Gabel und Messer weg. Steve rührte mit dem Löffel in seinem Kaffee herum und Jeannie tat, als wäre sie allein am Tisch. Die beiden hielten sich immer schön raus, wenn es zwischen der Paula und mir zu Auseinandersetzungen kam.

»Müsu«, sagte ich sehr ernst. »Müsu, du hast soeben gehört, was im Radio gesagt wurde, und …«

»Willst du damit sagen, dass du nicht fahren willst?«,

unterbrach sie mich sofort. »Soll das etwa heißen, dass du Angst hast, nach Prince George zu fahren?«

»Mit Angst hat das nichts zu tun. Es wäre vernünftiger …«

»Vernünftiger vielleicht, aber weit weniger aufregend und abenteuerlich. Ich will nach Prince George, mein Schatz. Ein ganzes Leben lang habe ich nur vernünftige Dinge getan und seit drei Jahren tu ich dir jeden Gefallen, den ich dir von den Augen ablesen kann. Morgen ist mein Geburtstag. Ich habe mir immer einen Hund gewünscht. Jetzt wünsche ich mir, dass wir zusammen nach Prince George fahren. Außerdem glaube ich nicht, dass es in einer Nacht irgendwo einen Meter schneien kann. Nicht mal in Kanada. Und die Straße ist bestimmt bis zum Mittag wieder offen. Wir haben Winterreifen auf den Hinterrädern und …«

»Sommerreifen auf den Vorderrädern, zum Teufel. Ich bin doch kein Selbstmörder!«

»Du übertreibst wieder einmal fürchterlich. Fünf Zentimeter Schnee und ein bisschen Wind bringen dich noch lange nicht um.«

»Ein Meter im Hinterland und …«

»Hund oder Fahrt«, rief sie. »Ich habe Geburtstag!«

»Das ist Erpressung!« Ich sprang auf. Ging wie ein Tiger in der Küche auf und ab. Murmelte vor mich in. Warf einen Blick aus dem Fenster. Der Nachbar, ein Hippie aus Australien, schippte Schnee mit einer Bratpfanne, um einen Schneemann zu bauen. Dort, wo er herkommt, gibt es eben selten Schnee.

Am Tisch war es totenstill. Plötzlich sagte Jeanne, dass wir ja versuchen könnten, bis nach Hope zu fahren. Paula gab ihr einen Schmatz. Von mir kriegte sie einen bösen Blick.

»Na?«, fragte die Paula. »Ich wäre zutiefst enttäuscht, wenn wir es nicht wenigstens versuchten.«

Was sollte ich tun? Die Paula hat so einen Blick, mit dem man Käse schmelzen kann. Und eigentlich hatte sie schon Recht. Warum sollten wir es nicht versuchen? Wir wollten Abenteuer erleben. Und außerdem hatten wir Winterreifen an den Hinterrädern von Lipstick.

»Gut«, sagte ich. »Gut, wir fahren!« Ich setzte mich an den Tisch und aß weiter, während Paula und Jeannie die Koffer packten. Eine Stunde später waren wir unterwegs und der Wind, der uns entgegenwehte, war so stark, dass Lipstick nur mit Mühe dreißig Kilometer pro Stunde schaffte. Es waren aber tausend Kilometer, die wir fahren mussten, um nach Prince George zu kommen.

## 2. Kapitel
# *Keine Angst vor Wölfen*

Die Fahrt von Vancouver nach Prince George wurde für uns zu einem Abenteuer, das eigentlich schon anfing, als wir aus der Stadt heraus waren und uns die ersten Windstöße beinahe vom Freeway fegten. Lipstick tanzte wie besoffen auf der Straße herum, schlitterte über vereiste Stellen, kroch im Schneckentempo an den Steigungen hoch und schaukelte wie ein Schiff auf sturmgepeitschtem Meer ostwärts.

Genau dem Wind entgegen!

Bis nach Hope waren es etwa hundertsechzig Kilometer. Nur leichte Steigungen und fast alles Freeway. Am Anfang sang die Paula ein paar fröhliche Liedchen, während sie mit einem Schaber munter das Eis von der Windschutzscheibe kratzte. Sie behauptete, dass ihr vor Reisefieber eigentlich ganz warm wäre, obwohl es immer kälter wurde, je weiter wir uns vom Pazifik entfernten. Irgendetwas mit der Heizung schien nicht in Ordnung zu sein. Aus den Schlitzen über dem Armaturenbrett kam nur lauwarme Luft und nach kurzer Zeit hatte ich in der vereisten Windschutzscheibe nur noch ein nierenförmiges Guckloch.

Aber viel gab es ohnehin nicht zu sehen. Alles war weiß. Wolken von Schneestaub trieben in den Windböen, die Lipstick aus der Bahn zu stoßen versuchten. Aber er trotzte

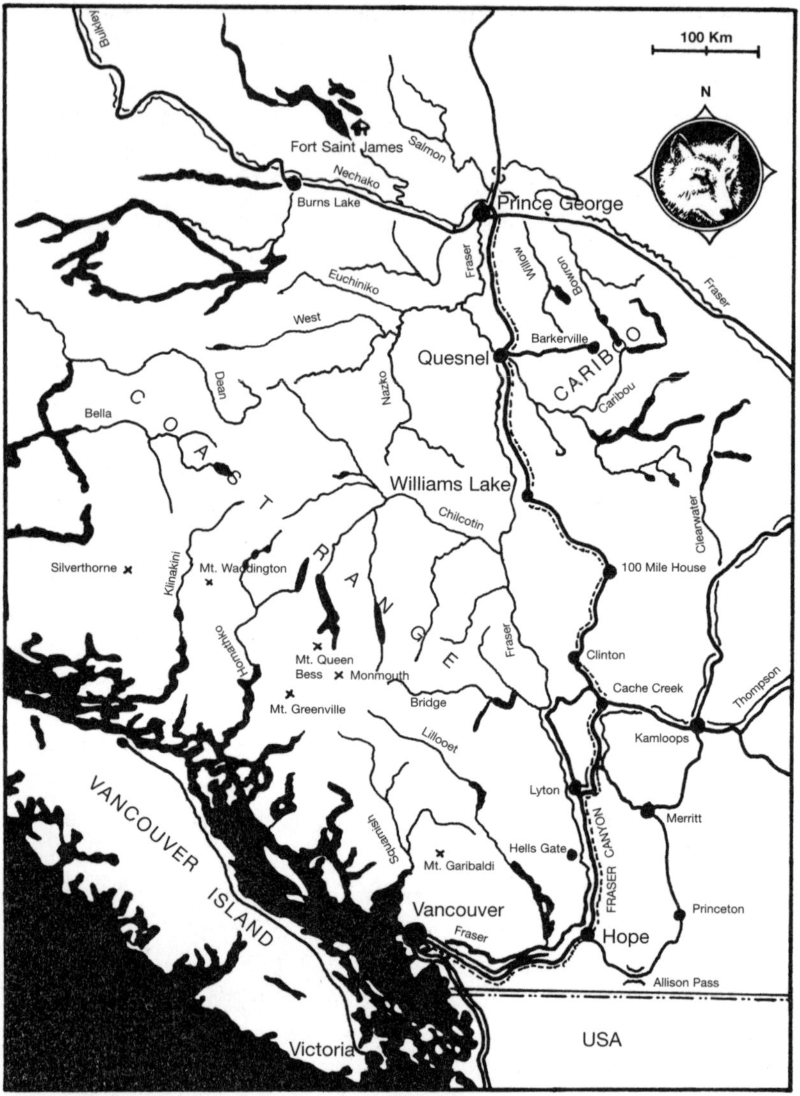


Südwesten von British Columbia

ihnen. Im zweiten Gang, das Gaspedal bis zum Fußbrett runtergedrückt, trieb ich ihn vorwärts. Und die Paula wurde von Kilometer zu Kilometer ruhiger. Sie sang jetzt nicht mehr. Kratzte immer noch Eis von der Windschutzscheibe und wischte sich ab und zu einen Tropfen von ihrer kleinen hübschen Nase.

Es war affenkalt und schließlich, wir waren bestimmt schon zweieinhalb Stunden unterwegs, sagte sie plötzlich: »Wir hätten halt eine Thermosflasche mit heißem Tee mitnehmen sollen.«

»Wir hätten überhaupt nicht fahren sollen«, erwiderte ich nicht gerade freundlich und zog den Kopf wieder in den Mantelkragen zurück.

Die Paula sagte daraufhin nichts mehr. Bis zur Steigung, kurz vor Hope. Dort war die Straße völlig vereist und ein paar ineinander verkeilte Lastzüge blockierten drei Viertel der Fahrbahn. In einem Graben lag ein Chevrolet auf dem Dach und streckte alle vier Räder von sich. Leute winkten uns. Wahrscheinlich wollten sie uns zum Halten auffordern. Einer schwenkte eine Laterne. Aber ich nahm den Fuß nicht vom Pedal. Unser Lipstick kroch die Steigung hoch und Paula war jetzt ziemlich blass um die Nase.

»Komm, lass uns umkehren«, bat sie leise. »Da kommen wir nie durch. Das wird ja von Minute zu Minute schlimmer.«

»Das ist erst der Anfang, mein Schatz«, sagte ich, schlitterte an einem riesigen Lastwagen vorbei auf die linke Straßenseite und gab Gas. Lipstick drehte mit den Hinterrädern durch. Der Motor heulte fürchterlich auf. Männer sprangen zur Seite und die Paula schlug beide Hände vor das Gesicht. Irgendwie schafften wir die Lücke zwischen den Lastwagen und dem Chevrolet und Lipstick nahm den Rest der Steigung mal auf dieser, mal auf der anderen Straßenseite, wo die Böschung steil zum Fraser River abfiel.

Die Paula war ganz durcheinander vor Angst und wollte unverzüglich umkehren. Jetzt hatte sie hundert Gründe dafür, nicht weiterzufahren. Weil es zu gefährlich sei. Zu kalt. Zu anstrengend. Und im Norden wäre es noch kälter und es würde noch mehr schneien und vielleicht sei das ja alles tatsächlich wahr, was der Nachrichtensprecher gesagt hätte.

»Warum kehrst du nicht um, bevor es zu spät ist?«, fragte sie völlig entnervt, weil ich mit zusammengebissenen Zähnen am Steuerrad saß und grimmig durch das Guckloch hinaus in das Schneegestöber starrte.

»*Du* wolltest nach Prince George! Nicht ich! *Ich* habe dich gewarnt. Joe von der Tankstelle hat dich gewarnt. Der Radiosprecher hat dich gewarnt.«

»Wir können aber jetzt umkehren«, wiederholte sie drängend.

»Nein!«

»Warum nicht? Mit dem Wind im Rücken wären wir in zwei Stunden in Vancouver.«

»Wir sind fast fünf Stunden unterwegs. Ich fahr nicht einfach fünf Stunden in einem Schneesturm herum, frier wie ein Schlosshund und geb dann einfach auf.«

»Die Straße durch den Fraser Canyon ist sowieso gesperrt. Da ist kein Durchkommen.«

»Werden wir ja sehen«, sagte ich trotzig. Ich wollte jetzt nicht einfach aufgeben. Jetzt waren wir fünf Stunden unterwegs und hatten immerhin von tausend Kilometern etwa hundertfünfzig geschafft. Außerdem hatte ich Angst davor, auf dem blanken Eis anzuhalten und umzudrehen. Wahrscheinlich wären wir ins Rutschen gekommen, und ob ich die Lücke bei den verkeilten Lastwagen wieder geschafft hätte, war mehr als fraglich. Ganz abgesehen davon wollte ich es der Paula einfach zeigen. Schließlich war morgen ihr Geburtstag.

»Du willst es mir nur zeigen, nicht wahr!«, rief sie, als ob sie meine Gedanken erraten hätte.

»Nein! Ich bin doch kein Idiot!«, rief ich zurück. Und im selben Moment tauchten vor uns die ersten Häuser von Hope auf. Es schneite ein bisschen und es war so kalt, dass die RCMP-Leute (RCMP – Royal Canadian Mounted Police), die die Straßenbarriere bewachen sollten, alle im nächsten Restaurant saßen und heißen Kaffee tranken, als wir dort ankamen.

Die Straßensperre bestand aus ein paar weiß-rot gestreiften Balken, an denen Sturmlaternen hingen. Auf einer Tafel stand:

! ROAD CLOSED !

Ganz langsam fuhr ich auf die Sperre zu, schwenkte dann nach links ab, fuhr um das Restaurant, in dem die Polizisten saßen, herum, parkte auf der anderen Seite der Barriere und lud Paula zu einem heißen Kaffee und einem Hamburger ein. Ich glaube, damals betrug unsere Barschaft noch zweiunddreißig Dollar. Davon würden zehn allein fürs Benzin draufgehen. Für einen Dollar kriegte man damals aber glatt einen Hamburger Doppeldecker, eine Portion Pommes frites mit viel Ketschup drauf, ein Glas Milch und so viel Kaffee, wie man in sich hineinschütten konnte.

Am Nebentisch saßen die Mounties. Nicht in ihren roten Kitteln und den braunen Pfadfinderhüten; das ist nur so eine Art Galauniform. Die Mounties sehen heute aus wie andere Polizisten auch. Sie tranken Punsch und erzählten allerlei haarsträubende Geschichten, von denen die Paula richtig geschockt wurde. Zum Beispiel redeten sie über drei Männer, die am Tag zuvor, so gegen Abend, etwa fünfzehn Kilometer von Hope entfernt, vom Schneesturm überrascht wurden und erfroren. Paula wollte das alles ganz genau wissen und fragte den Polizisten, wie das Unglück geschehen konnte. Der Polizist, ein dicker Mann mit einem mächtigen Pickel auf dem Kinn, wusste Bescheid.

»Well, Lady, die drei befanden sich auf der Jagd. Dann kam der Sturm. Das Auto blieb im Schnee stecken. Sie waren völlig eingeschneit, als der Jüngste zu Fuß Hilfe holen wollte. Er kam fast bis zum Stadtrand. Aber nicht weiter. Wir haben sie heute Morgen gefunden. Alle drei.«

Es war schrecklich. Die Paula flüsterte mir ins Ohr, dass sie das nicht mehr länger mitmachen würde. Man könne auch Abenteuer erleben, ohne gleich Kopf und Kragen zu riskieren.

Am Nebentisch erzählte ein Mann, dass in Clinton ein Mädchen von einem Grislibären vor der Haustür angefallen worden sei und dass bei Spences Bridge vor Jahren alle Insassen eines Wagens, der in einer Schneewehe stecken geblieben sei, von Wölfen zerfleischt worden wären.

Obwohl die Paula in der Wärme des Restaurants auftaute, schimmerte ihre Nase grünlich wie ein Eiszapfen im Mondlicht. Ich muss zugeben, dass mir auch mulmig wurde, besonders als ein Trucker, der unterwegs nach Vancouver war und von Montreal kam, die Geschichte von den Wölfen erzählte, die auf einem Truck-Stopp in der Nähe von Lethbridge Big Jim Kirkpatrick anfielen, als er zum Pinkeln gehen wollte. Kirkpatrick, ein Koloss von einem Mann, habe einem oder zwei Wölfen mit bloßen Händen das Genick gebrochen, aber die andern hätten ihn dann erwischt und alles, was von Kirkpatrick übrig blieb, sei seine Truckermütze gewesen. Alles andere hätten die Wölfe gefressen.

Ich muss gestehen, dass mich die Geschichten auch etwas beunruhigten. Ich hatte damals eben noch keine Ahnung von Wölfen und Grislibären. Die Paula schon gar nicht. Die wollte ja nur so ein liebes Hundchen haben, weil sie seit frühester Kindheit im Fernsehen die Lassie und Daktari gesehen hatte. Deswegen hat die Paula keinen blassen Schimmer von Tieren und ich bin sicher, dass sie in Afrika den ersten Löwen, der ihr etwas dusselig entgegengetappt wäre, für Clarence gehalten und abgeknutscht hätte. Einen Löwen abknutschen! So was Dämliches bringt nur Hollywood fertig. Aber dem Trucker glaubte ich die Geschichte von Big Jim Kirkpatrick auch nicht. Das schien eine typische Lügengeschichte zu sein, obwohl niemand im Restaurant Einwände hatte oder gar lachte. Nur die Paula stand plötzlich auf und sagte so laut, dass es jeder verstehen konnte: »Es gibt auf der ganzen Welt keinen einzigen bewiesenen Fall, dass ein Wolf einen Menschen angefallen und getötet hat. Nicht in Jugoslawien, nicht in Russland und nicht in Amerika.«

Da lachten sie alle und einer klaubte einen zerfledderten Zeitungsausschnitt aus seinem Geldbeutel, faltete ihn sorgfältig auseinander und hielt ihn wie einen schmutzigen Waschlappen vor Paulas Nase. Mit fetter Schrift stand da: WALDWÖLFE ZERFLEISCHEN AUTOFAHRER MIT FAMILIE.

Ich weiß nicht, ob dieser Ausschnitt aus einer von jenen Zeitungen stammte, die sowieso selten die Wahrheit schreiben. Dem Titel nach schon. Auf jeden Fall war Paula völlig entnervt, als wir rausgingen. Es war jetzt etwa drei Uhr am Nachmittag und es war so kalt, dass einem die Nasenlöcher zufroren, wenn man einmal tief Luft holte.

Ich fuhr Lipstick zur Tankstelle, ließ voll laufen und fragte den Tankwart, wie es denn im Canyon aussähe.

»Schneeverwehungen«, sagte er. »Was ist, haben die Mounties euch nicht aufgehalten?«

»Doch.«

»Und?«

»Nichts und. Wir sind vom Roten Kreuz«, log ich und zeigte ihm meinen Schweizer Pass mit dem knallroten Deckel und dem weißen Kreuz drauf.

Von Hope aus führte die Straße ziemlich genau nordwärts. So hatten wir jetzt den Wind nicht mehr von vorn, sondern von der Seite und Lipstick kam etwas schneller voran, ging aber auf der Fahrerseite manchmal so tief in die Federn, dass ich näher zu Paula hinüberrückte und nur noch mit der linken Hand steuerte und mit dem linken Fuß das Gaspedal bediente.

Warum die Straße durch den Fraser Canyon gesperrt war, fanden wir nie heraus. Es gab nur an wenigen Stellen ein paar Schneeverwehungen. Der Rest der Straße war vom Sturmwind so sauber gefegt worden, dass sie mit Rollschuhen befahrbar war. Tief unter uns schlängelte sich der wilde Fraser River durch den Grund der Schlucht. Von den verschneiten Felswänden tropfte das Sonnenlicht wie glitzerndes Schmelzwasser. Über uns wölbte sich fast wolkenlos der Winterhimmel. Unsere Laune besserte sich schlagartig. Lipsticks Gebrumm wurde in unseren Ohren zu Musik. Jetzt lernten wir das Gefühl kennen, »on the road« zu sein. Allein auf der Straße. Frei wie der Adler, der vom Schatten der Felswände in das Licht der Sonne hineinschoss, hoch in den Himmel stieg und sich von den Windböen treiben ließ.

Man muss sich das mal vorstellen. So ganz allein auf

einer mindestens hundertfünfzig Kilometer langen, für sämtlichen Verkehr gesperrten Straße. Die Paula und ich. Und ein Adler hoch über uns. Sonnenschein auf Eis und Schnee. Wir kamen uns vor wie Adam und Eva und irgendwann parkten wir und gingen nach hinten und knutschten ein bisschen herum, während Kondenswasser von den isolierten Wänden lief und die Schaumstoffmatten sich vollsogen.

Dann tobten wir draußen im Schnee herum und die Paula wäre in diesen glücklichsten Stunden ihres Lebens wohl nie auch nur für eine Sekunde auf die Idee gekommen, sich einen Hund zum Geburtstag zu wünschen. Weil eben alles stimmte. Weil wir alles hatten. Noch etwa fünfundzwanzig Dollar und die ganze Welt.

Wir fuhren an der engsten Stelle des Canyons vorbei, dem Devils Gate. Dort steht ein Denkmal für die Pioniere, die vor hundert Jahren durch diesen Canyon zu den Goldfeldern des Cariboos gezogen waren.

Genau zehn Jahre, nachdem in Kalifornien der große Goldrausch ausgebrochen war, traf im Hafen von San Francisco der Paddelraddampfer »Otter« der britischen Hudson Bay Company ein. Er hatte unter anderem achthundert Unzen pures Gold geladen, das aus dem Hinterland von British Columbia stammte und zur nächsten Münze gebracht wurde. Man schrieb den Februar 1858. Die Kunde von den neuen Goldfunden im Nordwesten des amerikanischen Kontinents löste sofort einen neuen gewaltigen Boom aus. Schon am 25. April lief der Dampfer »Commodore«, aus San Francisco kommend, mit vierhundertfünfzig Prospektoren im Hafen von Victoria ein. Victoria war damals die einzige Hafenstadt an der Pazifikküste von Kanada. Während der nächsten drei Monate verließen über dreiundzwanzigtausend Goldgräber San Francisco per Schiff und über achttausend wählten die Landroute nach Norden. Ein unaufhörlicher Menschenzug bewegte sich durch den Fraser Canyon den Fluss entlang zum Cariboo hoch, jenem Gebiet, in dem die ersten Goldfunde gemacht wurden. Fast täglich wurden in Fort Yale am unteren Ende des Fraser Canyons Leichen von Goldgräbern aus dem reißenden Fluss gefischt, die den unmenschlichen Strapazen auf ihrem Weg zum Cariboo zum Opfer gefallen waren. Aber für die, die ankamen, lohnte es sich. Sie stießen auf geradezu unwahrscheinliche Goldvorkommen. Einer von ihnen schrieb 1861 in sein Tagebuch: »Man kann sich irgendwo im Cariboo auf einen Steinbrocken setzen und sicher sein, dass man einen Goldklumpen unter dem Arsch hat.«

Über Nacht entstanden im Herzen des Cariboos die Goldgräberstädte Barkerville und Richfield. Auf abenteuerliche Art wurde eine Wagenstraße durch den Fraser Canyon gebaut, später eine Telegrafenlinie gelegt. Tausende von Prospektoren, Abenteurern und Tingeltangelmädchen suchten im Laufe der nächsten Jahre den Cariboo heim. Am Williams Creek waren 1863 auf einer Strecke von knapp zehn Kilometern dreitausend Claims abgesteckt. Einer der ertragreichsten Claims war der »Hill's Bar«. Bis zu seiner Schließung wurden auf ihm für über zwei Millionen Dollar Gold geschürft.

Gegen Ende der 60er Jahre ebbte der Boom allmählich ab, aber es dauerte noch Jahrzehnte, bis das große Abenteuer, der »Cariboo Gold Rush« vorbei war.

Am Ende des Canyons, wo der Thomson River in den Fraser mündet und die beiden Täler aufeinander treffen, liegt die kleine Stadt Lytton. Kleine Holzhäuser, eng an steilen Hängen und tief im Schatten der Felsen. Ziemlich trostlos. Wir fuhren durch. Von Lytton aus war die Straße wieder offen, aber wir hatten kaum Gegenverkehr. Das Tal wurde breiter und der Himmel überzog sich. Allmählich kroch eisige Kälte in unsere Glieder, und als wir in Cache Creek anhielten, hatten wir schon fast kein Gefühl mehr in den Beinen. Die Knie waren durch und durch kalt und ich ließ mich von der Paula dazu überreden, ein Paar lange Unterhosen zu kaufen, obwohl ich es ziemlich lächerlich fand, als Abenteurer lange Unterhosen zu tragen. Aber kalte Knie sind auch nicht standesgemäß für Abenteurer. Vor allem steht man dann wirklich schlecht auf den Füßen.

Wir tankten in Cache Creek voll, obwohl wir noch nicht viel Benzin verbraucht hatten. Aber man kann ja nie wissen, was so in der Wildnis alles passiert. Außerdem sah es jetzt ganz deutlich nach Schneesturm aus. Der Himmel war so dreckig wie der Schnee auf der Straße. Richtig braun. Und ein bisschen grau dazwischen. Bis nach Clinton waren es nur etwas über dreißig Kilometer, aber dazwischen sah die Gegend so öde und trostlos aus wie ein Stück vom Mond.

Kurz nach Clinton fing es zu schneien an. Und die Dämmerung kroch von Osten her durch die zerfurchten Hügel. Es wurde noch kälter. Die Paula hatte eine Wolldecke um ihre Beine gewickelt und ich trug meine Long Johns. Trotzdem froren wir erbärmlich. Ich hielt abwechselnd eine Hand unter den Hintern und lenkte Lipstick mit der andern. Von Clinton bis zur nächsten Stadt sind es etwa hundertachtzig Kilometer. Auf der Landkarte sind dazwischen Ortschaften eingezeichnet. Aber die sind so klein, dass wir sie alle im Schneegestöber übersehen haben.

Obwohl die Paula gute Augen hat. Die sieht sonst alles. Sogar wenn es Nacht ist. Wenn man mit der Paula Auto fährt, muss man immer damit rechnen, dass sie plötzlich schreit: »Pass auf, da hüpft ein Frosch über die Straße!« Natürlich nur in Gegenden, wo es Frösche gibt.

Da oben gibt es im Winter beim Temperaturen von über zwanzig Grad minus keine Frösche. Da oben gibt es Wölfe! Und deshalb rief die Paula plötzlich: »Halt! Ein Wolf!«

Eine meiner bemerkenswertesten Eigenschaften ist die schnelle Reaktion. Als die Paula »Halt« rief, trat ich sofort auf die Bremse und beim »Wolf« gab ich schon wieder Gas. Dadurch kam Lipstick auf dem Neuschnee ins Schleudern, stellte sich quer, rutschte auf den Straßengraben zu und kam schließlich etwa fünf Meter vor dem Tier, das die Paula für einen Wolf hielt, zum Stehen.

Das Tier lag im verschneiten Straßengraben. Die Ohren aufgestellt. Wachsam. Lauer in seinen gelben Augen. In seinem Fell hingen Schneeklumpen. Blutige Schneeklumpen.

Das Tier sah wirklich aus wie ein Wolf. Ein kleiner nur, aber er hatte immerhin schon Zähne.

»Schau mal, er ist verletzt!«, sagte die Paula plötzlich in die Stille hinein. Dann wollte sie aussteigen und ich erwischte sie gerade noch am Arm.

»Du bist wahnsinnig! Lass die Tür zu, verdammt! Ich fahr weiter!«

»Nein! Bitte! Siehst du denn nicht, dass er verletzt ist und Hilfe braucht?« Die Paula griff einfach nach dem Zündschlüssel und stellte den Motor ab. Für Sekunden war es totenstill. Dann heulte der Wind auf. Schnee wirbelte durcheinander. Das Tier im Straßengraben zeigte uns die Zähne.

»Er ist noch klein«, sagte die Paula mit der Stimme einer besorgten Mutter.

»Aber er hat Zähne wie ein großer«, erwiderte ich und hielt Paula vorsichtshalber an ihrem Lammfellmantel fest.

»Ich bin sicher, dass er mir nichts tun würde«, sagte die Paula. »Er braucht Hilfe. Er ist verletzt und völlig erschöpft. Vielleicht sogar halb verhungert.«

»Dann ist er besonders gefährlich. Halb verhungerten und verletzten Wölfen kann man nicht trauen. Die fressen alles. Hat doch schon Rotkäppchen erfahren müssen.«

Aber damit konnte ich der Paula nicht kommen. Sie hatte eben Lassie und Daktari gesehen. Und sie war richtig versessen darauf, dem Tier da draußen zu helfen. Angst vor Tieren kannte die Paula damals noch nicht. Deshalb wäre sie am liebsten gleich ausgestiegen, hingegangen und hätte den Wolf unter ihren Mantel genommen, um ihn zu wärmen. Und wahrscheinlich hätte ihr dann der Wolf in die Brust oder sonstwohin gebissen und das wollte ich natürlich nicht.

Ich konnte aber auch nicht einfach weiterfahren. Es ist manchmal für einen harten Abenteurer schon ärgerlich, wenn er merkt, dass er erstens ein weiches Herz und zweitens Angst vor einem Wolf hat. Ich hielt der Paula einen kurzen, aber prägnanten Vortrag über die Gefährlichkeit von wilden Tieren, aber die Paula hörte überhaupt nicht zu und versuchte sich loszureißen. So kam es zum ersten Mal im engen Führerkabäuschen von Lipstick zu einem ernsthaften Handgemenge, aus dem ich natürlich als Sieger hervorging. Und jetzt konnte ich bestimmen, wer sich von uns beiden in Gefahr begab. Wer denn schon? Ich! Der Held!

Langsam wollte ich die Tür öffnen, aber die war zugefroren. Ich drückte zuerst leicht mit der Schulter dagegen, dann mit voller Kraft und die Tür sprang auf. Ich flog in das Schneegestöber hinaus und stürzte mittelschwer, rollte mich auf der Schulter ab und rutschte auf dem Bauch über die Straße auf den Graben zu. Mir ist vor Schreck, ehrlich gesagt, das Herz stehen geblieben und ich hörte die Paula schreien und den Wolf knurren, sah die gelben Augen und die Reißzähne, kam auf die Beine und rannte zum Auto zurück, als wäre ich schon gebissen.

Die Paula saß stocksteif im Auto und lugte aus großen Augen durch die Windschutzscheibe. Als ich ihr Gesicht sah, wurde mir mit einem Schlag klar, dass ich mich wie ein ausgemachter Feigling benahm, und das konnte ich, nach dem, was wir an diesem Tag schon alles erlebt und durchgemacht hatten, der Paula nicht antun.

Ich blieb stehen. Drehte mich um und sah, dass der Wolf noch immer am selben Platz lag und mich nur anstarrte, während er die Lefzen von den Zähnen gezogen hatte.

Mir klopfte das Herz bis in den Hals hinein. Das war kein Zoo. Zwischen ihm und mir gab es keinen Zaun. Wir starrten uns an. Belauerten uns. Als er mit einem Auge zwinkerte, ging ich einen Schritt rückwärts.

»Sag doch was zu ihm!«, rief die Paula aus dem Auto.

Was soll man schon einem Wolf sagen, der halb verhungert und verletzt im Straßengraben liegt.

»Na, alter Junge«, sagte ich. »Du siehst aber gar nicht gut aus.«

Er knurrte zurück.

Die Paula stieg aus. Langsam ging sie auf den Wolf zu. Sie behauptet heute noch, dass sie keine Angst gehabt hätte, aber ich sah von hinten, wie ihre Knie zitterten, als sie etwa drei Schritte vor dem Wolf stehen blieb und sich vorbeugte.

Der Wolf steckte die Schnauze in den Schnee und machte sich so klein, dass er nur noch wie eine halbe Portion aussah.

»Er hat Angst, der Kleine«, sagte die Paula. »Schau nur, wie er zittert.«

Mit einem ziemlich flauen Gefühl in der Magengegend näherte ich mich dem Wolf, der mich mit einem Auge aus dem Schnee heraus anstarrte. Neben der Paula blieb ich stehen und sah, dass er tatsächlich am ganzen Körper bebte.

»Siehst du, wie klein er ist? Der hat bestimmt noch die Milchzähne.«

»Trotzdem ist er nicht harmlos«, sagte ich und der Wolf fing sofort zu knurren an. Mit gebleckten Milchzähnen, sodass man sogar sein Zahnfleisch sehen konnte.

»Wir tun dir nichts, mein Kleiner«, sagte die Paula und das half. Er hörte sofort auf zu knurren und legte die Schnauze auf die Pfoten, an denen blutige Eisklumpen hingen. Solange die Paula mit ihrer schönen Stimme auf ihn einredete, lag er ruhig und machte einen fast manierlichen Eindruck. Aber immer, wenn ich etwas sagte, hob er sofort den Kopf, zog die Lefzen von den Zähnen und knurrte. Dabei sagte ich völlig nette Dinge wie: »Na, mein Zwiebelchen, du machst aber Sachen.« Oder: »Wenn du schön lieb bist, kriegst du 'nen Wurstzipfel.«

Aber das gefiel ihm scheinbar alles nicht. Er hatte richtig Angst vor mir. Das konnte man deutlich in seinen Augen sehen. Vor der Paula hatte er keine Angst. Wenn sie redete, fielen ihm schon fast die Augen zu und die Paula meinte, dass er uns unter den Händen wegsterben würde, wenn wir ihn nicht sofort verarzten würden.

Das sagte ich dann dem Wolf. »Du stirbst, wenn du nicht vernünftig wirst, du Idiot!« Er wurde richtig wild und schnappte nach meiner Hand, die ich ausstreckte. Da wollte ich beleidigt umkehren und einfach davonfahren. Wölfe, die meine Hilfe ausschlagen, sollen für sich selber sorgen. Aber die Paula hielt mich zurück.

»Der hat Angst vor dir, der Arme. Du erschreckst ihn mit deiner tiefen Stimme«, sagte sie. »Er ist völlig verschüchtert. Red mal ein bisschen lieb mit ihm.«

Da ich ein geduldiger und verständnisvoller Mensch bin, wechselte ich sofort die Tonart und sagte dem Wolf mit einer Stimme, die ich eigentlich schon als Schulbub losgeworden war, dass er mich mit seinem Knurren überhaupt nicht beeindrucken könne. In so einer richtigen Babysprache.

»Blablabla, du kleiner Schnuckiputz! Ich bin der Onkel aus Europa, und wenn du schön lieb bist, verbinden wir deine Wunden und du darfst heute Nacht unterm Tisch schlafen, wenn mein Bruder nichts dagegen hat.«

Die Paula zuckte förmlich zusammen.

»Ehrlich?«, rief sie sofort. »Er darf?«

»Nein! Natürlich nicht!«

»Aber du hast doch eben gesagt, dass …«

»Das war nur ein Trick. Jetzt knurrt er wenigstens nicht mehr.«

Ich hatte jetzt wirklich genug von dem Theater. Bis zu einem gewissen Punkt mache ich alles mit. Aber wegen einem Wolf bringt mich niemand dazu, mich wie ein Bescheuerter zu benehmen. Es war inzwischen schon ziemlich dunkel geworden. Ich ging zu Lipstick und machte das Licht an. Dann nahm ich Paulas Wolldecke vom Sitz und ging einfach zu dem Wolf zurück und deckte ihn zu. Der Wolf knurrte und schnatterte richtig mit seinen Milchzähnen und er sah aus, als wolle er mich auf der Stelle zerfleischen, aber er war wirklich am Ende seiner Kräfte. Die Paula war so überrascht, dass sie mir für diese absolute Heldentat nicht einmal einen Kuss gab, sondern sich zu dem Wolf in den Schnee hockte und ihn streichelte. Ohne Handschuhe. Und er ließ es geschehen. Er war scheinbar starr vor Schreck. Die Paula kraulte ihn sogar hinter dem Ohr.

»Er hat mindestens ein halbes Dutzend frische Wunden«, sagte die Paula zu mir. »Glaubst du, dass er sich ins Auto tragen lässt?«

»Frag ihn doch selbst«, brummte ich und der Wolf

knurrte sofort wieder drauflos. »Reg dich nicht auf, Schnuckiputzi«, sagte ich daraufhin mit Piepsstimme. »Knurren schwächt.«

Das schien er einzusehen. Er kriegte einen richtig trübseligen Ausdruck in seine Wolfsaugen. Guckte mich an, als ob ich nicht von dieser Welt wäre. Und ich ließ ihm keine Zeit, irgendwelche dummen Gedanken auszubrüten. Ich packte ihn einfach und hob ihn aus dem Straßengraben. Vor Schreck verbiss er sich im dicken Ärmel meines Lammfellmantels.

»Pass auf, dass du ihm nicht wehtust«, rief die Paula besorgt. »Er könnte dich beißen, wenn du ihm wehtust.«

»Hat er schon«, gab ich zurück und ging mit dem Wolf in den Armen, so schnell ich konnte, zu Lipstick. Der Wolf bewegte sich nicht mehr. Er war steif wie ein Stück Holz. Alle Muskeln waren verkrampft. Aber ich spürte durch den Mantel hindurch sein Herz poltern. Er war völlig ausgeflippt, ließ aber meinen Arm nicht los, als ich ihn auf den Boden legen wollte. Erst als ich ihn mit der andern Hand am Nacken packte und ein bisschen zudrückte, fing er zu zappeln an und nahm die Zähne aus meinem Mantel.

»Mach die Tür zu, wenn ich loslasse!«

»Du drückst ihm ganz bestimmt noch die Luft ab«, sagte die Paula und boxte mich mit dem Ellbogen in die Seite. Da hatte ich genug. Ich ließ ihn einfach in den Wagen plumpsen. Er wühlte sich aus der Wolldecke heraus, schnappte nach der Paula und verdrückte sich dann unter dem Tisch. Seine Wunden bluteten wieder und er versaute uns den schönen Teppich.

Aber darauf kam es jetzt auch nicht mehr an. Mein Mantel hatte die ersten Löcher und es sollten im Lauf der Zeit nicht die einzigen bleiben. Ich war mir natürlich im Klaren darüber, dass die Paula den Wolf als Geburtstagsgeschenk betrachtete, nahm mir aber vor, auf der Weiterfahrt noch ein ernstes Wort mit ihr zu reden. So ging es ja nicht. Einfach einen Wolf schnappen, als ob es das Selbstverständlichste auf der Welt wäre. Aber das letzte Wort war noch nicht gesprochen, als ich die Tür zuwarf und mich hinter das Steuerrad setzte. Immerhin sind Wölfe Raubtiere. Zumindest gehören sie nicht in einen Haushalt und schon gar nicht in meinen. Wölfe brauchen die Freiheit. Die wollen nicht im Körbchen schlafen und immer in dieselbe Ecke des Gartens kacken. Die wollen auch nicht Haferflocken fressen und lauwarme Milch trinken.

Das alles sagte ich der Paula und noch einiges mehr, während wir durch das immer stärker werdende Schneegestöber fuhren. Hinten in unserem Wohnraum tat sich überhaupt nichts. Die Paula kniete auf der Sitzbank, mit dem Hintern zur Windschutzscheibe, und schien den Wolf zu hypnotisieren. Und zwischendurch sagte sie mal: »Ja, das ist schon ein Problem.« Oder: »Eigentlich hast du schon Recht.«

Aber ich glaube nicht, dass sie zugehört hat. Ich glaube, sie hat auch nicht gemerkt, dass wir durch einen furchtbaren Schneesturm fuhren und Lipstick manchmal Schneewehen durchbrach, die bis zu der Windschutzscheibe reichten. Die Straße konnte ich bald nur noch ahnen. Ich fuhr einfach dort, wo es keine Bäume gab. Manchmal im Schritttempo. Und es war so kalt, dass die Tropfen, die von meiner Nase fielen, in meinem Bart zu Eisperlen wurden.

Nach einer Ewigkeit tauchte mal wieder ein Licht auf. Die Stadt Williams Lake.

Noch mehr als dreihundert Kilometer nach Prince George und es war schon bald Mitternacht.

»Schläft er?«, fragte ich und meine Stimme klirrte, als ob die Stimmbänder eingefroren wären.

»Nein, er schläft nicht.«

»Warum ist er dann so unheimlich still?«

Die Paula drehte sich kurz zu mir und gab mir einen Kuss aufs Ohr. »Er macht grad sein Geschäft«, hauchte sie leise. Und danach fing es fürchterlich an zu stinken. So fürchterlich, dass die Paula mir ab und zu ein bisschen Kölnisch Wasser in den Bart streichen musste.

## 3. Kapitel
# *Wir nannten ihn Dusty*

Ich war echt dem Durchdrehen nahe, als wir endlich Prince George erreichten. Der Gestank in unserem Bus machte mir mehr zu schaffen als die Kälte, was natürlich nicht heißen soll, dass es mir weniger ausgemacht hätte zu erfrieren als zu ersticken.

So ein Wolf, der aus der Kälte kommt, fängt erst richtig zu stinken an, wenn er warm wird. Dann ist das so schlimm wie in einem Affenkäfig und eine einigermaßen normale Nase gewöhnt sich auch nach Stunden noch nicht daran. Dass die Paula behauptete, der Wolf würde damit zeigen, dass er sich bei uns schon zu Hause fühlte, machte die Sache nicht angenehmer für mich. Einer, der sich zu Hause fühlt, kackt schließlich nicht genau dorthin, wo er liegt. Aber für Paula war das völlig in Ordnung.

Trotzdem litten wir alle drei unter den Strapazen dieser Fahrt. Für den Wolf war es ja das erste Mal, dass er eine Reise per Auto machte. Ich nahm an, dass er sich deswegen beschiss und nicht, weil er sich zu Hause fühlte. Die Paula wusste das natürlich auch, aber sie wollte mich nur trösten, weil ich manchmal fast keine Luft mehr kriegte mit meiner empfindlichen Nase.

Aber die Paula muss doch am meisten gelitten haben. Auf jeden Fall hatte sie da oben in Prince George ihren ersten Kreislaufkollaps, und zwar einen echten. Wir hielten an einem Truck-Stopp an, völlig durchfroren, und die Paula trank nacheinander zehn Tassen heißen Kaffee, um die Kälte aus den Knochen zu kriegen. Das ist natürlich selbst für einen stabilen Kreislauf ziemlich viel und es war kein Wunder, dass sie schlapp machte und plötzlich umfiel mit einem höllisch schnellen Puls und Flecken im Gesicht.

Der Besitzer der Truck-Stopps hatte ein paar starke Beruhigungsmittel für überdrehte Lastwagenfahrer und er gab der Paula davon eine doppelte Portion. Unterdessen rief ich meinen Bruder an, den ich, wie schon gesagt, vierzehn Jahre nicht mehr gesehen hatte und den wir überraschen wollten. Der kippte wohl glatt aus seinen Bettsocken, als ich ihm sagte, dass wir da seien und er mal schnell zu Henry's Truck-Stopp fahren solle, um uns heimzulotsen. Erst wusste er überhaupt nicht, wer ich war, und als er endlich daraufkam, dass ich sein kleiner Bruder bin, redete er mit mir, als ob ich in kurzen Hosen und Sandalen von zu Hause weggerannt wäre. Der konnte sich gar nicht vorstellen, dass ich auch schon erwachsen war. Er war halt immer der Ältere, und als er wegging, drückte ich noch schwer die Schulbank.

Er kam dann so nach einer halben Stunde, neun Jahre älter als ich, aber in der Länge hatte ich ihn um mindestens einen Kopf überholt.

Es war vier Uhr am Morgen. Und genau danach sah er aus. Mit Striemen vom Kopfkissen im Gesicht und dicken Augen. Außerdem fehlten ihm zwei Zähne, die ihm ein Holzfäller eingeschlagen hatte. Er sah richtig aus wie ein Kanadier. Mit Brillantine im Haar, klobigen Stiefeln an den Füßen und mit einer rot-schwarz karierten Holzfällerjacke. Natürlich sagte ich ihm nicht, dass wir einen Wolf im Auto hatten. Ich wollte ihn nicht übermäßig strapazieren. Er konnte schon nicht recht damit fertig werden, dass wir überhaupt da waren, und als er die Paula sah, wie sie so bleich auf einem Stuhl saß, kehrte er den erfahrenen großen Bruder raus und schimpfte, dass es direkt unverantwortlich wäre, so ein zierliches und hübsches Mädchen einfach in der Wildnis herumzuschleppen.

Ray, so heißt er, ist wirklich ein prächtiger Kerl und er nahm die Paula zu sich ins Auto und fuhr so schnell vor mir her nach Hause, dass ich nur mit halsbrecherischen Fahrkünsten den Abstand einigermaßen halten konnte.

Dem Wolf passte das natürlich nicht und er fing an verrückt zu spielen, weil er keinen Halt hatte und von einer Ecke in die andere gedonnert wurde. Als wir beim Haus von Ray, das etwa zwanzig Kilometer außerhalb von Prince George steht, ankamen, war der Wolf völlig im Eimer. Wie ein Häufchen Elend lag er unter dem Tisch, stinkend und hechelnd, ohne den kleinsten Rest von Mumm in den Knochen.

Ray wollte die Paula sofort zu Bett bringen, aber die Paula weigerte sich, weil sie Angst hatte, ich würde einfach die Seitentür aufmachen und den Wolf zum Teufel jagen, während sie schlief. Sandy, der kleine Rehpinscher meines Bruders, raste wie ein gesengtes Ferkel um den VW-Bus herum und kläffte sich die Lunge aus dem Leib. Ray merkte natürlich sofort, dass irgendetwas nicht stimmte, und ich musste ihm wohl oder übel sagen, dass wir einen Wolf im Auto hatten.

»Wir sind unterwegs einem kleinen Wolf begegnet, und weil er geblutet hat und außerdem am Erfrieren war, haben wir ihn halt mitgenommen.«

Er wollte gar nicht aufhören zu lachen und er schüttelte sich fast aus seiner Holzfällerjacke heraus, klopfte mir auf die Schulter und nannte mich einen alten Schwindler.

»Es stimmt«, sagte die Paula. »Er ist noch jung und verletzt.«

Sandy, der kleine Pinscher, erstickte fast an seinem eigenen Gekläff und Rays Frau, Jean, die in einem dicken Mantel unter die Haustür kam und fragte, was denn hier zum Teufel los sei mitten in der Nacht, konnte den Pinscher auch nicht beruhigen. Ray lachte plötzlich nicht mehr, weil die Paula so ein ernstes Gesicht machte und ich zum Seitenfenster ging und ihn aufforderte, mal die Nase an den Spalt zu halten, weil es innen stockdunkel war und der Wolf sowieso unter dem Tisch lag, wo man ihn nicht sehen konnte.

Es war furchtbar. Mein Bruder hat da oben in den Wäldern schon einige Bekloppte getroffen, aber den Schock seines Lebens musste ihm ausgerechnet der »kleine« Bruder verpassen.

»Mit dem Wolf kommt ihr mir nie ins Haus«, sagte er, nachdem er sich erholt hatte. »Ich habe eine Familie. Eine Frau, zwei kleine Kinder, eine Schwiegermutter und ein paar Schwäger, die manchmal zu Besuch kommen. Nein, mit dem Wolf kommt ihr mir nicht ins Haus.«

Das verlangten wir natürlich nicht von ihm. Die Paula sagte, dass es selbstverständlich sei, den Wolf im Auto zu lassen. Aber das war ihm auch schon zu viel. Er ist ein Jäger. Und wenn er auf der Jagd einem Wolf begegnet, erschießt er ihn. Dafür gab es damals noch eine Abschussprämie in Kanada. Und das Fell konnte man für hundertfünfzig Dollar verkaufen.

Ray schlug vor, den Wolf aus dem Wagen zu locken und abzuschießen, weil das für alle das Beste sei. So ist das eben in Kanada. Wölfe sind Raubtiere, die manchmal im Winter an die Häuser herankommen und Küchenabfälle aus den Mülltonnen fressen und die Leute erschrecken.

Die Paula wollte wieder wegfahren, obwohl sie am Ende ihrer Kräfte war, und sie sagte meinem Bruder, dass Kanada ein barbarisches Land sei. Wir hatten Mühe, die Paula zu beruhigen, und ich musste ihr fest versprechen, dass ich nichts gegen den Wolf unternehmen würde. Mein Bruder schüttelte nur den Kopf über uns beide, ließ uns aber ohne den Wolf ins Haus, holte auch seinen Pinscher herein und sperrte ihn in die Gerätekammer, wo er sich dann schnell beruhigte.

Der nächste Tag war Paulas Geburtstag. Der Tag der Entscheidung. Schon am frühen Morgen, als die ersten Sonnenstrahlen durch die Eisblumen am Fenster brachen, stürmten Ricky und Carmen herein und fielen über die Paula und mich her, ohne Rücksicht darauf, dass wir halb tot waren.

Sie wollten unbedingt den Wolf sehen. Ricky war damals neun Jahre alt, ein kleiner Lümmel mit einem Sommersprossengesicht, der schon in einer Eishockeymannschaft in der zweiten Sturmlinie spielte. Carmen war kleiner und hielt ihren Bruder für einen ganz großen Eishockeystürmer. Am liebsten trug sie das T-Shirt mit dem Aufdruck: *Bääng! Here comes Ricky the Slapshoter.* Außerdem guckt sie alles von ihrem großen Bruder ab und versucht es dann nachzumachen, was nicht ungefährlich ist, weil der Ricky zum Beispiel vom Hausdach, einen doppelten Salto schlagend, in den Schnee springen konnte, ohne auf dem Kopf zu landen. Man musste immer aufpassen, dass die Carmen nicht auch auf dem Hausdach herumkletterte. Und einmal, während der Zeit, die wir bei meinem Bruder und seiner Familie zu Besuch waren, kletterte sie doch aufs Dach, rutschte hinunter und blieb mit den Hosenträgern an der Dachrinne hängen. Das war Glück. Sie zappelte da oben wie verrückt und lärmte aus vollem Hals: »Ich komme! Ich komme!« Aber sie kam nicht und wir mussten sie herunterholen und der Ricky bekam eine gescheuert, weil er ihr immer diesen ganzen Zirkus vormachte.

An diesem Morgen stürmten sie hintereinander in das Zimmer und Ricky trug seinen Eishockeyhelm und die Eishockeyhandschuhe. Er sah aus wie ein kleines Monster und rief: »Wo ist denn der Wolf?«

Und die Carmen hatte ihr Lieblings-T-Shirt über dem Pullover und rief: »Ja, wo ist Wolf? Wir wollen Wolf sehen!«

Niemand konnte die beiden davon abbringen, den Wolf noch vor dem Frühstück zu besichtigen. Wir gingen alle miteinander raus. Vorsichtshalber nahm Ray sein Winchestergewehr mit und alle blieben mindestens zwanzig Schritte von Lipstick entfernt stehen. Man kann ja nie wissen, was so einem Wolf in einer Nacht alles einfällt, und ich war sicher, dass er nicht *Happy Birthday dear Paula* jaulen würde, wenn ich die Tür aufmachte.

Es war totenstill im Bus. Langsam ging ich darauf zu. Die Paula kam auch mit. Wir hielten uns an der Hand. Es war ein wunderschöner Tag. Unter unseren Stiefeln knirschte der Schnee. Der VW-Bus war völlig vereist, aber trotzdem stank es durch die Tür- und Fensterritzen. Ich hatte ziemliche Schwierigkeiten, das vereiste Türschloss zu öffnen. Ganz langsam zog ich die Tür auf, bereit, mich sofort zur Seite zu werfen, falls er mich anspringen sollte. Aber er sprang nicht. Er rührte sich nicht einmal. Er lag auf unserem Bett und äugte aus verschlafenen Wolfsaugen herüber. Er knurrte nicht und zeigte uns auch nicht die Zähne. Er hob nur den Kopf ein bisschen und schnüffelte.

Wahrscheinlich hatte er seinen friedlichen Morgen und ich hätte ihm glatt eine bunte Seidenmasche an den

Schwanz binden und ihn der Paula zum Geburtstag schenken können. Die Paula blühte richtig auf, als sie ihn auf dem Bett liegen sah. Sie ging hinein, setzte sich neben ihn und tätschelte ihn ganz sanft. Und er legte tatsächlich den Kopf auf ihre Knie, verdrehte die Augen und knabberte munter am Pelzbesatz ihres Mantels herum.

Mein Bruder und seine Familie machten Augen wie Spiegeleier.

Ricky rief: »Hey, der sieht aber überhaupt nicht gefährlich aus!«

Und Carmen ließ sogar den Mantel ihrer Mutter los und sagte, dass sie auch einen Wolf haben wolle. Mein Bruder Ray sicherte sein Gewehr und sagte, dass das eben nie im Leben ein echter Wolf sei, sondern eine Kreuzung.

»Was, das soll kein Wolf sein?«, rief ich zurück. Damit war ich nicht einverstanden. Immerhin hatte ich als echter Abenteurer nicht vor, mich mit einer x-beliebigen Gartenzaun-Springermischung herumzuschlagen. Wenn ich mir schon den Mantel ruinieren lasse, dann nur von einem echten Wolf. Ich schaute ihn mir noch einmal ganz genau an und machte meinen Bruder Ray auf die gelben Augen und auf die Reißzähne aufmerksam. »Wenn das kein Wolf ist, dann ist dein Rehpinscher ein missgestaltetes Eichhörnchen, mein lieber Bruder.«

Daraufhin klemmte Ray sein Gewehr unter den Arm, stampfte in seinen Klotzstiefeln ins Haus und telefonierte rum, bis er dann einen alten Freund an der Strippe hatte, der sich unseren Wolf mal ansehen wollte.

»Der kennt sich genau aus«, sagte mein Bruder, als er wieder aus dem Haus kam. »Er ist ein alter Trapper und Fallensteller, und wenn er Zeit hat, fahren wir mit ihm mal raus und sehen uns echte Wölfe an.«

Die Paula und ich, wir waren uns darüber einig, dass

unser Wolf kein gewöhnlicher Hund war, und damit hatte es sich. Ich schenkte ihn auf jeden Fall der Paula zum Geburtstag. Ohne Masche am Schwanz. Die Paula freute sich so wahnsinnig darüber, dass sie ihn gleich baden wollte. Ein Kamillenbad würde ihm gut tun, meinte sie.

Und weil sie Geburtstag hatte, schleppte mein Bruder von irgendwoher einen mächtigen alten Holzbottich an und kaufte im Laden nebenan Kamillentee, während die Paula mit sanfter Stimme auf den Wolf einredete und Ricky mir zum ersten Mal seinen doppelten Salto vom Dach in den Schnee zeigte. Carmen wollte auch gleich aufs Dach steigen, aber Jean erwischte sie grad noch am Abflussrohr der Dachrinne und Carmen brüllte, bis der Pinscher in der Gerätekammer fast durchdrehte und das Holzgestell mit der selber gemachten Marmelade umkippte, was wir draußen gut hören konnten.

»Alles wegen deinem Scheißwolf, der vielleicht gar keiner ist«, sagte ich zur Paula und der Wolf fletschte sofort seine Zähne und wollte sich losreißen, aber die Paula hielt ihn fest und er erwischte ihren Mantelkragen und riss ein Stück davon ab.

Als der Trapper und Fallensteller mit seinem total verbeulten Kleinlastwagen angeschnorchelt kam, waren wir gerade beim Versuch, den Wolf in den Bottich zu kriegen, was wir natürlich nicht schafften. Er wehrte sich wie ein Verrückter, biss mir durch den Handschuh in den Daumen und zog der Paula mit den Krallen ein paar Schrammen hinters Ohr. Der Holzbottich dampfte wie eine heiße Quelle und der Trapper und Fallensteller würgte neben Lipstick den Motor ab und brüllte aus dem Fenster, ob wir eigentlich noch alle Tassen im Schrank hätten.

»Mann, der braucht dringend ein Kamillenbad«, rief Ray zurück. »Schau ihn dir an. Von unten bis oben voll geschissen. Außerdem hat er ein paar frische Wunden und mindestens eine Million Flöhe.«

»Kamillenbad?« Der Trapper und Fallensteller kletterte aus dem Lastwagen. Dass er ein Holzbein hatte, konnte man sofort daran erkennen, dass er an einem Fuß einen dicken Fellstiefel, am andern aber nur einen wasserdichten Gummischuh trug. Außer dem einen Bein fehlten ihm noch zwei Finger und die meisten Zähne. Dafür wucherte in seinem total verwitterten Gesicht ein wilder Vollbart. Er humpelte herüber und irgendetwas quietschte, während er ging, und die Paula machte ihn höflich darauf aufmerksam, weil sie nicht auf seine zwei verschiedenartigen Schuhen gesehen hatte. Der Trapper und Fallensteller lachte wie ein Truthahn und sagte, dass er sein Beinscharnier nicht geölt hätte, aber ganz bestimmt kein hübsches Mädchen erschrecken wolle.

Er hieß Samuel Wislizenus und war so zwischen sechzig und hundert Jahre alt. Mehr bestimmt nicht. Die Leute nannten ihn Old Sam. Und die Geschichte, wie er sein Bein verloren hatte, wollte er uns später erzählen. Zuerst inspizierte er mal unsern Wolf und er wusste genau Bescheid. Wir staunten nicht schlecht, als er ihn einfach mit seiner Dreifingerhand am Kragen packte und ihn am Boden in den Schnee drückte. Der Wolf hielt still, fletschte aber die Zähne und seine Lefzen zitterten.

»Das ist ein höllischer Bursche«, konstatierte Old Sam und zog dem Wolf die Lefzen hoch, sodass man seine Reißzähne gut sehen konnte. Carmen kriegte die große Angst und hängte sich an ihre Mutter.

»Etwa fünf Monate alt, der Bursche. Hat 'n paar höllische Kämpfe hinter sich, der Bursche. Aber 'n Wolf ist der nich, nein, Mann. Der ist 'n Halbwolf. Halb Husky, halb Timberwolf. Und der hat schon seine Erfahrungen mit

Menschen gemacht, der Bursche. Trug schon 'n Halsband. Hier, da hat er sich wundgescheuert.« Old Sam teilte mit den Fingern das Fell und zeigte ein paar verschorfte Wunden am Hals. »Kraft hat er nicht mehr viel, der Bursche, sonst hättest du ihn nie kleingekriegt, Söhnchen.«

»Immerhin ein Halbwolf, Opa«, erwiderte ich grimmig. »Und so schwach ist er nun auch wieder nicht.«

Old Sam spuckte einen Strahl Tabaksaft in den Schnee und musterte mich von unten herauf. »Bist wohl mächtig stolz darauf, dass du ihn mit bloßen Händen erwischt hast, Söhnchen?«

»Das Einzige, was ich daheim sonst mit bloßen Händen gefangen habe, waren Grillen, Opa.«

»Wo kommst du denn her?«

»Europa.«

»Scheißeuropa.« Er zeigte auf den Holzbottich. »Hast du deine Grillen auch in Kamillentee gebadet, Söhnchen?«

»Kamillentee ist auf jeden Fall gut für seine Wunden«, sagte die Paula. »Ich war mal Krankenschwester und …«

»Als mir mein Bein amputiert wurde, hatte ich 'ne Krankenschwester, die aussah wie 'ne Mastgans, Mädchen. Und ich musste Kamillentee saufen, bis mir die Blüten aus den Ohren wuchsen. Aber glaubst du, dass mir das Bein deswegen nachgewachsen wäre? Nicht die Bohne. Aber bei diesem höllischen Burschen hilft's vielleicht.«

Er nahm den Halbwolf vom Boden auf, trug ihn zum Holzbottich und tauchte ihn im Kamillentee. Der Halbwolf gebärdete sich wie ein wahrer Teufel, aber Old Sam ließ ihn nicht los und er schwenkte ihn hin und her, während die Paula und ich ihm das Fell zu waschen versuchten.

»Mit diesem Burschen kriegt ihr noch euern Spaß«, meinte Old Sam. »Was wollt ihr eigentlich mit ihm? Den kriegt ihr nie wie 'nen richtigen Hund hin. Außerdem weiß der Teufel, ob er gesund ist und überhaupt durchkommt. Es wäre besser, ihm 'nen Fangschuss zu verpassen und ...«

Die Paula fuhr den Trapper und Fallensteller an wie eine Furie und Old Sam ließ vor Schreck den Halbwolf los, der sich wild herumwarf und mir in die Hand biss. Trotzdem erwischte ich ihn noch am Nackenfell und ich zerrte ihn aus dem Bottich heraus. Er dampfte, als ob er aus der Sauna käme, und ich hatte Mühe ihn festzuhalten, während ich im Schnee herumtaumelte und nicht wusste, was ich jetzt mit ihm machen sollte.

»Bring ihn ins Haus!«, rief Ray zum Entsetzen seiner Frau.

Ich trug den Wolf in den kleinen Vorraum, wo die Tiefkühltruhe untergebracht war und ein Haufen Kram herumlag. Ray brachte eine alte Wolldecke und die Paula frottierte unseren knurrenden Halbwolf ab, während draußen Old Sam den Kindern schreckliche Monstergeschichten erzählte, die er natürlich alle erlebt hatte.

Es war warm im Vorraum, den man eigentlich benutzte, wenn man das Haus betreten wollte. Man klopfte dort den Schnee von den Stiefeln, zog die Hausschuhe an und brachte die Dinge unter, die man im Haus nicht haben wollte. Jeder, der in das Haus wollte, musste durch diesen Vorraum.

Deshalb war es schwierig, Jean davon zu überzeugen, dass es der beste Platz für den Halbwolf war und die Leute von nun an einfach die Hintertür benützen sollten. Die Hintertür führt nämlich direkt ins Elternschlafzimmer. Außerdem war es für Jean schwierig, an die Tiefkühltruhe heranzukommen. Aber es gab keinen anderen Platz für den Halbwolf, außer der Gerätekammer, wo aber alles voll Marmelade war.

Old Sam konnte einfach nicht glauben, dass man wegen einem ganz gewöhnlichen Halbwolf so viel Zirkus macht. Er hätte ihm einfach den Fangschuss gegeben und ihm das Fell über die Ohren gezogen. Er behauptete, Wölfe seien nur sehr schwer oder überhaupt nicht zu zähmen und bei Halbwölfen sei das manchmal noch viel schwieriger, weil die vor Menschen nicht so viel Angst hätten wie ein richtiger Wolf.

Die Paula hatte keine Ahnung, wie man Wölfe zähmt, und ich wusste nicht einmal, wie man einem jungen Hund beibringt, sein Geschäft nicht im Haus zu verrichten. Vielleicht hatte Old Sam wirklich Recht. Vielleicht war es ein Blödsinn, dass wir das Tier nicht seinem Schicksal überlassen hatten. Aber jetzt war es zu spät. Der Halbwolf war gebadet und frottiert und noch bevor er ganz trocken war, fraß er schon etwas von dem Trockenfutter, das dem Pinscher meines Bruders gehörte. Die Paula kaufte sich ein Buch über Wölfe und eins über Schlittenhunde. Und sie gab unserm Halbwolf den Namen Dusty, weil sein Fell damals aussah, als ob es mit Staub überpudert wäre. Er hatte noch kaum eine Zeichnung. Nur auf der Stirn war ganz schwach ein V zu erkennen und die Schwanzspitze war etwas dunkler. Außerdem hatte er richtig silbergraue Haare um den Hals herum. Er war ein prächtiger Bursche, was auch Old Sam zugeben musste. Mit größter Wahrscheinlichkeit war sein Vater ein Wolf, seine Mutter eine Husky-Hündin gewesen. Huskys sind Schlittenhunde, die gezüchtet werden, um schwere Schlittenlasten über Eis und Schnee zu ziehen. Der größte Husky ist der Malamuke, der Alaska-Hund. Old Sam glaubte an den Pfoten von Dusty zu erkennen, dass es sich bei seiner Mutter wahrscheinlich um eine Malamukenhündin gehandelt hatte, während sein Vater ein kanadischer Waldwolf sein musste. Old Sam erzählte uns, dass im Norden des Landes manchmal Huskies mit Wölfen gepaart werden, um besonders ausdauernde Nachkommen heranzuzüchten. Wahrscheinlich sei unser Dusty seinem Herrn abgehauen, als Wölfe in der Nähe waren, und hätte versucht sich einem Rudel anzuschließen, was ihm allerdings nicht gelungen sei. Er machte für Carmen und Ricky eine unheimlich spannende Geschichte daraus und erzählte den ganzen Vormittag, weil er zum Essen bleiben wollte.

Die Paula und ich, wir verbrachten den Rest des Tages im Vorraum bei Dusty und sahen zu, wie er sich die Wunden leckte. Er schien völlig in Ordnung zu sein und aß so viel Trockenfutter, dass er sich am Abend übergeben musste.

Old Sam erzählte den ganzen Nachmittag Geschichten und blieb auch zum Abendessen und nach dem Abendessen hatten Ricky und Carmen genug, guckten fern und Old Sam sagte, dass er ganz in der Nähe des Holzfällerlagers, für das mein Bruder Ray arbeitete, Wolfsfallen ausgelegt hätte und wir morgen alle zusammen mal mit dem Pick-up-Truck meines Bruders hinfahren könnten, weil mein Bruder sowieso eine Fleischlieferung in das Lager machen musste.

Ohne Dusty wollte die Paula natürlich nicht mitkommen. »Den lasse ich nicht mehr allein«, sagte sie. »Er muss sich an uns gewöhnen und das kann er nur, wenn er immer bei uns ist.«

Damit hatte sie natürlich Recht. Ich fragte mich nur, was die Paula machen würde, wenn sie zum Beispiel mal ins Kino gehen wollte. Und außerdem hatten wir die große Reise vor und eines Tages mussten wir ja wieder zurück nach Europa. Ich war wirklich nicht davon überzeugt, dass wir mit den Problemen fertig werden konnten, die so ein

Wolf oder Halbwolf mit sich bringt. Ich hatte echte Bedenken. Und Old Sam hatte auch Bedenken und mein Bruder Ray, seine Frau und sogar Ricky und Carmen hatten Bedenken.

»Eines Tages springt er einem von euch in den Nacken und dann ist es aus!«, meinte Old Sam.

Vorerst hatte er aber noch die Milchzähne und war ziemlich geschwächt. Und die erste Nacht hindurch heulte und winselte er im Vorraum herum, der Pinscher kläffte in der Gerätekammer und der Nachbarshund, ein großer schwarzer Neufundländer, der trotz der Kälte die Nächte draußen verbrachte, umrundete das Haus und machte einen Lärm, als ob er der König der kanadischen Wälder sei. Old Sam, der im Wohnzimmer am Boden seinen Schlafsack ausgerollt hatte, schnarchte wie ein Grislibär und die Carmen schien ihren Lieblingstraum zu haben und rief einmal ganz laut: »Ich komme! Ich komme!«

Es war eine furchtbare Nacht, besonders, als die Paula mal nach Dusty sah und feststellte, dass er fürchterlich den Durchfall hatte und man vom Kamillenbad längst nichts mehr riechen konnte.

## 4. Kapitel
# *Im kanadischen Busch*

Am nächsten Morgen war natürlich der Teufel los und wir konnten nicht rechtzeitig wegfahren. Dusty hatte scheinbar fürchterliche Magenkrämpfe und er konnte sich kaum mehr auf den Beinen halten. Wer ihm aber in die Nähe kam, musste höllisch aufpassen. Nur die Paula konnte ihn streicheln und bei mir hielt er auch still, aber sein Nackenhaar war gesträubt und er zog immer etwas die Lefzen hoch. Ich traute ihm nicht.

Old Sam sagte:

»Ich hab's euch ja gesagt. Der ist zwar ein Prachtkerl, aber ihr könnt Gift drauf nehmen, dass er sich nicht mehr erholt. Und der Teufel weiß, was für 'ne Krankheit der aus dem Busch mitgebracht hat.«

Daraufhin brachten wir ihn zum Tierarzt und der wollte schon gar nichts mit Dusty zu tun haben, weil Dusty ihm zuerst mal über die Schuhe pisste.

»Ich gebe ihm eine Spritze und dann hat es sich«, sagte der Arzt kalt. »Dauert keine Sekunde.«

Wir brachten Dusty zu einem anderen Tierarzt und der erklärte sich bereit, ihn einen Tag und eine Nacht bei sich zu behalten und ihn genau zu untersuchen. Zuerst wollte die Paula auch bleiben, aber der Arzt sagte, dass er schon eine Assistentin hätte und das Tier müsse ganz gelockert sein und deshalb wäre es besser, wenn wir Dusty einfach daließen.

Wir nahmen dem Arzt das Versprechen ab, dass er Dusty unter gar keinen Umständen und auch nicht auf die humanste Art, die es in der Tiermedizin gibt, töten würde, und der Arzt sagte kopfschüttelnd: »Man könnte meinen, dass er schon zehn Jahre bei euch ist und euch mindestens dreimal das Leben gerettet hat.«

Die glaubten wahrscheinlich alle, wir wären verrückt, und allmählich fragte ich mich auch, ob ich nicht vielleicht doch einen Knacks abgekriegt hatte in der eisigen Kälte. So viele Schwierigkeiten und Ärger hatten wir bis jetzt noch nie gehabt. Ich betrachtete mich immer als einen relativ freien Menschen, nicht einmal dem Zigarettenrauchen untertänig. Ich hatte immerhin schon an die zehnmal mit dem Rauchen aufgehört. Dazu braucht es Willenskraft und ein bisschen Durchhaltevermögen oder eine gehörige Erkältung. Aber der Paula ein Geburtstagsgeschenk wieder wegzunehmen, das schaffe ich einfach nicht. Nicht einmal mit einem Trick.

Wir kamen erst am Mittag von zu Hause weg. Im Pick-up-Truck meines Bruders Ray. Es schneite nicht, aber der Himmel war wolkenverhangen und ein eisiger Wind fegte Schneestaub über das Land.

Die ersten vierzig Meilen fuhren wir auf der Hauptstraße in Richtung Fort Saint James. Links und rechts der Straße breitete sich der kanadische Wald aus mit riesigen Fichten und Tannen und vereinzelten Föhren. Die Kanadier nennen ihren Wald Busch und er ist eine der Haupteinnahmequellen der kanadischen Industrie. Hier oben im Hinterland lebten die Leute fast nur vom Wald. Prince George ist zum Beispiel, dank der Holzindustrie, in wenigen Jahrzehnten zur drittgrößten Stadt von British Columbia geworden. Es gibt dort ein halbes Dutzend riesige Sägemühlen, die Tag für Tag gefüttert werden müssen. Überall in den schier endlosen Wäldern zwischen den Rocky Mountains und dem Pazifik gibt es Holzfällerlager. Die meisten von ihnen weit ab von den wenigen Hauptstraßen und tief im Busch. Die Männer, die dort arbeiten, sind während der Wintermonate oft lange Zeit von der Außenwelt abgeschlossen. Sie arbeiten in eisiger Kälte, schlagen die Bäume, entfernen die Äste, ziehen sie aus dem Busch und laden sie auf die Loging-Trucks, von denen sie in rasender Fahrt zum nächsten Sägewerk gebracht werden.

Mein Bruder Ray arbeitet jeden Winter als Kontraktor für verschiedene Loging-Companies. Er ist sozusagen ein freier Mitarbeiter, der dafür verantwortlich ist, dass genug Lebensmittel in die Loging-Camps kommen.

Old Sam arbeitete für ihn als Koch, bis er vor zwei Jahren das Bein verlor. Er erzählte uns die Geschichte auf der Fahrt. Er hatte das Bein früher vier- oder fünfmal gebrochen. Nie ein komplizierter Bruch, aber das Bein war danach nicht mehr von der alten Qualität. Der Holzboden in den meisten Campküchen und Esssälen ist immer schlüpfrig, weil die Männer den Schnee von draußen hereinbringen. Daran war Old Sam gewöhnt und im Laufe der Jahre hatte er sich eine Technik angeeignet, die es ihm gestattete, beim Betreten einer Campküche von der Tür gleich zum Herd zu schlittern und in den Pfannen zu rühren. Doch eines Tages kaufte die Kompanie von einer New Yorker Firma rutschfeste Gummimatten und als Old Sam am Morgen wieder einmal die Küche betrat und zum Herd rutschen wollte, blieben seine Stiefel sozusagen kleben, und er donnerte mit dem Kopf voran gegen den Herd, fiel über die beiden Stufen, die in den Esssaal hinunterführten, und blieb zwischen Tischen und Bänken liegen. Sein Bein war an drei alten und einer neuen Stelle gebrochen und der Knochen gesplittert. Danach war mit dem alten Bein nichts mehr zu machen und es wurde Old Sam im Hospital von Prince George amputiert.

Mit dem Holzbein war Old Sam völlig zufrieden. »Keine Schmerzen mehr. Kein Rheuma mehr. Und einmal, als ich die Fallen abging und da draußen im Schneesturm fast verreckt bin, weil ich nichts zum Feuermachen hatte, schnallte ich mein Bein ab, zerhackte es und machte ein wunderschönes Feuerchen, an dem ich mich wärmen konnte.«

Außerdem war Old Sam's Holzprothese als Hiebwaffe in allen Holzfällercamps berüchtigt und Old Sam behauptete, er wäre der einzige Koch im Lande, der den Holzfällern auch einen Schlangenfraß vorsetzen konnte, ohne dafür gelyncht zu werden.

Old Sam hatte immer noch Fallenlinien von über zwanzig Meilen, die er im Winter ablaufen musste. Überall in der Gegend waren seine Schnapp- und Schlingenfallen ausgelegt und meistens war Old Sam unterwegs. Er kannte das Land wie seinen Handrücken, wusste mit den Wildfährten Bescheid wie kein anderer und galt als ein ausgezeichneter Gewehrschütze.

»Ich zeig euch ein paar Dinge da draußen, Kinderchen«, versprach er uns. »Da draußen gibt es Wölfe, Kojoten, Elche, Karibus, Grislis, Braunbären, Schwarzbären, Pumas, Luchse, Biber und Elks. Da draußen ist die Wildnis noch wie vor hundert Jahren. Gefährlich für die Schwachen und ein Paradies für die Starken. Nur wer stark ist, hat eine Chance, einen solchen Winter da draußen zu überleben. Wer schwach ist, bleibt auf der Strecke.«

Wir waren gespannt auf das, was uns Ray und Old Sam zeigen wollten. Die Paula war zwar mit ihren Gedanken anscheinend bei Dusty, denn sie übersah fast drei riesige Elche, die vor uns die Straße überquerten. Groß wie ausgewachsene Pferde, mit einem mächtigen Schaufelgeweih auf den langen Köpfen. Sie galoppierten über die Straße und rannten ein Stück weit neben uns her, bevor sie durch den Unterbusch brachen und im Wald verschwanden.

Es war schon spät am Nachmittag, als wir von der Hauptstraße auf eine Loging-Road abschwenkten. Die Loging-Road war nicht viel mehr als eine Spur, die von einer Schneefräse durch den Wald gezogen worden war. Der Schnee zu beiden Seiten türmte sich mannshoch, die Spur war nicht viel breiter als Rays Pick-up-Truck und von den mächtigen Rädern der Loging-Trucks vollkommen durchgeackert. Der Pick-up-Truck holperte, schlingerte und tanzte zwischen den Schneewänden herum, rutschte steile Abhänge hinunter und wühlte sich mit durchdrehenden Hinterrädern durch Schneeverwehungen zu einem Platz, auf dem eine andere Loging-Road einmündete. Dort stand eine große Tafel mit folgender Aufschrift:

*JÄGER ACHTUNG! ERNST GEMEINTE WARNUNG!*

*Wer von diesem Punkt an weiterfährt, ist ein Narr und könnte sich ebenso gut auf der Stelle erschießen. Dies ist eine Loging-Road! Wer trotzdem weiterfährt, tut das auf eigene Verantwortung. Die einzige Möglichkeit, lebend am Ende dieser Straße anzukommen, ist, hier auf einen Loging-Truck zu warten und sich diesem anzuhängen. Die Loging-Trucks haben Funkverbindung untereinander und wissen, wo sie und wann sie ausweichen müssen, um einen entgegenkommenden Truck passieren zu lassen. Wer sich allerdings einem Loging-Truck anhängt, muss wie ein Teufel fahren können, sonst soll er lieber umkehren und heimfahren, wo Frau und Kinder auf ihn warten. Gute Jagd!*

Zur Ausrüstung von Rays Pick-up-Truck gehörte eigentlich auch ein Radiofunkgerät, aber das hatte er zu Hause gelassen, weil er es über Nacht meistens rausnimmt, um keine Diebe in Versuchung zu bringen. Ray parkte neben dem Schild mit laufendem Motor und öffnete das Fenster einen Spalt.

»Warten wir hier auf besseres Wetter oder was?«, fragte ich ihn nach einiger Zeit ungeduldig.

»Pssst!«, machte Ray und legte den Finger an die Lippen.

Minuten verstrichen. Wir rührten uns nicht. Ich glaube, ich habe sogar den Atem angehalten. Dann hörten wir ein Geräusch. Wie weit entferntes Donnergrollen. Dumpf. Dann lauter und immer lauter und dröhnender. Gebannt starrten wir durch die Windschutzscheibe in den Wald hinein und dann tauchte es auf. Ein Ungetüm inmitten einer brodelnden Schneewolke, heulend und krachend, wie ein hungriges Monster, das sich durch den Wald kämpft.

Es war ein riesiger Kennworth Loging-Truck, feuerrot und chromblitzend, hoch oben die getrennte Windschutzscheibe und dahinter für Sekundenbruchteile das bärtige Gesicht eines Mannes. Der Motor heulte beim Zurückschalten ein dutzend Mal auf.

Das Monster brauste in die Kurve hinein und für einen Moment konnten wir noch die riesigen ungeschälten Baumstämme erkennen, die es geladen hatte, dann tauchte es wie ein Spuk im wirbelnden Schnee unter, heulte beim Hochschalten wieder auf, wurde leiser und war nach einigen Minuten nicht mehr zu hören.

Die Paula saß völlig verkrampft neben mir und hielt sich

an meinem Arm fest. »Was … was war das?«, stieß sie hervor.

Ray lachte. »Mädchen, das war Karl Schneitberger mit seinem Red Devil! Schneitberger ist ein Deutscher, der jeden Winter nach Kanada kommt und die geschlagenen Bäume vom Camp zum Sägewerk fährt. Daheim hat er ein gut gehendes Hotel. Hier ist er der schnellste Driver, den wir haben. Er macht pro Tag fünf Fuhren. Eine mehr als alle andern. Und vor drei Wochen hat er mit einem andern Truck einen Pick-up mit zwei Jägern einfach von der Straße gefegt. Beide tot.«

»Das … das ist unglaublich«, stotterte die Paula. »Er kann doch nicht einfach …«

»Er kann und er muss. So ein Ding hat sechzehn Gänge und eine Ladung von über hundert Tonnen. Um die Steigungen zu nehmen, muss er auf dieser Straße die Abfahrten mit voller Pulle durchziehen. Wenn da was im Weg steht, gibt's kein Ausweichen und kein Halten. Der Pick-up versuchte, von der Straße wegzukommen, blieb aber im Schnee stecken. Schneitberger erwischte ihn, schleifte ihn ein Stück mit und schmetterte ihn über die Schneewand hinweg in die Bäume. Er hatte verdammtes Glück, dass er nicht selbst aus der Spur kam. Der hat Nerven wie Katzendärme. Zwei Wochen zuvor erwischte es einen Jungen aus Williams Lake. Der nahm einen Hügel volle Pulle hinunter, Schlenker – und weg war er. Die Ladung kam vor und riss die Führerkabine glatt weg, und als wir den Jungen ausgebuddelt hatten, sah er aus, als wäre er von einem Panzer überrollt worden.«

»Schrecklich«, sagte die Paula. »Das ist der reinste Irrsinn.«

Ray schüttelte den Kopf. »Es ist ein gefährlicher und verantwortungsvoller Job. Eine einzige Herausforderung für diese Männer. Außerdem werden sie nach Fuhren bezahlt. Wer mehr Fuhren macht, kriegt am Ende des Monats das größere Geld. Die Jungs, die hier Loging-Trucks fahren, sind Selbstmordkandidaten. Es erwischt jeden Winter ein paar. Manchmal kommt einer noch rechtzeitig aus der Kabine. Aber das ist selten.«

Old Sam streckte den faltigen Hals aus dem Pelzkragen. »Da kommt wieder einer.«

»Der kommt leer vom Sägewerk. Dem müssen wir uns anhängen.« Ray rollte das Seitenfenster hinunter. Das Gedröhn wurde lauter. »Stemmt die Beine gegen das Bodenbrett und stützt euch mit den Händen an der Polsterung des Armaturenbretts«, rief Ray etwas heiser. »Jetzt geht es los!«

Kaum hatte er ausgesprochen, schoss aus dem Nichts der Truck auf uns zu. Ohne Ladung fegte er in die Kurve hinein. Ray schaltete in den ersten Gang, drückte auf die Hupe und gab dem Truckdriver ein Zeichen.

Zwei schmetternde Hornstöße ertönten und für Sekundenbruchteile sah ich das lachende Gesicht des Mannes, der das Ungetüm durch die Kurve lenkte.

Dann begann eine mörderische Verfolgungsjagd durch Schnee und Eis. Den Truck vor uns konnten wir nie sehen, weil er so viel Schneestaub hochwirbelte, dass sogar der Wald links und rechts verschwand. Aber mein Bruder kannte die Straße.

Old Sam, der sich nicht vor Tod und Teufel fürchtete, klammerte sich wie ein ängstlicher Affe an der Paula fest und brüllte ein paar Stoßgebete in den Lärm hinein. Der Pick-up-Truck sprang mit aufheulendem Motor über tiefe Schlaglöcher hinweg, prallte gegen die Schneewände, schoss wie im Flug Steilhänge hinunter, wühlte sich an Steigungen hoch und tanzte wie wild in den tiefen Fahrrillen herum. Wir wurden in der engen Fahrerkabine fürchterlich durcheinander geschleudert. Old Sam knallte einmal mit dem Schädel gegen das Dach und schrie, dass er noch nie etwas von funktionstüchtigen Holzköpfen gehört hätte. Ray hockte mit zusammengebissenen Zähnen am Steuerrad, das ihm manchmal fast aus den Händen geschlagen wurde. Er brauchte alle Kraft dazu, den Truck am Ausbrechen zu hindern, und nach etwa vier Meilen gab er völlig entnervt und mit schweißnassem Gesicht auf.

»Ohne Funkgerät schaff ich das nicht«, presste er hervor und lenkte den Pick-up-Truck auf eine Ausweichstelle. Mit zitternden Händen schaltete er den Motor aus und öffnete das Seitenfenster. Das Dröhnen des Loging-Trucks entfernte sich und erstarb nach kurzer Zeit. Stille breitete sich aus. Ich hörte mein eigenes Herz poltern und mein Bruder atmete, als wäre er meilenweit gerannt.

Paulas Gesicht war weiß wie der Schnee und Old Sam knurrte, dass er zu Fuß weitergehen wolle. »Das mach ich nicht mehr mit«, sagte er mit krächzender Stimme. »Das ist unerträglich für meine Nerven.«

»Ich fahre jetzt ganz vorsichtig weiter«, sagte Ray, der sich allmählich erholte. »Wenn wir die Fenster offen lassen, können wir hören, wenn uns einer entgegenkommt.«

»Und was willst du tun, wenn uns einer entgegenkommt?«, fragte die Paula besorgt.

»Wir fahren von Ausweichstelle zu Ausweichstelle. Die Trucks kommen in ziemlich regelmäßigen Abständen. Wir warten hier den nächsten ab. Dann fahren wir weiter.«

Der nächste kam wenige Minuten später. Ein giftig grüner Brummer mit einem aufgemalten Drachenkopf über der Motorhaube.

»Das war Jeff Orr!«, rief Ray in das Dröhnen hinein. »Er hatte in diesem Winter schon zwei Wracks. Das nächste

Mal wird er gefeuert!« Ray warf den Motor an. »Okay, auf geht's!«

Er lenkte den Pick-up-Truck in die Spur. Beide Fenster waren geöffnet. Wir lauschten angestrengt, erreichten die nächste Ausweichstelle, wo wir anhielten, den Motor abstellten und warteten. Es war nichts zu hören.

Old Sam streckte den Kopf aus dem Fenster und hielt eine Hand hinters Ohr. »Nichts«, sagte er. »Fahr weiter!«

»Bist du sicher?«

»Absolut, Mann. Ich hab Ohren wie ein Luchs. Ich hör nur meinen Schädel brummen.«

Ray startete den Motor, fuhr an und zerquetschte einen fürchterlichen Fluch zwischen den Zähnen, als wir alle die weiße Wolke sahen, die über der nächsten Hügelkuppe auftauchte und auf uns zuraste.

»Pass auf, da kommt einer!«, schrie die Paula. Aber so ein voll beladener Loging-Truck ist kein Laubfrosch und da nützte alles Aufpassen nichts. Ray brachte, reaktionsschnell wie alle in unserer Familie, den Truck zum Stehen, knallte den Rückwärtsgang ins Getriebe und gab Gas. Der Truck rollte den Hügel hinunter, und als wir auf die Ausweichstelle einschwenkten, tauchte oben, keine zwanzig Meter entfernt, der Loging-Truck auf und brauste im nächsten Moment an uns vorbei. Es dauerte eine Weile, bis wir wieder freie Sicht hatten.

»Ohren wie ein Luchs, wie«, sagte Ray grimmig. »Das war haarscharf, Sam.«

»Junge, ich glaube, mein Schädel hat vor Schreck aufgehört zu brummen.« Old Sam streckte den Kopf aus dem Fenster. »Nichts mehr zu hören, verdammt. Dieses Mal bin ich sicher.«

Wir fuhren weiter, passierten zwei oder drei Ausweichstellen und mussten dann Jeff Orr, der ohne Ladung kam, passieren lassen. Es gelang Ray, sich Orr anzuhängen, und wir erreichten schließlich das Camp am Spätnachmittag.

Es gibt zwei Dinge, die in einem Holzfällercamp strengstens verboten sind: Schnaps und Frauen. Wir hatten beides dabei: Paula und eine Gallone Whisky, den Ray dem meistbietenden Holzfäller verkaufen wollte. Er rechnete mit rund hundert Dollar für die Flasche, die ihn sieben Dollar gekostet hat. Das nenne ich Wucher. Ray nannte das Geschäftssinn. »Niemand muss die Flasche kaufen. Ich stell sie einfach in der Küche auf den Schrank, sodass sie jeder sehen kann, der zum Essen kommt. Dann nehme ich Angebote entgegen.«

Es war seine Sache. Mein Problem war die Paula. Zweihundert Männer arbeiteten im Camp. Die meisten von ihnen schon seit mehr als einem Monat in der Einsamkeit. Die Paula musste sich die alte speckige Fellmütze von Old Sam auf den Kopf stülpen und die Hosenbeine in die Stiefel hineinstecken, bevor sie den Truck verlassen konnte. Sie gab sich Mühe, wie ein Mann aufzutreten, und wir brachten sie vorerst mal in der Vorratskammer unter.

Es war spät am Nachmittag. Die letzten Bäume wurden mit riesigen Raupenfahrzeugen aus dem Wald geschleift und mit den Hebern auf den Red Devil von Karl Schneitberger geladen, der seine fünfte und letzte Fuhre machte. Schneitberger fragte mich, ob ich mitfahren wolle, aber ich half lieber Ray und dem Koch beim Abladen der Fleischpakete und passte auf, dass der Paula nichts passierte. Zwei Holzfäller, die vor elf Tagen gefeuert worden waren und noch nicht die Gelegenheit bekommen hatten, das Camp zu verlassen, fragten Ray, ob er sie zurück in die Stadt nehmen würde. Ray sagte, dass er keinen Platz hätte. Die beiden waren zwei wüste Burschen, die einen Vorarbeiter krankenhausreif geprügelt hatten. Elf Tage trieben sie sich im Camp herum und alles, was sie kriegten, war eine Pritsche und drei Mahlzeiten. Sie warteten auf die erste Chance rauszukommen, und Ray versprach ihnen sie nächste Woche mitzunehmen.

Am Abend, beim Essen, verkaufte Ray seinen Whisky für fünfundsiebzig Dollar. Ich lernte einen jungen Kriegsdienstverweigerer aus Kalifornien kennen, der nach Kanada geflohen war und hier am Lager als Chainman arbeitete. Er war ein kleiner dünner Kerl mit schulterlangen Haaren und einem schütteren Schnauzbart. Bei Temperaturen von unter zwanzig Grad legte er Stahlseile um die gefällten Bäume, sodass sie von den Raupenfahrzeugen aus dem Busch geschleift werden konnten. Fünfundzwanzig Cent pro Baum kriegte er. An seinen Handflächen war fast keine Haut mehr, seine Lippen waren total verschorft. Außerdem hatte er Frostbeulen im Gesicht. »Aber lieber hier diese Scheißarbeit verrichten, als in Vietnam krepieren«, sagte er.

Die Paula konnten wir erst wieder aus der Vorratskammer lassen, als die Männer in ihren Baracken verschwunden waren, um einen Hut voll Schlaf zu kriegen. Die einzigen Toiletten, die es gab, befanden sich in diesen Baracken und die Paula mit ihrer schwachen Blase musste dringend mal. Zu dritt begleiteten wir sie in die erste Baracke. Ray mit seiner Winchester und Old Sam mit seiner Schrotflinte. Die Männer waren von ihrer knochenbrechenden Arbeit hundemüde, und obwohl es noch nicht neun Uhr nachts war, schliefen fast alle.

Einer, der grad vom Donnerbalken kam, hielt Paula für einen Mann, stieß sie mit dem Ellbogen an und brummte: »Fall mir nur nicht in die Scheiße, Kleiner!«

»Kümmere dich um deinen eigenen Kram«, brummte die

Paula zurück und im nächsten Moment hatte er sie beim Wickel. Das ging so schnell, dass keiner von uns eingreifen konnte. Der Holzfäller hob die Paula vom Boden und stieß sie gegen die Wand. Die ganze Baracke bebte und die Paula vergaß, dass sie sich wie ein Mann benehmen sollte, schrie auf und trat dem Holzfäller mit ihren derben Stiefeln auf die nackten Füße. Der Mann brüllte wie ein Stier und wollte sich auf die Paula stürzen, als die sich gedankenschnell die Mütze vom Kopf riss und »Wer eine Frau schlägt, ist ein Lump!«, rief.

Dem Holzfäller fielen fast die Augen aus dem Kopf. Er schaute die Paula an, als ob sie ihm versprochen hätte, einen Striptease zu machen. Dann drehte er sich zu uns um.

»Jesus, wo kommt denn die her?«, fragte er verstört.

»Das ist meine Braut, Mann«, sagte ich wild. »Und wenn ihr ein Haar gekrümmt wird, erlebt ihr hier den Weltuntergang. Klar?«

Sein Gesicht verzog sich, als ob er Bauchschmerzen hätte. Hilfesuchend sah er meinen Bruder an, der sein Gewehr auf ihn gerichtet hatte. »Sag mal, Ray, spinn ich oder träum ich?«

»Sie ist meine Schwägerin, Turner«, sagte Ray. »Die beiden kommen aus Europa und wollten mal ein Camp sehen.«

»Ah.« Er schaute sich nach der Paula um, die sich zur Toilettentür zurückgezogen hatte. Ich weiß nicht, warum die Paula uns die Schwierigkeiten gemacht hat. Vielleicht wollte sie nur die Hölle herausfordern. Vielleicht wollte sie uns eins auswischen, weil wir sie so lange in die Vorratskammer eingesperrt hatten.

Auf jeden Fall gab es einen fürchterlichen Tumult, als Turner brüllte, dass ein Mädchen in der Baracke herumirren würde. Die Männer schossen aus allen Löchern und die Paula musste sich in der Toilette verbarrikadieren, bis Ray und der Campboss den Esssaal für eine Party zur Verfügung stellten. Der Kriegsdienstverweigerer brachte seine Gitarre und die Paula musste stundenlang spielen und singen. Sie wurde gefeiert wie ein großer Star und mit Heiratsanträgen überhäuft. Es gab überhaupt keine Schwierigkeiten. Ich musste nicht mal um sie kämpfen.

Wir blieben die Nacht im Camp. Am nächsten Morgen, vor Tagesanbruch, begleiteten wir Old Sam durch den Wald zu seinen Fallen. Wir mussten uns Schneeschuhe an die Füße schnallen und kamen auf diese Art nur langsam vorwärts. Die erste Falle war leer. In der zweiten machten wir einen grauenhaften Fund. Es war eine Schnappfalle. Der blutige Fuß eines Wolfes klemmte zwischen den Stahlbügeln. Rundherum war der Schnee aufgewühlt und rot vom Blut.

Die Paula konnte das nicht mit ansehen und wollte unbedingt zurück, weil sie sich Sorgen um Dusty machte. Old Sam sah sich in der Gegend um. Er untersuchte die Spuren und sagte, dass sich ein Wolfrudel in der Nähe herumtreibe. Der Wolf, der in die Falle geraten war, hatte sich befreit, indem er sich den eigenen Fuß weggebissen hatte.

Old Sam wollte der blutigen Fährte folgen. »Einen Kojoten erwischt man nie. Der haut ab und ist schlau genug, sich irgendwo zu verkricchen und die Wunde zu lecken. Bei einem Wolf ist das anders. Der hat keine große Chance, wenn er zum Rudel zurückkommt.«

Wir mussten die Paula überreden mitzukommen. Old Sam übernahm die Spitze und stapfte auf seinen Schneeschuhen der Fährte nach. Man merkte ihm kaum an, dass er ein Holzbein hatte. Die Fährte führte durch den Wald und einen Hang hoch, über einen Hügelrücken hinweg.

Andere Spuren verliefen kreuz und quer. Wolfsspuren. Auf der anderen Seite des Hügels breitete sich ein Talkessel aus, der kaum bewaldet war. Am gegenüberliegenden Hang ragten Überreste verkohlter Baumstämme wie schwarze Stoppeln aus dem Schnee. Hier hatte vor Jahren ein Waldbrand gewütet.

Wir hielten auf der Hügelkuppe an und suchten das Tal ab. Es war nichts zu sehen und nichts zu hören. Trotzdem behauptete Old Sam, dass die Wölfe in der Nähe wären.

Und er hatte Recht. Als wir weitergehen wollten, tauchte keine dreihundert Meter vor uns ein Wolf auf, der sich den linken Vorderlauf abgebissen hatte. Er kam aus den Büschen und hüpfte auf drei Beinen ein Stück weiter den Hang hinunter. Dann blieb er stehen und schaute sich nach allen Seiten um. Er hob die Schnauze in den Wind. Sein Schwanz kam langsam hoch und plusterte sich auf. Lange Zeit stand er still. Nur seine Ohren bewegten sich.

»Ein Rüde«, sagte Old Sam leise. »Etwa drei Jahre alt.« Dann zeigte er zum Talgrund, wo nacheinander drei Wölfe aus dem Ufergestrüpp des zugefrorenen Baches kamen. Der erste hielt an und blickte zum Hang hoch. Dann trottete er auf einen kleinen Erdbuckel. Die anderen beiden folgten ihm in der Spur, die er durch den Neuschnee zog.

Der dreibeinige Wolf am Hang entdeckte sie. Sein Schwanz stand steif von seinem Körper ab. Das Nackenhaar sträubte sich. Dann drehte er um und arbeitete sich durch den Schnee auf ein schütteres Wäldchen zu.

»Die drei da unten sind nicht allein«, sagte Old Sam. »Passt auf, gleich geht die Jagd los.«

Der dreibeinige Wolf hatte kaum mehr die Kraft vorwärts zu kommen. Er blieb immer wieder im Schnee stecken, kämpfte sich hoch und sank wieder ein. Die Paula bat Ray, ihn zu erschießen, aber Ray sagte, dass er da nicht eingreifen wolle. »Die haben ihn gestellt und der Teufel weiß, wie viele es sind.«

»Vielleicht ein Dutzend«, sagte Old Sam. »Die andern sind in den Büschen und in der kleinen Vertiefung dort. Sie haben ihn in der Zange.«

Kaum hatte Old Sam ausgesprochen, brachen ein halbes Dutzend Wölfe aus den Büschen und jagten den Hang hoch. Die drei von der Uferböschung schlugen einen kleinen Bogen, und als der dreibeinige Wolf merkte, dass er das Wäldchen nicht mehr rechtzeitig erreichen konnte, versuchte er zum Hang hin zu fliehen. Aus der Mulde, auf die uns Old Sam aufmerksam gemacht hatte, kamen zwei Wölfe und jagten den Hang hoch.

»Ein Rüde und 'n Weibchen«, sagte Old Sam. »Da unten, der Bursche mit dem dunklen Kopf, das ist der Leitwolf. Hinter ihm kommt 'n Weibchen. Dann wieder 'n Rüde und ein Weibchen.«

Die Wölfe machten einen unbeschreiblichen Lärm. Knurrend und jaulend hetzten sie auf den dreibeinigen Wolf zu, der schnell einsah, dass er seinen Verfolgern nicht entkommen konnte.

»Sie werden ihn erreichen und zerfleischen«, rief die Paula entsetzt.

»Sicher, Mädchen. Das ist ein Außenseiter, der die andern nur behindern würde. Er ist nicht mehr fähig, seine Aufgaben als Rudelmitglied zu verrichten. Er ist schwach und taugt nichts mehr mit seinen drei Beinen.«

»Man könnte sie mit einem Gewehrschuss vertreiben, Sam!«, sagte Ray.

»Wozu denn? Das hilft ihm auch nichts. Vielleicht kommt er sogar durch. Vielleicht heilt seine Wunde. Aber er wäre von diesem Moment an 'n Einzelgänger. Kein Rudel würde ihn aufnehmen. Er wäre dann einer von denen, die sich in der Nähe des Camps herumschleichen und sich nachts die Abfälle holen. Davon gibt's immer wieder einige. Die meisten werden früher oder später erwischt. Ich schoss vor wenigen Wochen 'nen alten Rüden. Er war bis auf die Knochen abgemagert und krank. Er kämpfte mit den Ratten um die Abfälle. Hatte den Bandwurm und 'ne Knochentuberkulose oder so was. Auf jeden Fall heilten seine Wunden nicht mehr, eiterten und fraßen sich bis in die Knochen hinein. Passt auf, jetzt. Er stellt sich zum Kampf, der Bursche.«

Der dreibeinige Wolf war stehen geblieben und knurrte den Wölfen entgegen. Für einen Moment nur zögerte der Leitwolf. Keine vier Schritte standen sich die beiden gegenüber. Mit bebenden Flanken und gebleckten Zähnen. Dann stürzte sich der Leitwolf auf das Opfer und die anderen Wölfe jagten von zwei Seiten heran und warfen sich in den Kampf. Sie schlugen ihre Reißzähne in das Fell des dreibeinigen Wolfes, der vom Anprall des Leitwolfes auf den Rücken geworfen wurde. Er wehrte sich verzweifelt. Haarbüschel flogen mit dem Wind. Schneestaub wirbelte durcheinander. Ein wilder, fauchender und jaulender Knäuel entstand, in dem der dreibeinige Wolf unterging. Fast eine Minute lang konnte keiner von uns erkennen, wer von wem gebissen wurde. Es sah aus, als ob jeder gegen jeden kämpfte. Aber dann sahen wir, wie der dreibeinige Wolf von der Meute förmlich in Stücke gerissen wurde. Blut schoss aus seinen Wunden. Die Wölfe hatten sich in ihrem Opfer verbissen und zerrten Fellstücke aus seinem Leib. Der Bauch wurde ihm aufgerissen und warmes, dampfendes Gedärm quoll heraus. Der Leitwolf sprang plötzlich hoch und blieb geduckt über dem zuckenden Körper stehen. Sein Fell war blutig und Schaum troff von seinen Lefzen. Mit bösartigen Knurrlauten schnappte er nach einigen seiner Rudelangehörigen, die sofort zurückwichen, widerwillig zwar, knurrend und mit gebleckten Zähnen. Nur eine Wölfin mit einem fast gelben Fell blieb in seiner Nähe und schnüffelte am Blut herum.

»Er ist der Boss«, sagte Old Sam. »Sie jagen zusammen und machen die Beute zusammen. Aber er kriegt die ersten und damit die besten Stücke.«

Tatsächlich zerrte der Leitwolf mit seinen mächtigen Reißzähnen einen gewaltigen Fleischfetzen aus dem Kadaver. Er schleifte ihn ein Stück weit durch den Schnee. Die Wölfin folgte ihm und die andern machten sich über den Rest des Kadavers her, stritten sich untereinander und schnappten sich gegenseitig. Sie machten einen furchtbaren Lärm, während der Leitwolf und seine Wölfin an dem einen Stück herumrissen und es zerfleischten.

Es war ein schreckliches und zugleich faszinierendes Schauspiel, das sich uns bot. Die Paula hielt zwar ihre Hände erhoben, als wollte sie ihr Gesicht bedecken. Aber ihre Augen hingen wie gebannt an den Wölfen und sie sagte die ganze Zeit kein Wort. Ray, der sein Gewehr schussbereit in den Händen hielt, kniete regungslos neben Old Sam. Der erfahrene Trapper und Fallensteller war begeistert, obwohl er behauptete, so was schon x-mal gesehen zu haben. Er konnte uns genau sagen, welches die Jungwölfe waren, die im Frühjahr geboren worden waren und innerhalb des Rudels jetzt schon vollwertige Mitglieder waren. Er zeigte uns die Wölfinnen und die Rüden, konnte genau die Rangordnung unter ihnen erkennen und uns fast von jedem der Wölfe ungefähr das Alter angeben.

»Schaut euch den Burschen mit dem silbergrauen Nackenfell an. Der steht in der Rangordnung an zweiter Stelle. Sie halten sich alle streng an diese Ordnung. Die

Ranghöheren werden von den Rangniederen nicht nur respektiert, sondern auch geachtet.«

»Es sieht aber aus, als hätten sie furchtbar Streit untereinander«, sagte die Paula.

»Das ist kein Streit, Mädchen. Wenn sie sich in die Quere kommen, zeigen sie einander, wer in der Rangordnung höher steht. Die knurren sich an und dann wissen sie Bescheid. Und wenn einer vergessen sollte, wo er steht, dann kriegt er mal 'ne kleine Abreibung verpasst. So ist das bei denen. Da herrscht Ordnung. Von denen könnten wir Menschen einiges lernen, verdammt.« Old Sam wandte sich an mich. »Und wenn du klug bist, mein Junge, dann zeigst du deinem Halbwolf von allem Anfang an, wer der Meister ist. Das muss er wissen, sonst frisst er dir eines Tages das Steak vom Teller weg und du kannst gar nichts dagegen tun, weil er zurückbeißt, wenn du ihn am Kragen packst.«

»Und was ist mit der Paula?«, fragte ich.

»Das Mädchen kann mit ihm rumspielen, solange er jung ist. Aber aus dem wird nie ein Schoßhündchen, das steht fest. Wenn er mal weiß, dass er bei euch an dritter Stelle kommt, dann ist er okay.«

»Und wie zeige ich ihm als Mensch, dass ich der Leitwolf bin, zum Teufel?«

»Das, mein Junge, wirst du selber herausfinden müssen.« Old Sam klopfte mir väterlich auf den Rücken. »Kommt, wir machen uns auf den Weg.«

In diesem Moment sahen wir, wie einer der Jungwölfe sich auf einen anderen stürzte. Sie überrollten sich im Schnee und jeder versuchte den andern in die Kehle zu beißen.

»Wenn das kein echter Kampf ist, will ich Meier heißen«, sagte Ray scharf.

Old Sam nickte. »Sicher. Die beiden sind sich scheinbar noch nicht recht über ihre Stellung innerhalb des Rudels einig. Das ist ein kleiner Machtkampf. Mehr nicht. Der, der zuerst den Schwanz einzieht, hat verloren. Entweder versucht er es dann noch einmal bei einer besseren Gelegenheit oder er gibt sich zufrieden.«

Wir schauten noch eine Weile zu. Dann krochen wir rückwärts über den Hügelrücken und erst, als wir außer Sicht waren, standen wir auf und folgten unserer eigenen Fährte zurück zum Lager.

Was ich gesehen hatte, beeindruckte mich so sehr, dass ich auf dem Rückweg noch einmal an die Vernunft von Paula appellierte.

»Ich weiß nicht, ob ich zum Leitwolf geeignet bin«, sagte ich zu ihr. »Ich bin ein Mensch und habe nicht die richtigen Zähne, um ihm Manieren beibringen zu können. Außerdem habe ich anderes zu tun, als einen Wolf aufzuziehen und dabei immer aufzupassen, dass er weder dich noch mich, noch irgendwelche Leute, die zufällig in seine Nähe kommen, beißt.«

»Du schaffst das schon, Liebster«, sagte die Paula, blieb mit einem Schneeschuh am Arm eines Wurzelstockes hängen und fiel auf die Nase. Ich half ihr auf die Beine und versuchte mal anständig zu knurren. Old Sam, der etwas Vorsprung hatte, fuhr herum, als hätte ich ihn gebissen.

»Siehst du«, sagte die Paula. »Wenn du knurrst, macht sogar Old Sam in die Hose.«

»Weil er ein Mensch ist, zum Teufel. Ein Wolf würde sich auf die Hinterbeine setzen und sich vor Lachen in den Pelz weinen!«

5. Kapitel

# *Zurück nach Vancouver*

Die Paula und ich und der Wolf blieben fast drei Monate im Hinterland von British Columbia. Es war eine herrliche und verrückte Zeit. Wir gingen uns alle so oft auf die Nerven, dass manchmal Funken sprühten.

Ich arbeitete einige Wochen als Chainman in einem weit abgelegenen Camp und verdiente ein bisschen Geld, das wir bitter nötig hatten, wenn wir auf dem großen Trip nicht schon am Anfang verhungern wollten. Eine Arbeitserlaubnis hatte ich für Kanada nicht, aber in den meisten Camps herrschte Mangel an Männern, die für einen Hungerlohn Schwerarbeit verrichten wollten, während es in Prince George nur so von Arbeitslosen wimmelte. Ich schrieb auch als Ghostwriter ein paar Taschenbuchromane für einen edlen Zeitgenossen in Deutschland. Manchmal kriegte ich das Geld dafür sogar rechtzeitig. Damals in Prince George allerdings waren wir verdammt knapp bei Kasse und während Tauwetterperioden, wenn in den Camps nicht gearbeitet werden konnte, verpackte ich tiefgefrorenes Fleisch und stapelte die fünfzig Kilo schweren Klötze zu Mauern. Am Abend kam ich meistens auf dem Zahnfleisch nach Hause und musste mich dann mit Dusty und der Paula herumschlagen.

Der Teufel weiß, was mit Dusty los war. Auch der zweite

Arzt empfahl uns, ihn einschläfern zu lassen. Er konnte allerdings die Krankheit, die Dusty hatte, nicht genau diagnostizieren. Er hatte einfach einen furchtbaren Durchfall, und was nicht hinten rauskam, das erbrach er. Er konnte nicht einmal mehr einen Esslöffel voll Kamillentee halten. Er magerte bis auf die Knochen ab und war zeitweise so schwach, dass er umfiel, wenn er sich streckte. Und damit er uns nicht verhungerte, fütterten wir ihn wie ein Baby. Mit Haferschleim und einem Brei aus gekochten Eiern und Quark. Aber das kam meistens nach kurzer Zeit wieder raus und die Paula rannte dauernd mit dem Putzlappen und einem Eimer in der Gegend herum. Wenn wir ihm mal einen Tag nichts zu fressen gaben, verschlang er Teppiche und Kleidungsstücke, die herumlagen. Einmal kam Ray's Schwiegermutter Jennifer zu Besuch. Das war kurz nach Weihnachten. Jennifer ist ein verrücktes Weib, das sich mit allen Mitteln dagegen sträubt, alt zu werden, was natürlich ein kompletter Blödsinn ist. Sie trug Kniestrümpfe und Miniröcke, obwohl sie Beine wie Gurken hatte. Sie war die Mutter von Jean, aber in der Öffentlichkeit durfte Jean zu ihr nicht Mutter sagen und manchmal bestritt sie sogar, Mutter zu sein. Ricky und Carmen war es strengstens untersagt, sie Oma oder Großmutter zu nennen. So sagten alle Jennifer zu ihr und ihr Freund Pete wurde von ihr Pierre genannt, weil das schöner und kultiviert klingt.

Ich mochte Pete und hatte manchmal ein bisschen Mitleid mit ihm, weil er zwanzig Jahre jünger war als Jennifer und einiges einstecken musste. Einmal saßen wir alle zusammen in einer Kneipe und eine Band spielte und wir tanzten ein wenig. Plötzlich war irgendetwas zwischen Jennifer und Pete. Sie starrte ihn längere Zeit unheimlich scharf an und wir wurden aufmerksam, weil er plötzlich anfing unruhig auf seinem Stuhl hin und her zu rutschen.

Als die Band gerade eine Pause machte, schlug ich Ray und Pete vor, an der Theke ein Bier zu trinken, und Pete stand natürlich sofort auf. Da rief Jennifer: »Pierre, es ist zwanzig nach fünf.« Es war aber so gegen neun Uhr in der Nacht und Pete machte ein dämliches Gesicht. »Es ist zwanzig nach fünf«, wiederholte Jennifer drängend und wir starrten alle Pete an, der plötzlich zusammenzuckte, an sich heruntersah und »Oje« sagte, bevor er ganz verschämt seinen Hosenladen zuknöpfte.

Danach war ihm wohler, aber wir tranken trotzdem ein Bier an der Theke und Pete sagte: »Verdammt, ich vergess das immer wieder. Zwanzig nach fünf, das heißt bei ihr *offener Hosenladen.*«

So war Jennifer. Richtig kultiviert. Sie behauptete, französischer Abstammung zu sein, und hielt es für unanständig, den Hosenladen eines Mannes zu erwähnen. Als sie kurz nach Weihnachten zu Besuch kam, trug sie ein Paar hochhackige Stiefel mit Pelzbesatz.

Im Vorraum, wo sich Dusty aufhielt, standen etwa ein Dutzend Stiefel, denn Jean wollte nicht, dass jemand mit den Dreckstiefeln ins Haus kam. Jennifer und Pete blieben bis nach Mitternacht. Als sie sich auf den Heimweg machen wollten, fand nur Pete seine Schuhe, die immer noch in der Reihe standen. Jennifers Stiefel waren verschwunden. Wir suchten überall herum und Jennifer fluchte auf Französisch und ich musste Dusty nur einmal kurz anschauen, um zu erkennen, dass er ein schlechtes Gewissen hatte.

Natürlich sagte ich nichts und Jean zählte die Stiefelpaare ab und sagte, dass da sowieso ein Paar zu viel daständen. »Dieses Paar gehört uns nicht«, sagte sie und hob ein Paar schöne Lederstiefel aus der Reihe.

»Mon Dieu, das sind meine Stiefel«, schnappte Jennifer. »Aber der Pelz fehlt. Mon Dieu, der Pelz ist weg.«

Sie entdeckte Dusty in der hintersten Ecke und vorbei war es mit ihrem kultivierten Gehabe und der ganzen Schau, mit der sie immer demonstrieren wollte, wie hoffnungslos verdorben die kanadischen Hinterwäldler sind. Sie fluchte wie ein Maultiertreiber und war nahe daran, sich auf Dusty zu stürzen und ihm die Stiefel um die Ohren zu schlagen, aber Dusty zeigte ihr sein Wolfsgebiss und knurrte ganz leise. »So ein gottverfluchtes Miststück ist mir noch nie unter die Augen gekommen!«, rief Jennifer und da wurden die Paula und ich gemeinsam sauer und im Innersten wünschte ich ihr die Pest an den Hals.

»Man müsste immerhin das Geschick, mit dem Dusty den Pelz vom Leder getrennt hat, bewundern«, sagte ich zu ihr und bezahlte ihr ein Paar neue Stiefel. Immerhin ist Jennifer noch lange nicht so dämlich wie Tante Marta, die wir in Deutschland kennen gelernt hatten, als sie einem Kind unverzagt weismachen wollte, dass in Wohnungen mit schrägen Wänden nur arme Leute wohnen.

Dusty hat scheinbar einen Sinn dafür, unliebsame Zeitgenossen mit einem Blick zu erkennen. Später in Mexiko pisste er am Strand einem Raubmörder gegen den nackten Rücken, einen Tag bevor dieser den Mord verübte. Aber davon erzähle ich in einem andern Kapitel. Was Jennifer betrifft, so haben wir sie dann nur noch einige Male kurz gesehen. Einmal bei einer Hochzeit, als die meisten Leute meinen etwas zerzausten Vollbart zum Hauptgesprächsthema auserkoren hatten, und einmal beim Schlittschuhlaufen, als Ricky allerlei rasante Wendungen und Stopps vormachte und nicht die Carmen, sondern sein Vater ihm das nachmachen wollte. Dabei brach sich Ray durch einen fürchterlichen Sturz gegen die Bande beinahe das Handgelenk und Ricky konnte froh sein, dass er nicht wieder eine gescheuert kriegte, weil er mit seinem Zirkus immer alle herausfordert und sagt: »Mach das mal nach, wenn du kannst!«

Einen Tag bevor wir wegfuhren, erschoss ein vierzehnjähriges Mädchen, das einen Kilometer vom Haus meines Bruders entfernt wohnte, einen Grislibären, der die Mülltonne leeren wollte. Das war ein Mordsbrummer von einem Bären und das Mädchen musste dreimal schießen, bis er umfiel. Am nächsten Tag bekam sie schulfrei und durfte sich auf dem Supermarkt-Parkplatz mit dem geschossenen Bären von den Leuten bewundern lassen.

Es gibt viele Leute, die behaupten, man könne auf dieser voll zivilisierten Welt keine Abenteuer mehr erleben, außer als Tiefseetaucher oder so. Das stimmt natürlich überhaupt nicht. Das Hinterland von Kanada ist ein Stück von der Welt, wo man von der Zivilisation und von der Industrialisierung noch nicht viel spürt. Aber das wird sich bestimmt auch ändern. Anzeichen dafür gibt es genug.

Die Hauptsache für Paula und mich war aber, dass Dusty langsam, aber sicher gesund wurde. Er hatte vom Tierarzt im Laufe der letzten Wochen ein paar Vitaminspritzen gekriegt, die ihn ungeheuer aufmöbelten. Manchmal tobte er schon herum, als wäre er dem Teufel von der Schippe gesprungen. Jeden Morgen weckte er die ganze Umgebung mit seinem furchtbaren Geheul und eines Tages drehte Nachbars Neufundländer plötzlich durch und rannte, mit seinem mächtigen Schädel voran, gegen die Tür, die aus schwerem Eichenholz war. Er holte sich glatt eine Gehirnerschütterung und durch das Fenster sahen wir ihn ganz benommen davontaumeln.

Die Paula und ich, wir verließen Ray und seine Familie, Prince George und das Hinterland von British Columbia mit einer Träne im Auge. Aber der Süden lockte. Wir hatten genug von der eisigen Kälte und dem Schnee. Der kalifornische Traum packte uns. Wir wollten runter nach San Francisco und Los Angeles. In Kalifornien war längst Frühling. Steve und Jeannie schrieben uns, dass sie startbereit wären und wir uns endlich auf die Socken machen sollten. Außerdem könne die Inka als mehrfache Hundemutter dem Dusty ein paar Sachen fürs spätere Leben beibringen.

Darauf waren wir aber gespannt. Immerhin hatte Dusty den Rehpinscher meines Bruders einige Male fürchterlich in die Mangel genommen und Sandy war auch eine mehrfache Mutter.

Wir machten noch ein rauschendes Abschiedsfest, bei dem Old Sam mit dem Holzbein eine Fensterscheibe einschlug, weil er uns einen Kopfstand demonstrieren wollte, was natürlich nicht hinhaute.

Wir fuhren dann am nächsten Morgen in aller Herrgottsfrühe los. Es lag noch Schnee auf der Straße und kalt war es auch. Dort, wo wir Dusty gefunden hatten, hielten wir an und ließen ihn aussteigen. Wir wollten mal sehen, ob er eventuell abhauen würde, weil es vielleicht von hier einen Weg dorthin zurück gab, von wo er gekommen war. Aber er setzte nur eines seiner imposanten Denkmäler an den Straßenrand und stieg dann wieder ein. Keine Spur von Heimweh. Nicht einmal die viel gerühmte Freiheit, um die man ihn als Stadtmensch hätte beneiden können, lockte ihn. Demonstrativ legte er sich auf den Teppich im Bus und blinzelte uns zu, dass wir endlich weiterfahren sollten. Es sah aus, als wollte er sagen: »Mensch, ich bin doch nicht dämlich. Was soll ich denn in dieser gottverlassenen Gegend?«

Nichts. Wir fuhren weiter. Dusty hatte kein Verlangen, uns zu verlassen. Die ersten Monate seines Lebens schienen nicht seine schönsten Erinnerungen zu bergen. Davon erzählten seine Narben, die inzwischen verheilt waren.

Man konnte sie noch gut sehen. Überall am Körper, an den Beinen und am Kopf. Wir hatten einen echten Kämpfer bei uns. Einer, der keine Furcht kannte. Und wo wir mit ihm auftauchten, machte er auf die Leute unheimlichen Eindruck. Sogar erwachsene Männer schlugen einen großen Bogen um ihn herum. Und die Frauen zogen ihre Kinder sofort zurück, wenn sie die Hände nach Dusty ausstreckten und »Schöner Wauwau« sagten.

Wir mussten immer höllisch aufpassen, dass ihm niemand zufällig zu nahe kam. Er hatte nämlich Angst vor Menschen, die ihm zu nahe kamen. Und wenn er Angst hatte und sich in die Enge getrieben fühlte, dann bleckte er die Zähne. Zu normalen Hunden fühlte er sich immer sofort hingezogen und am Anfang machten wir zwei- oder dreimal den Fehler, auf sein Gewinsel einzugehen und ihn von der Leine zu lassen, wenn ein anderer Hund in der Nähe war. Er ging jedes Mal sofort zu dem Hund, wollte mit ihm nett sein, schwänzelte um ihn herum und wurde meistens sehr unfreundlich angeknurrt. Das kostete später einem Deutschen Schäferhund und einem Cockerspaniel das Leben. Aber die ersten, die er erwischte, schüttelte er nur ein bisschen in der Luft herum, bevor er sie dann fliegen ließ.

Wir waren stolz auf ihn. Obwohl er noch nicht bei Kräften und schon gar nicht voll ausgewachsen war, zeigte er nacheinander einem Bastard, der ein blaues und ein braunes Auge hatte, einem aufdringlichen Drahthaarterrier und einem mürrischen Boxer, dass er seine Art zu kämpfen in der Wildnis gelernt hatte.

Die schlechten Erfahrungen, die wir bei seinen Bekanntschaften mit anderen Hunden gemacht hatten, ließen uns vorsichtig sein, als wir in Vancouver ankamen und ihn der Inka vorstellen wollten. Aber die Großstadtatmosphäre schockte ihn derart, dass er sich am ersten Tag sofort im Keller verkroch. Er fraß nichts, trank nichts, kackte nicht und knurrte Jack, der zwischen zwei Mädchen hängend nach Hause kam, so fürchterlich an, dass Jack auf der Stelle nüchtern wurde und brüllte, im Keller hätte sich ein Monster versteckt.

Erst am nächsten Tag gelang es uns, Dusty aus dem Keller zu locken. Oben im Wohnzimmer schnüffelte er zuerst einmal überall herum. Dann leerte er Inkas Fressnapf, pinkelte auf den Platz beim Sofa, wo Inka immer schlief, setzte sich schließlich vor die Schlafzimmertür und drückte seine Schnauze gegen den Spalt unter der Tür. Auf der anderen Seite war Inka und gab ganz hohe Pfeiftöne von sich. Wir warteten eine Weile, bevor ich langsam die Tür öffnete.

Inka kam herausgeschossen, rannte Dusty glatt über den Haufen, machte ein paar wilde Sätze um ihn herum und kläffte ihn wütend an. Dusty lag auf dem Rücken und streckte ihr alle vier Pfoten entgegen und bewegte sich nicht mehr. Inka beruhigte sich etwas, ging zum Platz am Sofa, wo er hingepisst hatte, schnüffelte am Teppich herum, streckte sich, legte sich auf ihren Platz und würdigte Dusty keines Blickes mehr. Für Inka war die Sache erledigt. Sie schien nur noch darauf zu warten, dass wir den Fremdling mit dem würzigen Geruch der Wildnis im Fell endlich vor die Haustür setzten. Sie konnte sich wahrscheinlich kaum vorstellen, dass wir diesen unverschämten Kerl bei uns behalten würden. Aus ihrer Sicht konnte Dusty nicht viel mehr sein als ein unzivilisiertes, ungehobeltes und barbarisches Wesen. Ohne Anstand und Manieren.

Aber Dusty ließ sich durch das ladyhafte Getue der Inka nicht irritieren. Er ließ Inka vorerst links liegen. Er wälzte sich im flaumigen Teppich, ließ sich von Jeannie und Steve den Bauch streicheln und tat, als wäre er schon seit ewigen Zeiten hier zu Hause. Er hatte überhaupt keine Hemmungen und spielte sich richtig vor Inka auf, die ihn manchmal interessiert, manchmal geringschätzig beobachtete. Nur wenn er wie zufällig in ihre Nähe kam, zog sie die Lefzen hoch und knurrte leise. Dann drehte ihr Dusty stinkfrech den Hintern zu.

Stundenlang schauten wir den beiden bei ihren Annäherungsversuchen zu. Paula und Jeannie wollten nicht einmal das Abendessen kochen, um ja nichts zu verpassen. So bestellten wir telefonisch eine saftige 16-Inch-Pizza, die uns ein kleiner Italiener brachte. Er klingelte an der Haustür, die einen Spalt breit offen stand, und kam unaufgefordert herein, wie er das sonst auch immer getan hatte. Für einen Moment wurden wir durch ihn abgelenkt und passten nicht auf Dusty auf, der sich vom Boden wegschnellte und mit einem mächtigen Satz quer durch das halbe Wohnzimmer auf den Pizza-Boy zuflog.

Inka, die sonst keiner Fliege etwas zu Leide tat, sprang vom Sofa weg und stürzte sich mit gebleckten Zähnen und dem furchtbar gefährlich klingenden Dobermannbellen hinter Dusty her.

Der Pizza-Boy stand völlig erstarrt im Türrahmen und wurde durch den Aufprall von Dusty aus dem Gleichgewicht geworfen. Er taumelte rückwärts, ließ die Pizza fallen und stürzte auf die Veranda hinaus. Beide Hunde warfen sich über ihn.

Ich erwischte Dusty am Schwanz, riss ihn zurück und wirbelte ihn wie einen Sack herum. Zwischen seinen Zähnen hing ein Stück von der weißen Schürze des Pizza-Boys. Ich ließ Dusty gegen das Verandageländer fliegen und er krachte schwer auf die Bretter, duckte sich, zeigte mir die

Zähne und knurrte mich an. Hinter mir hatte Steve seine Inka am Kragen gepackt und warf sie ins Wohnzimmer, während sich Paula und Jeannie um den kleinen Italiener kümmerten, der zu Tode erschrocken am Boden kniete und am ganzen Leib zitterte, während er »Mamma mia, diese Bestien haben mich gebissen!«, schrie.

Ich durfte mich von Dusty's Knurren nicht beeindrucken lassen. Jetzt hatte ich die Möglichkeit, ihm ein für alle Mal klarzumachen, wer hier der Leitwolf war. Ich packte ihn mit beiden Händen im Nackenfell. Er versuchte nach mir zu beißen. Mit aller Kraft drückte ich ihn gegen den Boden und schrie ihn wütend an: »Pizza-Boys sind harmlose Geschöpfe, du verdammter Idiot! Was bildest du dir eigentlich ein! Du kannst hier nicht einfach einen Pizza-Boy anfallen. Wenn der Junge das meldet, bist du geliefert! Kopfschuss! Aus!«

Dusty klemmte den Schwanz zwischen seine Hinterbeine und schaute mich an, als hätte er tatsächlich begriffen. Ich ließ ihn los. Er blieb am Boden liegen. Erst als ich von ihm wegging, drehte er sich um, kam auf die Beine und trottete mit eingeklemmtem Schwanz ins Haus hinein, wo Steve mit der Inka eine furchtbare Auseinandersetzung hatte.

Ich kümmerte mich um den Pizza-Boy, der vor Paula und Jeannie eine unheimliche Schau abzog und sich am Boden wand, wie ein Fußballspieler, der einen Elfmeter schinden will. Paula und Jeannie fielen natürlich darauf herein und streichelten ihn und trösteten ihn und das wollte er so lange wie möglich auskosten. Ich kenne das. Meine Mutter ist Italienerin und ich habe da einiges vererbt bekommen. Ich war in meiner Jugend ein berüchtigter Elfmeterschinder gewesen. Das sagte ich ihm auf Italienisch.

»Komm Freund, zieh keine Schau ab. Du hast keinen

Kratzer abgekriegt, und wenn du Lust hast, kannst du am Abend herkommen und wir trinken ein Glas Chianti zusammen und reden über Fußball.«

Er wurde schnell ruhiger. Ich half ihm auf die Beine. Er taumelte ein bisschen und ich musste ihn eine Weile stützen. Herkommen wollte er natürlich nicht mehr, solange die Bestien im Haus wären. Aber wenn wir ihm die Schürze und vielleicht ein kleines Schmerzensgeld zahlen würden, könnte er die Sache schon vergessen. Außerdem hätten wir vielleicht ein bisschen Marihuana im Haus und das sei ihm lieber als kalifornischer Chianti.

Wir gaben ihm zehn Dollar. Außerdem mussten wir natürlich die völlig zertrümmerte Pizza bezahlen und eine neue bestellen, die wir aber selbst abholen mussten.

Das Schlimme an der Sache war nicht, dass wir ein schlechtes Geschäft gemacht hatten. Das Schlimme war, dass Dusty uns erst jetzt zeigte, was wirklich in ihm steckte. Er war ein Halbwolf. Unberechenbar. Vielleicht sogar gefährlich. Die Paula war natürlich noch viel mehr geschockt als ich. Dass Dusty so mir nichts, dir nichts wie ein Blitz aus heiterem Himmel einen Menschen anfallen würde, das hatte sie sich nie gedacht.

In den ersten drei Monaten hatte sich Dusty eigentlich recht gut gehalten. Wir sahen in ihm nicht mehr das Raubtier. Er gab nämlich schön Pfötchen. Außerdem hatte er sich von Carmen und Ricky betätscheln lassen, ohne zu knurren. Er achtete auch auf verschiedene Kommandos und war eigentlich nur dann unzugänglich, wenn er einen gefüllten Fressnapf in der Nähe wusste. Dass er den Pizza-Boy angriff, lag aber bestimmt nicht an der Pizza. Auch nicht an der Nase des Pizza-Boys. Es war klar für uns, dass er den Pizza-Boy als Eindringling betrachtet hatte und sich irgendwie bedroht fühlte. Das war völlig normal für einen

Hund. Auch für einen Halbwolf. Und er zeigte uns danach auch, dass er unser Verhalten nicht verstehen konnte. Er drückte sich mit Inka zusammen halb unter das Sofa und schmollte. Dachte vielleicht: Ihr Arschlöcher, ich wollte euch doch nur verteidigen. Inka kam da nicht mehr mit. Sie war sich wahrscheinlich selbst ein Rätsel. Vier Jahre lang die friedlichste Dobermannhündin und dann hatte sie sich plötzlich von einem Raufbold wie Dusty dazu verleiten lassen, einen harmlosen Italiener anzugreifen.

Wir waren alle ziemlich durcheinander und wussten nicht so recht, was wir jetzt eigentlich tun sollten. Oder tun mussten.

»Du musst es ihm beibringen«, sagte die Paula natürlich zu mir. »Du bist der Leitwolf.«

»So? Und wie stellst du dir das eigentlich vor?«, fragte ich ein wenig verärgert. »Soll ich von heute an nur noch auf allen vieren durch die Gegend spazieren und mit ihm aus dem gleichen Napf fressen? Nein, mein Schatz! Und ich kann ihm auch nicht dauernd hinterherlaufen und ihn am Genick packen, wenn er etwas tut, was Wölfe eben im Allgemeinen tun. Nein, mein Schatz! Ich glaube nicht, dass ich von heute an darauf verzichte, ein Mensch zu sein, nur weil ich dir einen Wolf zum Geburtstag geschenkt habe. Entweder lernt er, sich wie ein anständiger Hund zu benehmen, oder er kann meinetwegen dorthin gehen, wo der Pfeffer wächst.«

»Du musst Geduld haben mit ihm. Er kann in der kurzen Zeit, die er bei uns ist, unmöglich wissen, wie er sich zu verhalten hat. Er hat zum ersten Mal im Leben einen Pizza-Boy gesehen.«

»Er wird auch irgendwann zum ersten Mal einen Kaminfeger sehen. Und einen Straßenbahnschaffner. Und er wird jeden Tag neue Menschen sehen und der Teufel soll ihn holen, wenn er jedes Mal verrückt spielt.«

»Er gewöhnt sich an alles. Er hat in der kurzen Zeit schon viel gelernt.«

»Das gebe ich zu. Er frisst keine Schuhe mehr und kackt nicht mehr dorthin, wo er schläft. Gut, er kriegt seine Chance. Aber wenn er noch einmal einen Pizza-Boy anfällt, ist meine Geduld zu Ende und es werden andere Saiten aufgezogen. Ist das klar, mein Schatz?«

Ich war wirklich wütend. Nicht nur auf Dusty, sondern vor allem auf mich. Ich hatte schließlich von allem Anfang an Bedenken gehabt. Ich wusste gleich auf Anhieb, dass er uns Schwierigkeiten machen würde. Außerdem kannte ich mich gut genug, um zu wissen, dass ich nicht unbedingt ein reiner Tierfreund bin, der sein Hundchen im Bett schlafen lässt und ihm für Regentage einen Umhang häkelt. Ich war überhaupt nicht wild darauf, ein Tier zu haben. Es gibt genug Tiere auf der Welt, die schon völlig beknackt sind, weil sich Menschen um sie kümmern. Ich kannte mal einen Hund, der gierig nach jedem Streichholz schnappte, das auf der Straße lag, nur weil ihm sein Herrchen mit einem Stück Holz das Apportieren beigebracht hatte. Ich kannte auch einen Pudel, der nur fraß, wenn man ihn mit links fütterte. Selbst ein saftiges Stück Fleisch, das man ihm mit der rechten Hand vor die Schnauze hielt, rührte er nicht an. Aber der Geifer tropfte ihm dann nur so von den Lefzen und seine Augen schwollen richtig an.

Ich wollte unseren Dusty nicht einfach umfunktionieren, damit er in unsere Gemeinschaft passte. Aber ich war mir bewusst, dass ich ihm einiges beibringen musste. Zum Beispiel hasste ich es, wenn er sich beim Pinkeln niederkauerte wie ein Weibchen, seine Vorderbeine verpisste und anschließend Pfötchen geben wollte oder gar an einem hochsprang. Ich hatte keine Ahnung, dass junge Hunde beim Pinkeln nicht das Hinterbein heben. Das tun sie erst, wenn sie erwachsen sind und markieren. Also versuchte ich, es ihm beizubringen, indem ich ihn beim Gassigehen haarscharf beobachtete. Und jedes Mal, wenn er ansetzte, schnappte ich eines seiner Hinterbeine und hob es hoch. Aber dann vergaß er immer, was er eigentlich hatte tun wollen und wartete darauf, dass ich sein Bein losließ. Irgendjemand sagte mir schließlich, dass dies alles ganz normal wäre und er zur gegebenen Zeit schon an Laternenpfähle, Zäune und Bäume pissen würde.

Es ist eine Qual, wenn man nicht Bescheid weiß und trotzdem zum Leitwolf erkoren wird. Ich war wirklich nicht zu beneiden. Und Dusty auch nicht. Manchmal war ihm wohl ebenso elend zu Mute wie mir. Trotzdem fingen wir an uns zu verstehen. Und irgendwie fand er schnell heraus, dass der Leitwolf der ist, der von einem Kotelett das Fleisch kriegt und nicht nur den Knochen. Außerdem spielte nur die Paula mit ihm am Boden herum. Ich ließ mich nie zu ihm nieder. Das erschien mir als außerordentlich wichtig und später stellte sich heraus, dass es tatsächlich außerordentlich wichtig ist für einen Leitwolf, nie einen Untergeordneten obenauf kommen zu lassen. Das kann nämlich gefährlich werden, wie die Paula unten in Mexiko am eigenen Leib erfahren musste.

Solange wir noch in Vancouver waren, lernte Dusty unheimlich viel von der Inka. Die beiden waren immer zusammen. Und Inka hatte in verschiedenen Dingen mehr Erfahrung. Zum Beispiel wusste sie, wie man die Küchenschranktür aufmachte und aus dem Trockenfuttersack fressen konnte, ohne Spuren zu hinterlassen. Dusty mochte Trockenfutter nicht besonders. Er kriegte Durchfall davon. Aber er fraß es haufenweise, wenn ihn die Inka dazu verleitete. Etwas Gescheites lernte er nicht von Inka. Dazu war er viel zu clever. Er merkte sofort, dass Inka sozusagen ein Sofahund war, aber das störte ihn nicht im Geringsten bei seinen Liebesbeteuerungen. Manchmal wurde er so aufdringlich, dass Inka fast in Panik geriet und mit dem Kopf gegen Wände rannte. Wenn sie dann erschöpft und beduselt niedersank, schlich er sich auf dem Bauch an sie heran und lutschte so lange an ihren spitzen Ohren herum, bis sie einschlief. Vielleicht flüsterte er ihr auch Geschichten aus dem kanadischen Busch ins Ohr.

Wir blieben noch etwa eine Woche in Vancouver, verscheuerten unsere Möbel zu Schleuderpreisen an Freunde und Leute, die zufällig am Haus vorbeikamen und aussahen, als ob sie Möbel brauchen könnten. Man kriegt in solchen Gegenden einen Blick dafür, weil manche Leute wirklich danach aussehen, als ob sie anstatt eines Kopfkissens einen Stein im Bett hätten. Besonders früh am Morgen.

Am Abend vor unserer Abreise gab es noch Schwierigkeiten mit dem Hausvermieter, der die Kaution von hundertsiebzig Dollar natürlich nicht zurückzahlen wollte und behauptete, es wäre nicht geputzt worden. Das stimmte natürlich nicht. Die Paula und die Jeannie haben sich Blasen an die Hände geschuftet und Steve und ich haben den Parkettboden des Wohnzimmers mit Stahlwolle blank geputzt. Alles war tipptopp in Ordnung und trotzdem weigerte sich dieser Halsabschneider, uns das Geld zurückzugeben. Er wurde sogar richtig frech und drohte, die Polizei zu holen, weil er sich von uns bedrängt fühlte.

Da hat bei Steve mal irgendetwas kurz ausgehängt und er packte den Mann beim Hemd, zog ihn ganz nah an sich heran und fauchte: »Mister, um die Polizei zu alarmieren, brauchst du schon einen triftigen Grund. Und den verpass ich dir jetzt!« Er holte mit seiner gefürchteten Rechten weit hinten aus und der Mann riss beide Hände zur Deckung hoch und schrie: »Okay, ich zahle!«

Steve ließ ihn los, aber der Hausbesitzer hatte kein Geld dabei und wollte einen Scheck ausstellen, was wir natürlich nicht akzeptierten. Bei solchen windigen Ausbeutern kann man nie vorsichtig genug sein.

»Du hast genau eine halbe Stunde Zeit, mit dem Geld anzutraben!«, knurrte Steve. »Genau eine halbe Stunde. Wenn du dann nicht zurück bist, kannst du keine Nacht mehr ruhig schlafen. Ist das klar, Mister?«

»Klar«, stieß der Mann hervor. »Sonnenklar.« Er zischte ab und war nach zehn Minuten mit dem Geld wieder da. Er war jetzt ganz freundlich. So nette Mieter hätte er schon lange nicht gehabt. Und meistens bleibe eben ein Saustall zurück. Wenn wir mal wieder ein Haus mieten wollten, dann sollten wir uns ganz ungeniert an ihn wenden. Er war ein ganz heimtückischer und schleimiger Kerl und wir warnten die nächsten Mieter und empfahlen ihnen, keine Kaution zu zahlen. Aber es war schon zu spät. Er hatte ihnen im Voraus dreihundert Dollar abgeknöpft. Eine glatte Unverschämtheit und Steve bereute es ein bisschen, dass er ihm nicht doch eine geknallt hatte.

Wir verließen Vancouver am nächsten Morgen. Es schneite dicke nasse Flocken. Schneematsch lag auf den Straßen. Steve übernahm die Führung. Wir nahmen die 405 südwärts zum Grenzübergang Blaine. Dusty hatte einen schönen Impfpass, aber den wollten die amerikanischen Grenzbeamten nicht sehen. Zur Passabfertigung mussten wir allerdings aussteigen und das Zollamt betreten. Ich ließ das Seitenfenster von Lipstick ein Stück weit offen und wir bekamen gerade unsere Stempel in die Pässe, als draußen einige Beamte plötzlich herumlärmten und ein höllischer Aufruhr entstand.

Mein erster Gedanke war Dusty. Ich stand für Sekunden wie festgenagelt am Schalter und dachte, dass er seinen ersten Zollbeamten angefallen hatte. Dann rannten wir alle zur Tür und wir kamen gerade rechtzeitig.

Dusty war tatsächlich aus dem Seitenfenster gesprungen und hielt einen Grenzpolizisten mit gefletschten Zähnen in Schach. Der Polizist hatte seinen Revolver, einen waschechten Smith & Wesson, aus dem Holster gezogen und ihn auf Dusty gerichtet.

Paula und Jeannie schrien auf vor Schreck. Ich rannte auf Dusty zu, blieb zehn Schritte entfernt stehen und brüllte: »Leg dich!«

Dusty fiel platt auf den Bauch, so, als hätte ich ihn von den Beinen geschlagen. Er ließ den Polizisten zwar nicht aus den Augen, aber ein Ohr war auf mich gerichtet.

Ich war selbst von der Wirkung des Kommandos derart überrascht, dass ich vergaß, den Polizisten aufzufordern, den Finger vom Drücker zu nehmen. Das besorgte Paula. Sie stürzte auf ihn zu und rief: »Sir, das ist unser Hund! Das ist kein Wolf!«

»In den Wagen mit ihm!«, schrie der Polizist grimmig. »Ich knall ihn ab, wenn er nicht sofort im Wagen verschwindet.«

Er war einer von den wenigen brutalen Cops, die wir in Amerika trafen. Wahrscheinlich hätte er geschossen. Ich lief deshalb sofort zu Lipstick, öffnete die Seitentür und befahl Dusty einzusteigen. Er gehorchte, ohne zu zögern, und sein Nackenfell glättete sich.

Der Grenzpolizist wollte danach den Hundeausweis sehen, in den wir vorsichtshalber *Collie-Kreuzung* geschrieben hatten.

»Verdammt komischer Collie«, knurrte der Polizist, aber er konnte nichts machen. Es war alles in Ordnung mit unseren Papieren und wir machten, dass wir wegkamen.

Ein Stück weiter gab ich Steve mit der Lichthupe ein Zeichen anzuhalten. Ich wollte unbedingt den Dusty hinter dem Ohr kraulen, weil er so blitzschnell reagiert und gehorcht hatte. Das tat ich dann auch und wunderte mich später, dass er bei der nächsten Gelegenheit wieder aus dem Fenster sprang und einen Verkehrspolizisten, der uns einen Parkzettel an die Windschutzscheibe heften wollte, das linke Hosenbein zerriss. Aber das war in San Francisco. Und dort waren die Cops zur Flower-Power-Zeit richtig freundliche Menschen.

Die Weststaaten der USA

6. Kapitel

# *Die Westküste entlang*

Wenn man die USA von Norden nach Süden oder umgekehrt an der Westküste entlang durchqueren will, muss man mindestens zweitausendfünfhundert Kilometer fahren. Auf Europa übertragen ist das weiter als von Hamburg nach Palermo in Sizilien.

Wir hatten keinen festen Reiseplan, als wir Kanada verließen. Wir wollten runter in den Süden, wo es warm war und die Orangen an den Bäumen reiften. Von der kanadischen Grenze weg fuhren wir auf dem Freeway Nr. 5 durch den Staat Washington nach Seattle, die erste einer Reihe von amerikanischen Großstädten an der Westküste.

Seattle erlebte seine Boomzeit, als 1897 in Alaska der Goldrausch ausbrach und tausende von Glücksrittern sich in Seattle einschifften. Sie fuhren in Dampfern und Seglern über dreitausend Kilometer weit nach Nome, einer kleinen Küstenstadt Alaskas, um von dort in die weit abgelegenen Goldfelder vorzustoßen. Ein beschwerlicher, langer Weg, der den Prospektoren unmenschliche Leistungen abforderte. Hunderte von ihnen erfroren und verhungerten in der eisklirrenden Wildnis Alaskas. Aber das Goldfieber hatte tausende und abertausende gepackt und Seattle erlebte als Basisstadt zusammen mit San Francisco einen immensen wirtschaftlichen Aufschwung.

Heute ist Seattle die Metropole des Nordwestens der USA, eine phantastisch gelegene, typisch amerikanische Großstadt mit einem vergammelten Stadtzentrum, in dem die alten mächtigen Backsteingebäude zerfallen, und mit einem eigenen Leben, das von einem Fremden nicht so leicht verstanden werden kann. Hier in den Häuserschluchten tummeln sich die Ausgeflippten und die Stadtstreicher ebenso wie die Geschäftsleute, die Manager und die Touristen. Vom alten Seattle zur Zeit des Alaska-Goldrausches ist nicht mehr viel übrig geblieben. Die neue Stadt hat sich auf dem Landstreifen zwischen der Meerenge Puget Sount und dem Lake Washington über die Hügel hinweg ausgebreitet. Der dichte Regenwald ist der Stadt gewichen. Dunkel hebt er sich im Osten über die Stadt Bellevue hinweg, die fast zu einem Teil von Seattle geworden ist. Noch weiter im Osten ragen die bis weit in den Sommer hinein verschneiten Gipfel der Cascade Range in den Himmel.

Was wir auf den ersten Meilen unserer Fahrt südwärts zu sehen bekamen, war nicht mehr als ein Vorgeschmack auf das, was uns dieses unendliche Land an wilder Schönheit noch zu bieten hatte. Obwohl wir wussten, dass in der kurzen Geschichte der Vereinigten Staaten von Amerika diesem Land unzählige Wunden geschlagen worden waren, konnten wir keine Narben erkennen. Wir fuhren wie im Rausch südwärts, durch urweltliche Regenwälder, überquerten den Columbia River, schwenkten in Portland, Oregon, vom Freeway ab und erreichten am Morgen des dritten Tages die Pazifikküste.

Wir kamen aus der Dunkelheit der Wälder und aus dem Nebel in das gleißende Licht der Sonne, das von der spiegelglatten Oberfläche des Ozeans gegen die Klippen der Küste zurückgeschleudert wurde. Nebelbänke krochen aus den

Buchten heraus und lösten sich in der Wärme der Sonne auf. Es war noch kalt im Schatten der Coast Range, die mit steilen, von Sturmwinden zernagten Hängen zum Meer abfiel.

Wir machten am Strand Halt und tobten uns nach der Fahrt so richtig aus. Inka raste wie verrückt hinter Seemöwen her und Dusty erwischte eine Krabbe. Oder die Krabbe erwischte ihn. Er versuchte sie abzuschütteln, aber sie hatte sich an seinen Lefzen festgeklemmt und er tanzte heulend und japsend so lange mit ihr herum, bis sie endlich losließ.

Wir gingen alle schwimmen, obwohl das Wasser nur knapp über zehn Grad hatte, und Steve verlor seine alte Timex. Wir tauchten ein paar Mal ohne Erfolg, bis wir wegen der Kälte aufgeben mussten. Nach dem Frühstück ging Steve hinter einen Felsen, um zu pinkeln. Als er zurückkam, trug er eine goldene Uhr. Schweizer Fabrikat. Steve behauptete zuerst, eine Wassernixe, die hinter dem Felsen ein Sonnenbad nahm, hätte sie ihm gegeben. Steve schwärmte richtig von der Nixe, die oben wie Sophia Loren ausgesehen hätte und unten wie ein Schwertfisch. Erst als die Jeannie ein bisschen sauer wurde und sagte, dass er ihr mit seinen Weibergeschichten den Buckel runterrutschen solle, gab er zu, dass die Uhr im Sand gelegen hatte. Wer innerhalb einer halben Stunde an einem menschenleeren Strand seine Uhr verliert und eine andere findet, hat schon ungeheuren Dusel.

Für die nächsten paar Tage gammelten wir ganz gemütlich die Oregonküste entlang südwärts. Wir trafen kaum Leute. Im Februar sind die Touristen im Nordwesten noch dünn gesät. Manchmal hatten wir das Gefühl, allein auf der Welt zu sein. Allein mit den Möwen, den Bussarden, dem Wind und den Wellen, die gegen die schwarzen Felsen schlugen und die meilenweiten Sandstrände überspülten.

Die Nächte waren feucht und kalt. Am Morgen hob sich der Nebel vom Ozean. Die Wellen kamen erst gegen Mittag und im Laufe des Nachmittags wurde der Pazifik von scharfen Windböen aufgewühlt.

An der Winchester Bay trafen wir einen Texaner, der aus Alaska kam und einen kleinen mageren Hund bei sich hatte. Er nannte ihn seinen »Hasenhund«, aber es war ein gewöhnlicher Bastard, der aussah wie ein langbeiniger Hase mit kleinen Hängeohren und einem eingeschrumpften Bulldoggenkopf.

Der Texaner lachte uns aus, als wir behaupteten, unser Dusty sei schnell genug, einen Hasen zu jagen. Sein Hasenhund aber sei speziell dafür ausgebildet. Er könne Haken schlagen und sei so schnell wie ein Blitz. Um uns eine Lektion in der Hasenjagd zu erteilen, ließ er seinen Hund los und der stöberte tatsächlich auf einem Feld jenseits der Straße einen Hasen auf, der so früh am Morgen noch nicht richtig wach war. Der Hase blieb sekundenlang bocksteif stehen, bevor er die Gefahr erkannte und davonrannte. Der Hasenhund raste über Stock und Stein hinter dem Hasen her, erwischte ihn aber nicht, weil plötzlich überall Hasen aus den Büschen sprangen und wild durcheinander rasten. Es wimmelte von Hasen und der Texaner brüllte: »Pack ihn! Pack ihn!«

»Welchen soll er denn packen, Mann?«, lachte Steve und klatschte in die Hände, während der Hasenhund des Texaners wie ein Verrückter umherraste und immer mehr Hasen aufscheuchte. Der Texaner fluchte und brüllte, während uns vor Lachen die Tränen kamen. Der Hasenhund gab sein Letztes, hatte aber nie eine Chance und schließlich rutschte er völlig ausgepumpt auf dem Bauch einen Hang hinunter und die Zunge hing ihm bis auf den Boden, als er hechelnd und schäumend zurückkam.

Der Texaner packte ihn an den Ohren, hob ihn hoch und schrie: »Verdammter Mistkerl!« Er beförderte ihn mit einem Fußtritt in den Wagen hinein, knallte die Tür zu und forderte uns auf, Dusty auf die Hasen loszulassen.

»Ich wette mit euch um jeden Preis, dass er es auch nicht schafft. Der ist zu groß und zu schwerfällig.«

»Dusty holt sich jeden Tag seinen Hasen zum Abendessen«, log ich ihn an. »So früh am Morgen isst er aber nur Spiegeleier mit Speck.«

Der Texander war bis in seine Stiefel hinein wütend und enttäuscht. Er nannte uns Scheißhippies, denen man die Haare schneiden müsste, und wahrscheinlich wären wir sogar Kommunisten. Er fluchte noch herum, als wir wegfuhren. Dusty saß zwischen uns auf der Bank und gähnte dem Texaner aus dem Seitenfenster ins Gesicht. So früh am Tage konnte ihn wirklich nichts erschüttern.

An der Grenze nach Kalifornien ist ein Checkpoint, wo man nicht die Pässe vorweisen muss. Kontrollbeamte wollen nur wissen, ob man Früchte oder Gemüse dabeihat, weil man damit allerlei Ungeziefer einschleppen kann. Das kalifornische Obst und Gemüse ist frei von Schädlingen und deshalb mussten wir ein paar Orangen und die Karotten abgeben.

Der Texaner, der hinter uns ankam, stritt sich mit den Beamten herum, obwohl er keine Früchte dabei hatte. Texas habe auch keine Checkpoints an den Grenzen, obwohl es dort viele Obstplantagen gäbe, und das Ganze sei nur eine Schikane, mit der sich die Kalifornier aufspielen würden. Die Beamten ließen sich aber nicht herausfordern, und als wir weiterfahren durften, waren sie immer noch dabei, seinen Wagen zu durchsuchen.

Wir blieben bis nach Eureka an der Küste und fuhren

dann zur »Avenue of the Giants«, wo wir unter den gigantischen Redwoods (Rotholzbäume) das Lager aufschlugen. Die Redwoods an der kalifornischen Küste gehören zu den mächtigsten und ältesten Bäumen der Welt. Nur ihr nächster Verwandter, der Riesensequoyah, der auch Mammutbaum genannt wird und an den Westhängen der Sierre Madre vorkommt, überragt die Küstenredwoods. Der höchste und berühmteste von ihnen ist der »General Sherman Sequoyah«. Er ist dreiundachtzig Meter hoch und hat am Fuß einen Umfang von einunddreißig Metern. Fünf Meter über dem Boden beträgt der Durchmesser mehr als sieben Meter und bis zur Höhe von vierzig Metern steigt der Stamm ohne Äste auf. Im Calaveras Grove, in der Nähe der kleinen Ortschaft Big Trees, liegt ein gestürzter Sequoyah, der »Vater des Waldes« genannt wird. Ein Mann auf einem Pferd ist vor Jahren durch den hohlen Stamm geritten, ohne dass er seinen Hut vom Kopf nehmen musste. Obwohl seine Krone fehlt, lässt sich aus der Verjüngung des Stammes errechnen, dass er einmal hundertzwanzig Meter hoch und damit der größte Nadelholzbaum der Welt gewesen ist. Von den heute noch stehenden Sequoyahs schätzt man die ältesten auf über dreitausend Jahre.

Die Bäume, die uns für eine Nacht vor den bretterharten Küstenwinden schützten, gehörten nicht zu den Riesensequoyahs, aber sie machten trotzdem einen fast ehrfurchtgebietenden Eindruck auf uns. Sie standen schon lange, bevor jemals ein Weißer Fuß auf diesen Kontinent gesetzt hatte. Einige von ihnen mochten sogar in der Zeit vor Christus ausgeschlagen haben. Der Wind rauschte gespensterhaft in ihnen und hoch über uns bogen sich die Wipfel. Sie sahen aus wie riesige Kapuzenmänner, die sich einander entgegenbeugten und sich geheimnisvolle Geschichten zuflüsterten. Dusty schien so beeindruckt, dass er zum ersten Mal im Leben sein Hinterbein hob und mindestens siebenmal gegen einen Stamm pinkelte, bevor er ihn endlich umrundet hatte.

Für zwei Tage durchstreiften wir die Wälder, fischten im Eel River und gewöhnten uns ein bisschen an das Leben im Freien. Steves Lippen waren rissig geworden und er sah aus, als wäre er schon ein halbes Jahr unterwegs. Für uns alle war es ein herrliches Leben und Dusty wurde langsam erwachsen. Die Zeichnung in seinem Fell war jetzt schon deutlich zu erkennen.

Bei Calpella am Mendocino Lake schwenkten wir auf den Highway Nr. 20 ein und machten einen Abstecher ins Inland, um in das Gebiet vorzustoßen, wo 1849 der große kalifornische Goldrausch ausgebrochen war. Das ganze Gebiet hatte damals dem Schweizer Auswanderer Johann August Sutter gehört. Bei Meridian überquerten wir den Sacramento River und erreichten gegen Abend den Platz, wo James Marshal, einer von Sutters Angestellten, bei Arbeiten in der Sägemühle den ersten Goldfund gemacht hatte. Die Sägemühle wurde originalgetreu als Touristenattraktion in der Nähe des Goldgräbernestes Coloma wieder aufgestellt. Touristen waren keine dort und wir lagerten auf dem Parkplatz. Am nächsten Tag fuhren wir über Placerville und Sacramento nach San Francisco.

San Francisco ist die Königin aller amerikanischen Städte. Sie sitzt allerdings auf einem ziemlich wackeligen Thron. Erdbebengefahr! Wissenschaftler behaupten, dass der ganze Küstenlandstrich bis an die Fußhügel der Sierra eines Tages ins Meer versinken wird und Städte wie San Francisco und Los Angeles zu Schutt und Asche zerfallen und von den Fluten des Pazifiks überspült werden. Das sind düstere Zukunftsvisionen, die uns aber an jenem sonnigen

Frühlingsmorgen nicht davon abbringen konnten, über die Oakland Bay Bridge auf die Landzunge hinauszufahren, die San Francisco trägt.

Wir hatten noch den absoluten Erfolgshit von Scott McKenzie im Ohr, in dem er jeden, der nach San Francisco kommt, auffordert, sich eine Blume ins Haar zu stecken. San Francisco war damals zur Pilgerstadt der Leute geworden, die »on the road« waren. Das Mekka der Hippies. Die Stadt, in der Anfang der sechziger Jahre für die westliche Welt so etwas wie eine friedliche Gesellschafts- und Kulturrevolution ins Leben gerufen wurde. In dieser Stadt konnte man damals den Frieden tatsächlich erleben. Sie war uns nicht fremd. Es schien, als ob wir nach Hause gekommen wären.

In den Parks und Straßen war Musik. Leute sangen und tanzten. Junge Leute. Alte Leute. Kinder. Die Stadt blühte. Sie war ein einziges Fest. Tag und Nacht. Wir wurden hineingerissen in diesen gewaltigen Strudel und fanden kaum mehr Zeit für das, was Touristen normalerweise tun. Irgendwann waren wir auf der Golden Gate Bridge und irgendwann verloren wir uns in Chinatown, trafen uns wieder am Hafen, wo der Ozeanriese einlief, mit dem Jeannies Cousin Jack und ein paar unserer Vancouver Freunde unterwegs nach Australien waren. Wir soupierten »first class« mit Krawatte und allem auf dem Dampfer und schliefen unseren Rausch auf der Verladerampe eines Hafenschuppens aus. Dusty sprang am nächsten Tag wieder einmal aus dem Seitenfenster und erwischte einen Cop am Hosenbein und am Mittag ließen wir unseren Campingherd auf einer Parkbank liegen, fuhren wie die Wilden zurück und er war weg. Auf einer Party bei einem Kunstmaler in Sausalito, auf der andern Seite der Meerenge, verliebte sich Dusty im Marihuanarausch in eine Siamkatze, die ihm fast die Augen aus dem Kopf kratzte.

Es war furchtbar. Irgendwelche Leute rauchten Marihuana. Die Luft war voll davon. Plötzlich flippte Dusty aus. Er lockte die Katze unter dem Sofa hervor und forderte sie zum Tanz auf. Die Katze spielte eine Weile mit ihm, hängte sich in seinen Pelz und sprang auf seinem Rücken herum. Als er sie vor lauter Liebe unter sich begraben wollte, wurde sie wild und wir mussten Dusty rausbringen, weil er sich nicht zur Wehr setzte und blutige Schrammen abkriegte.

Am nächsten Tag war er noch etwas benommen, aber das ist keine Entschuldigung für das, was dann passierte. Ich spazierte mit ihm durch einen Park am Marina Boulevard, wo viele Leute ihren Haushunden Bewegung verschaffen, indem sie die Hunde neben dem Auto herlaufen lassen. Dusty war natürlich die absolute Schau. Die Leute betrachteten ihn bewundernd und mit Ehrfurcht. Hunde legten sich sofort hin, wenn Dusty auftauchte.

Er war inzwischen eine imposante Erscheinung. Größer als ein Deutscher Schäferhund und mit Zähnen wie ein Bär. Ich ließ ihn von der Leine und stolzierte hinter ihm her, als plötzlich ein Ding kläffend aus einem Busch geschossen kam, das nicht viel Ähnlichkeit mit einem Hund hatte. Es war ein kunstvoll frisierter Apricotpudel mit roten Seidenmäschchen auf dem Kopf und lackierten Krallen.

Dusty sah das Ding und hechtete, wie von einer Hornisse gestochen, auf das Dach eines langsam vorbeifahrenden Chryslers. Die Fahrerin, eine ältere Dame, hielt sofort an, kurbelte alle Fenster hoch, machte unglaubliche Faxen und fuchtelte mit den Händen herum, während das Ding um das Auto herumjagte und zu Dusty hochkläffte, der mit bebenden Flanken auf dem Dach stand, den Schwanz zwischen die Beine geklemmt hatte und sich nicht mehr herunterwagte.

Es war ein schockierender und beschämender Anblick.

Dusty verpisste vor Schreck das Autodach, während er das im Kreis rasende Ding ängstlich beobachtete. So was hatte er noch nie gesehen. Und ich auch nicht. Ein frisierter, parfümierter, lackierter, aprikosenfarbener Minipudel wirkt dämonischer als ein lebender King Kong.

Ich zog meine Jacke aus und wollte den Pudel verscheuchen. Aber er schnappte nach ihr, verbiss sich darin und ich wirbelte die Jacke wie ein Lasso um meinen Kopf herum und ließ sie mit dem Pudel fliegen. Da sprang die Dame aus dem Auto und attackierte mich mit einer Handtasche. »Tierquäler!«, schrie sie. »Man sollte Sie aufhängen! Man sollte Sie den Löwen zum Fraß vorwerfen! Tierquäler! Schänder!«

Ich wehrte mich, so gut ich konnte, und Dusty nahm die Gelegenheit wahr, die Flucht zu ergreifen. Er sprang vom Dach und raste davon. Ich zog mich auch langsam zurück, angelte meine Jacke vom Boden auf, knurrte die Dame und ihren Pudel, der sich auf mich stürzen wollte, an und rannte hinter Dusty her. Als ich mich umdrehte, sah ich, wie die Dame ihren Liebling in die Arme nahm und ihn abküsste, und er leckte ihr die Puderkruste vom Gesicht.

Wir verließen San Francisco und die Dame mit dem Pudel ging mir lange Zeit nicht aus dem Sinn. Sie hatte mir eindrücklich gezeigt, was ich mit unserem Dusty alles nicht machen durfte.

Für Dusty war das Erlebnis wahrscheinlich ein höllischer Psychoschock und er trug erkennbar einen Schaden davon. Wenn immer ihm ein Pudel begegnete und ihm auch nur einen schiefen Blick zuwarf, verwandelte sich Dusty in eine reißende Bestie. Dagegen konnte ich nichts machen. Und für viele Pudel wäre es vielleicht besser, von Dusty gefressen zu werden, als ein Leben lang von einem Tierfreund vergewaltigt zu werden.

Weil die Kalifornier wissen, dass der Küstenabschnitt zwischen San Francisco und Los Angeles einer der schönsten der Welt ist, kostet dort das Übernachten auf den staatlichen Campingplätzen doppelt so viel wie anderswo. Deshalb lagerten wir meistens dort, wo wir gerade Lust hatten. Campieren innerhalb von Stadtgrenzen ist aber verboten und in Monterrey wurden wir morgens um drei von zwei Cops geweckt, die mit Taschenlampen und Revolvern durch die Fenster auf uns zielten und mit den Stiefeln gegen die Tür traten. Es war ein böses Erwachen. Wir mussten ihnen unsere Pässe zeigen und die Jeannie braute schnell einen starken Kaffee. Einer der Cops holte zu Hause Kuchen und wir frühstückten alle zusammen am Strand, als die Sonne aufging.

Von Monterrey aus fuhren wir durch den Los Padres National Forest und die Küste entlang hinunter nach Santa Barbara, wo eine der ältesten und schönsten Missionskirchen steht. Der Küstenabschnitt und der Kanal von Santa Barbara wurden 1542 von dem Portugiesen Juan Rodriguez Cabrillo, der im Dienste der Spanier stand, entdeckt. Im Jahre 1769 schickte der Generalinspektor von Neuspanien (Mexiko) Soldaten und Mönche aus, um Kalifornien unter die Kontrolle Spaniens zu bringen. Die Urbewohner des Landes, verschiedene Stämme friedfertiger Küstenindianer, wurden dadurch vom Christentum überrumpelt.

Die Soldaten und Missionare trieben sie zusammen und ließen sie in Sklavenarbeit eine Kette von Missionsstationen entlang der kalifornischen Küste errichten.

In der Santa-Barbara-Mission konnte Vater Serra das Kreuz am 21. April 1782 aufrichten, lange bevor es die Städte San Francisco und Los Angeles gab. Genau dreißig Jahre später wurde die aus Adobelehm gebaute Kirche durch ein gewaltiges Erdbeben nahezu vollständig zerstört.

Beim Wiederaufbau verwendeten die Padres Kalksteinblöcke aus den nahe gelegenen Hügeln. Die neue Kirche war 1820 fertig gestellt. Wichtig steht sie auf dem Hügel über der Stadt Santa Barbara inmitten prächtiger Palmen und Blumengärten.

Wir ließen Dusty und Inka im Wasserreservoir, das die Indianer für die Padres und ihr eigenes kleines Dorf vor fast zweihundert Jahren angelegt hatten, schwimmen. Inka stellte sich dabei richtig blödsinnig an. Schwimmen war noch nie ihre Stärke gewesen. Dusty schien durch das Kamillenbad, das wir ihm verpasst hatten, keinen Knacks davongetragen zu haben. Er hätte im Wasser glatt einem Biber Konkurrenz machen können. Ein Aufseher nahm uns den Spaß, indem er behauptete, das Reservoir sei kein Schwimmbad für Hunde, sondern eine ehrwürdige historische Stätte, die nur zum Betrachten da sei.

Am Abend des nächsten Tages erreichten wir Los Angeles. Wir fuhren auf sechs- und achtspurigen Freeways. Links und rechts von uns, über und unter uns brauste der Verkehr. Steve und ich fuhren so dicht hintereinander, dass die Paula fragte, ob wir uns Händchen geben wollten. Die Paula hatte damals noch keinen Führerschein und deshalb keine Ahnung, was für Strapazen wir auf dieser Fahrt durchstehen mussten. Mir klebte das Hemd am Rücken, und als wir endlich so gegen zehn Uhr in der Nacht auf dem Parkplatz vor dem Disneyland ankamen, kletterten Steve und ich aus unseren Bussen und schüttelten uns gegenseitig die Hand, so, als hätten wir eben den großen Preis von L. A. gewonnen. Ich weiß nicht, wie lange ein ortskundiger Fahrer braucht, um im Feierabendverkehr von Santa Monica zum Disneyland zu fahren, aber wir brauchten etwas mehr als vier Stunden dazu und waren danach völlig geschlagen.

Zur Erholung blieben wir dann drei Tage hintereinander im Disneyland und am Ende hatten wir noch immer nicht alles gesehen, was es da so für kleine und größere Kinder gibt. Auf jeden Fall waren wir mal auf dem Mond und im Gespensterhaus und bei den Piraten in der Karibik. Wir trafen auch Präsident Abraham Lincoln an, der vor mehr als hundert Jahren ermordet wurde und in Disneyland für zehn Cents jede halbe Stunde eine Rede hält. Er sieht wirklich aus wie echt, und obwohl jeder weiß, dass er nur aus Gummi, Wachs, Drähten und Elektromotoren besteht, wird ihm am Ende jeder Vorstellung tosender Applaus gespendet.

Disneyland ist wirklich ein phantastischer Spiel- und Rummelplatz und die Paula traf dort ihren damaligen Lieblingsschauspieler Clint Eastwood, was für sie das Tüpfelchen auf dem i bedeutete. Ich wurde fast ein bisschen eifersüchtig, als der Clint mit der Paula auf einer der Parkbänke ganz eng beisammen saß und sie sich zusammen mit dem guten alten Donald Duck fotografieren ließen.

Am nächsten Tag entschieden wir uns dafür, die Universal Studios zu besuchen, anstatt nach Beverly Hills zu fahren und die Prachtvillen zu bestaunen, in denen die großen Stars leben oder gelebt haben. Die Paula hoffte, vielleicht Clint noch einmal zu treffen oder Robert Redford, der damals noch nicht so bekannt war und trotzdem in der Paula schon einen Fan hatte.

Das Universal-Filmgelände ist riesengroß. Man hat dort schon Western gedreht, in denen ein Cowboy tausend Meilen weit durch die Gegend geritten ist, ohne einmal am gleichen Ort vorbeizukommen. Auch für Kriegsfilme ist genug Platz da und es gibt London als Kulissenstadt ebenso wie New York und Tokio. Die ganze Welt scheint dort ganz eng beieinander zu stehen und die Vergangenheit ist plötzlich Gegenwart und die Zukunft ist auch schon da, weil gerade neben einer römischen Festung eine Mondrakete an der Abschussrampe hängt und etwa fünfzig Meter entfernt grad ein Film mit Venusmenschen gedreht wird.

Es waren fast mehr Touristen in Universal City als in Disneyland. Vor allem Frauen, die sich ungeheuer aufmöbeln, weil sie denken, dass irgendein Regisseur da ist, der für seinen nächsten Film noch ein paar aufgemöbelte Frauen braucht. Da sieht man unter den Touristen alles, was es im Film schon gegeben und noch nicht gegeben hat. Viermal die Ava Gardner und mindestens ein halbes Dutzend Jane Fondas und Lana Turner war auch einige Male vorhanden. Ein echter Filmstar war nicht aufzufinden, aber der Tierbändiger, der für den Hitchcock-Film »Die Vögel« Bussarde, Krähen und sogar Adler darauf dressiert hatte, Menschen anzugreifen, zeigte den Leuten Kunststücke mit Hunden, Katzen, Ratten und einem Adler.

Er fragte die Zuschauer, wer den Mut hätte, sich vom Adler attackieren zu lassen, und die Paula meldete sich natürlich sofort. Sie bekam einen Lederkragen um den Hals gelegt und musste sich auf ein Podest stellen.

»Machen Sie keine Bewegung, wenn er Sie anfliegt, Miss«, warnte der Tierbändiger. »Stehen Sie ganz still und versuchen Sie ihn ja nicht zu streicheln.«

Mir war ganz kribbelig unter der Haut, wie ich die Paula so auf dem Podest stehen sah, zierlich und schön wie immer, mit großen erwartungsvollen Augen, in denen keine Spur von Furcht zu erkennen war. Ich machte schnell die Kamera bereit. Meine Finger zitterten vor Aufregung. Was war, wenn der Adler mit seinen langen spitzen Krallen nicht den Lederkragen erwischte, sondern Paulas Gesicht? Er konnte ihr sogar die Augen aushacken. Er war ein Ungetüm von einem Vogel, mit bernsteinfarbenen

Augen und einem mächtigen Schnabel. Der Tierbändiger hatte ihn auf der Schulter. Er war angekettet.

Rings um uns war Totenstille, als sich der Tierbändiger etwa fünfzig Schritte entfernte und die Kette ausklinkte. Dann schnalzte er mit der Zunge. Der Adler stieß sich ab und breitete seine gewaltigen Schwingen aus. Zwei-, dreimal schlug er sich in die Luft hoch, rauschte dann wie ein Sturzkampfbomber über die Köpfe der Leute hinweg, segelte so dicht über mir, dass er mit seinen Krallen durch mein Haar fuhr und mir vor Schreck die Kamera fast aus den Händen fiel. Sekunden später hing er flügelschlagend am Lederkragen der Paula und ich drückte den Auslöser.

Die Paula stand wie ausgestopft auf dem Podest und lächelte in die Runde. Die Leute klatschten Beifall und der Tierbändiger holte den Adler zurück und brachte ihn in den Käfig. Als ich Paula an der Hand nahm, spürte ich, wie sie zitterte. Wir gingen zum nächsten Cola-Stand und tranken ein Wurzelbier und der Tierbändiger kam zu uns und fragte, ob er mal den Wolf sehen dürfe. Die Paula hatte ihm von Dusty erzählt und er sagte, dass er einen Wolf zu einem Reklamespot für Hundefutter brauchen könnte.

»Ihr kriegt zweihundert Dollar, wenn's klappt«, sagte er. »Wir machen eine Rotkäppchenszene. Der Wolf liegt im Bett und wartet auf Rotkäppchen, um es zu verschlingen. Rotkäppchen kommt herein und der Wolf springt, als Großmutter verkleidet, aus dem Bett und stürzt sich auf Rotkäppchen, das blitzschnell in sein Körbchen greift und einen Sack Nero-Hundefutter herausnimmt. Der Wolf frisst dann anstelle von Rotkäppchen das Hundefutter.«

»Und was ist mit der Großmutter, die er im Bauch hat?«, fragte ich neugierig.

»Das stört doch die Großmutter nicht«, lachte der Tierbändiger. »Es kommt nur auf den Gag an.«

Nun, wir waren wieder einmal ziemlich pleite und konnten nicht einfach auf ein solches Angebot verzichten. Nicht einmal Dusty zuliebe. Ich warnte allerdings den Tierbändiger und sagte ihm, dass es schwierig sei, Dusty irgendwelche Kunststücke beizubringen.

»Das kannst du meine Sorge sein lassen. Ich bin seit dreißig Jahren im Geschäft und bring selbst einer Ratte bei, in der Bratpfanne eine Polka zu tanzen.«

Wir waren wirklich gespannt, ob es ihm gelingen würde, Dusty als Großmutter zu verkleiden und in ein Bett zu legen. Wir brachten ihn zu Dusty und er war hellauf begeistert.

»Das ist ein Prachtkerl!«, rief er bewundernd. »Genau das, was wir brauchen. Komm mal her, Großmütterchen.«

Er streckte die Hand aus. Dusty knurrte ihn wütend an.

»Ich brauche einen halben Tag Zeit«, sagte er. »Dann ist er perfekt.«

Er war davon überzeugt, dass er Dusty für den Spot hinkriegen würde. Aber die Paula wollte ihm Dusty nicht einfach überlassen. »Ich will nicht, dass er geschlagen wird. Und ich will nicht, dass man ihm Dinge beibringt, die ihm keinen Spaß machen. Und wenn er einmal in einem Bett gelegen hat, will er womöglich immer in einem Bett schlafen.«

Es gab eine große Diskussion und am Ende war der Tierbändiger damit einverstanden, dass wir alle mitmachen durften. Am nächsten Morgen hatten wir einen Termin in einem der Studios, wo ein Schlafzimmer mit drei Wänden eingerichtet war. Es wimmelte von Kameraleuten, Toningenieuren, Beleuchtern und alle redeten durcheinander. Aber als Dusty, der Star, kam, wurde es ruhig.

Ich hatte Dusty an der Kette und führte ihn ein bisschen rum. Er pinkelte gegen eine alte Kommode und verlor nach und nach die Scheu vor den Leuten. Als er sich beruhigt hatte, bekam er ein paar Hundebiskuits und dann ging es an die Arbeit.

Dusty war es nicht gewohnt, auf Betten und Sofas zu schlafen, und er wollte sich auf dem Himmelbett einfach nicht hinlegen. Er schnappte die Steppdecke und zerrte sie vom Bett. Dann nagte er an einem Bettpfosten herum und erst, als sich die Paula mit ihm ins Bett legte, ließ er sich zudecken. Das machten wir etwa zwei dutzend Mal mit ihm, bevor wir ihm das Nachthemd und ein Häubchen anzogen.

Er sah furchtbar komisch aus, und als ich laut herauslachte, fühlte er sich gekränkt. Er sprang aus dem Bett und rannte mit dem Nachthemd durch das Studio. Irgendwo blieb er hängen. Das Nachthemd riss und er kam nackt zurück, wälzte sich auf dem Fußboden und versuchte, sich mit den Pfoten das Häubchen abzustreifen.

Wir brauchten mindestens vier Stunden dazu, bis er endlich kapierte, worum es ging. Aber immer, wenn jemand lachte, fing das Theater wieder von vorne an und am Ende sah man im Studio nur noch ganz bierernst verkrampfte Gesichter.

Am Nachmittag kam dann das Rotkäppchen mit seinem Körbchen. Die Mutter war dabei und jetzt ging der Zauber erst richtig los. Die Mutter meckerte dauernd an ihrem Töchterlein herum. Es konnte überhaupt nichts richtig machen und schließlich kam der Regisseur auf den glorreichen Einfall, die Mutter wegzuschicken, weil das Rotkäppchen dem Weinen nahe war. »Aus dir wird nie ein Star«, schimpfte die Mutter und zog ab.

Danach ging alles viel besser. Das Rotkäppchen machte plötzlich alles richtig, aber Dusty hatte jetzt überhaupt keine Lust mehr. Wir führten ihn wieder mal hinaus, wo er sein Geschäft verrichten konnte. Dann verkleideten wir ihn erneut und er musste sich ins Bett legen. Wir steckten ihm eine Brille auf die Schnauze. Dann wurden Proben gemacht und es klappte ganz gut. Aber jetzt war es zu spät, um die ganze Sache in den Kasten zu bringen, und wir mussten am nächsten Tag noch einmal antraben. In der Nacht schien Dusty Albträume zu haben. Er fuchtelte mit den Pfoten herum und machte allerhand zuckende Bewegungen am Boden. Außerdem stellte die Paula fest, dass er eine ganz warme und trockene Nase hatte, und wir gaben ihm eine halbe Aspirin. Wahrscheinlich plagte ihn das Lampenfieber.

Am nächsten Tag wurde dann echt gefilmt. Das dauerte von neun Uhr am Morgen bis spät am Nachmittag. Alles für zwei Minuten Hundefutterreklame. Man muss da unweigerlich an die arme Lassie denken, die wöchentlich ein Stundenprogramm durchziehen muss, falls sie nicht tatsächlich ein paar Doubles hat. Dusty hechelte in der Hitze des Scheinwerferlichts, als hätte er tatsächlich eine vertrocknete und verkalkte Oma verschlingen müssen. Das Rotkäppchen, das von seiner Mutter den Künstlernamen Sidney Barker gekriegt hatte und in Wirklichkeit Olga Petterson hieß, verstand sich gut mit Dusty, der ihr in diesem Durcheinander zu einem wahren Freund wurde. Das Hauptproblem war aber, Dusty auf Kommando aus dem Bett springen und so tun zu lassen, als ob er sich auf die kleine Sidney stürzen wolle.

Am Abend des zweiten Tages hatten wir alles bis auf diese Szene im Kasten. Am nächsten Morgen brachte dann der Regisseur eine Katze mit, die dem Rotkäppchen ins Körbchen gesetzt wurde. Mit einem rot-weiß karierten Tuch darüber. Dusty sprang dieses Mal mit einem gewaltigen Sprung aus dem Bett, verlor dabei die Brille und das

Häubchen, riss das Rotkäppchen von den Beinen und erwischte die Katze am Schwanz. Sie stieß ein fürchterliches Geschrei aus, biss Dusty ins Ohr, kam frei und raste an einem Gerüst hoch, auf dem die Scheinwerfer montiert waren.

Der Regisseur klatschte vor Freude, dass es endlich geklappt hatte, in die Hände und jetzt mussten wir Dusty nur noch dazu bringen, das Trockenfutter zu fressen, was er unter keinen Umständen tun wollte. Er schnüffelte daran herum und lutschte an einigen der kleinen harten Brocken wie an Bonbons. Das ging natürlich nicht. Er sollte sich von Rotkäppchen füttern lassen. Aber nach einigen Versuchen kam ein Beleuchter auf die Idee, Fleisch zu kaufen und den Sack damit zu füllen. Das wurde gemacht und das Rotkäppchen brauchte jetzt nur noch den Sack hinzuhalten und Dusty streckte den Kopf bis zu den Ohren hinein und fraß, als hätte er seit Kanada nie mehr was Anständiges zwischen die Zähne bekommen.

Nach zweieinhalb Tagen, die uns allen wie eine Ewigkeit vorkamen, kassierten wir endlich Dustys Honorar von zweihundert Dollar, schlugen alle Filmangebote aus und flohen südwärts. Ich weiß nicht, ob wir dadurch Dusty nicht eine glänzende Hollywoodkarriere vermasselt haben, aber darauf kommt es ihm bestimmt nicht an. Immerhin ist er der Held meines Buches und das ist ja auch was.

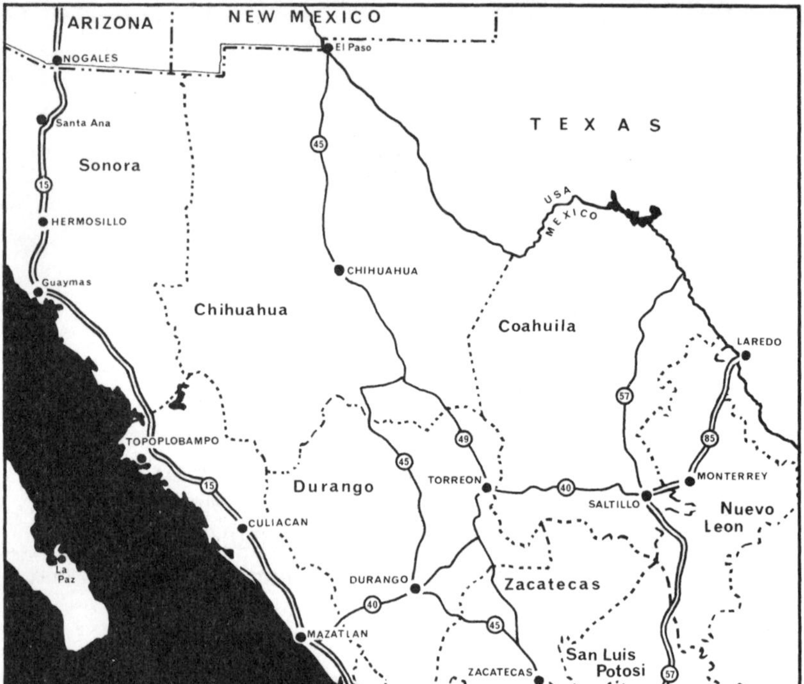


Route durch Mexiko

## 7. Kapitel
# *Viva Mexiko*

Eine Fahrt durch Kalifornien ist für einen Normaltouristen schon eine tolle Sache. Kalifornien ist immer noch ein Land, das in seiner Vielfalt jeden Reisenden betören kann. Es gibt das Meer, es gibt Wüsten und Berge, Wälder und Seen. Kalifornien ist groß und großartig zugleich und noch lange nicht das Ende eines Traumes. Selbst Los Angeles, die viel verschriene Großstadt, hat besondere Reize und ist alles andere als ein Beton- und Asphaltdschungel, über dem ständig eine Glocke aus giftigen Abgasen hängt. Die Millionen Menschen, die in Kalifornien leben, haben genug Platz, um sich nicht gegenseitig auf den Füßen zu stehen, und eine hässliche Städteansammlung, wie wir sie im Ruhrpott haben, gibt es in Kalifornien nicht. Man kann dort wirklich noch überall frei atmen und eigentlich wären wir gerne noch eine Weile in Kalifornien herumgetuckert, aber die Jeannie wollte unbedingt nach Mexiko und die Paula meinte auch, dass Mexiko ein besonderes Land wäre.

Damals herrschte unter den jungen Leuten ein richtiges Mexiko-Fieber und das packte uns auch. Ich wollte nach Yuma, wo das alte, sagenhafte Territoriumgefängnis steht, in dem vor hundert Jahren die Wildwestbanditen bei brütender Hitze in den Kalksteinbrüchen ihre Strafen verbüßten. Damals nannte man das Gefängnis »Das Höllenloch von Yuma«. Heute ist es ein Museum und ein Schreckenskabinett für denjenigen, der seine Geschichte kennt.

Die Ruinen des Gefängnisses, umgeben von einer zerfallenen Adobelehmmauer, stehen in einer Schleife des einstmals mächtigen Colorado River, der inzwischen mehrmals gestaut ist und die Wüste rund um Yuma herum in ein prächtiges Obstanbaugebiet verwandelt hat. Überragt wird das Gefängnis von einem mächtigen Wachturm, auf dem früher die berüchtigte Schnellfeuerkanone, eine »Gatling Gun«, gestanden hat, mit der jeder Ausbruchsversuch im Keime erstickt wurde. Ich machte mir Notizen und fotografierte ein bisschen herum, weil ich mir vorgenommen hatte, mal ein Buch über Yuma zu schreiben, was ich aber bis heute nicht getan habe.

In Tucson, Arizona, war grad das Rodeo »Fiesta de los Vaqueros« und wir besorgten uns Presseausweise, damit wir in der Arena fotografieren durften. Dabei erwischte ein bockender Bulle Steve am Hosenboden und Steve jagte mit blankem Hintern unter tosendem Applaus und Gelächter, verfolgt vom schäumenden Bullen, durch die Arena, flankte über das Absperrgeländer und landete am Busen von Nathalie Wood, die als Ehrengast geladen war. Wir machten fünf Tage Rodeo, fotografierten wie die Blöden und versorgten sämtliche Zeitungen mit unseren Bildern. Wir wurden richtige Experten im Fotografieren von bockenden Pferden und Bullen und fliegenden Cowboys. Die Leute auf den Rängen schlossen Wetten ab, wer von uns beiden zuerst im Krankenhaus landen würde, aber wir entwickelten die für einen Rodeofotografen notwendige Fähigkeit, mit einem Auge durch den Sucher und mit dem anderen Auge an der Kamera vorbeizublicken, weil durch den Sucher alles anders aussieht und man einen Hufschlag abkriegen kann, obwohl es scheint, als wäre der Gaul noch zwei Körperlängen weg. So was geht verteufelt schnell und manchmal waren wir so nahe dran, dass man die Äderchen in einem aufgerissenen Bullenauge haarscharf erkennen konnte. Wir lernten die besten Rodeoreiter kennen. Zum Beispiel Larry Mahan, der fünfmal Weltmeister war. Ein harter Bursche. Einmal brach er sich das Bein und es musste eingegipst werden. Er ließ sich eine Spore in den Gips schrauben und setzte sich am nächsten Tag schon wieder auf einen Brahma-Bullen. Es waren wilde Tage in Tucson. Aber wir lebten gut. Leute, die wir in einem Park getroffen hatten, luden uns zu sich nach Hause ein. Sie hatten ein Haus, das ein paar hunderttausend Dollar gekostet hatte. Mit einem Swimmingpool, wo das Wasser aus einem goldenen Löwenkopf über ein halbes Dutzend Kaskaden herunterplätschert. Die Leute hatten einen Neger als Gärtner und eine Negerin als Hausmädchen, das uns jeden Morgen die Betten frisch bezog.

An einem sonnigen Nachmittag plantschten wir im Swimmingpool herum und Dusty wollte unbedingt auch rein, aber der Hausherr sagte, dass das wegen der Haare, die die Filteranlage verstopfen würden, nicht gehe. Wir befahlen deshalb Dusty, auf den Marmorplatten schön auf uns zu warten und das tat er dann auch, winselnd und kläffend wie ein hundsgewöhnlicher Wauwau. Er rutschte dabei immer näher an den Rand heran, und als Steve mal untertauchte und wie ein Elefant aus dem Wasser heraustrompetete, hielt es Dusty nicht mehr aus. Er sprang in dem Moment, als Steve auftauchte. Die beiden prallten hart zusammen und Dusty fing sofort wild zu rudern an. Seine scharfen Krallen gruben sich tief in Steves Rücken. Steve brüllte auf vor Schmerzen und tauchte tief unter Dusty weg. Als er aus dem Wasser kam, lief das Blut in dicken Bächen an ihm herunter. Er sah aus, als hätte jemand versucht ihm die Haut abzuziehen. Er hatte tiefe Risswunden am Kopf, auf dem Rücken und an den Beinen, und wir mussten ihn zum Arzt bringen, wo einige Risse genäht wurden.

Dusty kriegte vom Chlorwasser wieder einmal Durchfall und verkackte im Haus die teuren Perser- und Berberteppiche. Es war eine höllische Zeit, aber unsere neuen Freunde wollten uns nicht gehen lassen, bis wir endlich die Visa für Mexiko kriegten und eine Haftpflichtversicherung abschließen konnten. Amerikanische Versicherungen übernehmen in Mexiko keine Haftung, weil dort die Leute Auto fahren, als ob sie Chilipfeffer im Benzin hätten und es ein Wunder ist, wenn man heil durchkommt.

Dass Mexiko ein sonderbares Land ist, merkten wir schon an der Grenze. Das war ein Tag, nachdem es Joe Frazier gelungen war, das schwergewichtige Großmaul Muhammad Ali zu vermöbeln. Der Versicherungsagent, ein ehemaliger Sektenprediger, gab uns ein paar gute Ratschläge mit auf den Weg.

»Mexiko ist kein Paradies«, warnte er uns. »Mexiko ist das Fegefeuer auf Erden und so, wie ihr ausseht, werdet ihr dort unten gebraten, bis euch der alte Luzifer auf dem Zahnfleisch zerkauen kann.«

Wir hörten von anderen Leuten, dass die Mexikaner an den Grenzübergängen Plakate hängen hatten, auf denen zwei Köpfe abgebildet waren. Ein Kopf mit langen Haaren und ein Kopf mit kurzen Haaren. Über dem Kopf mit den langen Haaren war ein dickes, knallrotes Kreuz aufgemalt.

Wir wussten Bescheid und hielten unsere Köpfe kurz vor der Grenze unter einen Wasserhahn, kämmten die Haare straff hinter unsere Ohren zurück und in den Hemdkragen hinein. Dann zogen wir unsere besten Kleider an, putzten unsere Fingernägel und sahen beinahe aus wie verspätete Konfirmanden, als wir zum Grenzübergang kamen.

Ein paar kleine glutäugige Beamte in Khakiuniformen belauerten uns wie Krauskragengeier ein sterbendes Opfer. Mir wurde ganz unheimlich in meiner Haut, als sie langsam auf unsere Busse zukamen und uns umrundeten. Einer von ihnen befahl uns auszusteigen. Dabei kam er dicht ans Fenster heran und ich sagte höflich. »Buenos Dias, Señor.«

Er öffnte die Tür, hauchte mir eine Knoblauchduftwolke ins Gesicht und flüsterte: »Gib mir ein Trinkegeld und du kriegst keine Schwierigkeiten.« Laut schnarrte er: »Aussteigen und alle Türen öffnen! Die Pässe dort drüben abgeben!«

Wir kletterten aus unseren Bussen und ich drückte ihm verstohlen fünfzig Cent in die Hand. Er steckte sie in die Tasche und zischte: »Das ist kein Trinkgeld! Das ist ein Almosen!«

»Heh, ich bin ein armer Student«, flüsterte ich zurück. »Wenn ich mehr hätte, würde ich dir mehr geben.«

Er musterte mich von Kopf bis Fuß. Dann die Paula. Und die Paula lächelte ihr schönstes Lächeln. Bei Steve drüben raschelte Papiergeld. Jeannie war ganz rot im Gesicht vor Wut, obwohl uns der Exprediger alles vorausgesagt hatte. Die Beamten schubsten uns herum, bis ich die Seitentür öffnete und Dusty ihnen aus dem Dunkeln entgegenknurrte und seine Reißzähne bleckte. Sie taten zwar, als ob sie überhaupt nicht beeindruckt wären, hatten aber plötzlich kein Interesse mehr daran, unsere Busse zu durchsuchen. Wir bezahlten noch einmal je sieben Dollar oder so für einen Touristenaufkleber, den wir an der Windschutzscheibe befestigen mussten. Dann durften wir weiterfahren. Die Paula und ich hatten zusammen noch etwa vierzig Dollar und wir waren froh, dass wir so günstig davongekommen waren.

Australische Freunde von uns hatten nicht das Glück gehabt, von ihrem Versicherungsagenten gewarnt zu werden. Sie wollten kein Trinkgeld zahlen, weil das Beamtenbestechung ist, und deshalb blieben sie vierundzwanzig Stunden an der Grenze hängen und mussten zusehen, wie die Beamten ihren VW-Bus in sämtliche Einzelteile zerlegten.

Noch schlimmer erwischte es einen Lehrer aus Kalifornien, der mit seiner Freundin nach Mazatlan hinunter wollte. Die Beamten an der Grenze durchsuchten seinen Wagen und ließen ihn dann weiterfahren. Aber etwa zehn Meilen nach der Grenze steht ein einsam gelegener Kontrollposten. Beamte mit Maschinenpistolen bewachen den Schlagbaum. Der Lehrer wurde angehalten und einer der Polizisten zwang ihn mit vorgehaltener Waffe auszusteigen. Sie durchsuchten dann noch mal seinen Wagen und fanden tatsächlich ein kleines Plastiksäckchen mit Marihuana. Die Beteuerungen des Lehrers, dass ihm das Säcklein an der Grenze bei der ersten Durchsuchung in den Wagen gelegt worden sei, nützten ihm nichts. Er landete in einem der üblichen mexikanischen Grenzgefängnisse, wo man ihm und seiner Freundin alles abnahm, was den Mexikanern wertvoll erschien. Das Auto wurde konfisziert und man setzte die beiden an der Grenze aus. Sie besaßen nur noch das, was sie auf dem Leib trugen.

Wir hatten mehr Glück. An der Kontrollstation hielten uns drei schwer bewaffnete Mexikaner auf. Wir zeigten ihnen unsere Pässe und sagten, dass wir keine Gringos seien. Damit waren sie zufrieden. Ich weiß nicht, was passiert wäre, wenn wir Amerikaner gewesen wären, denn inzwischen waren unsere Haare getrocknet und standen wild vom Kopf ab. Außerdem hatten wir Film- und Fotokameras dabei und Tonbandgeräte.

Obwohl alles einigermaßen gut ging, zeigte sich uns Mexiko von allem Anfang an von einer schlechten Seite und überhaupt nicht so, wie man es von der Touristenreklame her kennt.

Die Mexikaner haben es vor allem auf Gringos abgesehen. Das ist wohl, weil die Amerikaner zu tausenden nach Mexiko in den Urlaub fahren und sich benehmen, als ob sie die einzigen rechten Menschen auf der Welt wären. Die protzen in einem armen Land mit ihren Dollars herum, wie das viele Deutsche im Ausland auch tun. Das ist natürlich eine beschissene Sache für die Leute und es ist kein Wunder, wenn dadurch Antipathien geweckt werden. Aber die Mexikaner übertreiben es wirklich. Damals war es für junge Leute mit etwas längerem Haar und mit einem Bart schwierig, in Mexiko ein paar ruhige Tage zu verbringen. Das mussten wir später am eigenen Leib erfahren.

In Hermosillo, wo wir zum ersten Mal auftankten, fing der Zauber schon an. Ich ließ einen Mexikaner Benzin einfüllen und holte unterdessen beim Brunnen auf der anderen Straßenseite frisches Wasser. Als ich zurückkam, verlangte der Tankwart einen Phantasiepreis für das Benzin. Ich warf einen Blick auf die Tanksäule. Die Anzeigerollen standen auf 00000.

»Señor, wie viele Liter haben Sie mir reingetan?«, fragte ich noch recht freundlich.

»Fünfundachtzig Liter, *amigo*«, grinste er.

Mir blieb für einen Moment glatt die Luft weg. Ein VW-Tank fasst fünfunddreißig Liter, und als wir in Hermosillo ankamen, hatte die Benzinuhr noch ein Viertel angezeigt.

»*Hombre,* sieht mein Auto vielleicht aus wie ein Cadillac?«, fragte ich grinsend.

»Nein, das ist ein VW-Bus.«

»Also. Und wie viel Liter fasst ein VW-Bus?«, fragte ich, jetzt nicht mehr so freundlich.

Er wurde etwas unsicher. Schaute sich um. Sah ein paar seiner Freunde an der Ecke stehen und schöpfte frischen Mut.

»Fünfundachtzig Liter, *amigo*«, sagte er unverfroren. Seine Freunde näherten sich. Einer schabte mit einem Messer den Dreck unter seinen Fingernägeln hervor und ein anderer spielte mit einer Machete. Von überallher kamen jetzt Mexikaner zur Tankstelle.

Der Tankwart streckte die Hand aus.

»Gib mir das Geld, Gringo«, sagte er so laut, dass es alle verstehen konnten. »Wenn du nicht bezahlen willst, bekommst du Ärger.«

Ich sah ein, dass meine Chancen in diesem Spielchen einfach zu schlecht standen, bezahlte und nahm mir vor, von jetzt an besser aufzupassen.

Wir waren jetzt wieder einmal beinahe pleite, aber ich erwartete eine Honorarzahlung aus Deutschland, die telegrafisch nach Mazatlan unterwegs sein sollte. Bis nach Mazatlan, einer kleinen Touristenstadt an der Westküste, waren es rund 900 Kilometer.

In der kleinen verschlafenen Fischerstadt Topolobampo machten wir am Strand Lager. Am Abend kamen die Delphine vom offenen Meer in die Bucht und tollten im stillen Wasser herum. Es war ein herrlicher Platz. Die Leute vom Dorf kamen. Wir sangen zusammen. Die Paula spielte die Gitarre. Jeannie tanzte mit einem alten Mann. Kinder spielten im Sand und vom Meer her kam das Pusten der Delphine. Soldaten brachten Bier und wollten von der Paula Beatles-Lieder hören. Sie musste mindestens zehnmal »Hey Jude« singen und den Kris Kristofferson Song »Me and Bobby McGee«, den die Paula fast besser hinkriegte als Janis Joplin.

Der Abend in Topolobampo sollte zu einem unserer

schönsten Abende während der Zeit, die wir in Mexiko verbrachten, werden. Und er brachte uns wieder etwas in Stimmung. Die Leute dort warnten uns vor den Federales, der mexikanischen Staatspolizei. Wir nahmen diese Warnung nicht so ernst. Wir wollten eigentlich in Mexiko nur ein paar friedliche Wochen verbringen. Aber es sollte anders kommen.

Mit Dusty schien eine Veränderung vorzugehen, seit wir die Grenze nach Mexiko überschritten hatten. Seine Spiellust war plötzlich einer übertriebenen Wachsamkeit gewichen. Er misstraute den dunkelhäutigen Menschen. Ihre Lebhaftigkeit machte ihn nervös und mit ihrer Sprache konnte er überhaupt nichts anfangen. Er hatte sich gerade ein bisschen mit der Sprache der Menschen vertraut gemacht. Und die war für ihn amerikanisch mit einem schottischen Akzent. Hier in Mexiko redeten die Leute spanisch und die Hunde bedeuteten ihnen nicht sehr viel. Es wimmelt da nur so von Hunden, die mit eingezogenen Schwänzen umherstreichen, verwildert und abgemagert bis auf die Knochen. Viele von ihnen haben die Räude. Zum Sterben scheinen sie sich in die Straßengräben von Mexiko zu legen. Es vergehen keine fünf Kilometer, ohne dass man Kadaver von toten Hunden, toten Pferden und Maultieren am Straßenrand liegen sieht. Beute für Geier und Bussarde und Kojoten.

Dusty fühlte sich von allem Anfang an nicht so recht wohl in Mexiko. Das lag nicht nur an der drückenden Hitze, die über dem Land lag. Er gewöhnte sich daran relativ schnell und verlor viel von seinem dicken Unterhaar, während sein Deckhaar immer dunkler wurde. Er aß weniger und trank mehr. Wir dachten zuerst daran, ihn zu scheren, aber das war nicht mehr nötig, als er sich einmal auf die veränderten Verhältnisse eingestellt hatte. Nur an die Mexikaner gewöhnte er sich nicht. Er belauerte sie pausenlos. Er schlief leichter als sonst, oft mit einem offenen Auge. Wenn sich uns Mexikaner näherten, war er sofort hellwach.

Ich weiß nicht, worauf sein Misstrauen begründet war. Vielleicht lag es daran, dass wir dauernd von Mexikanern regelrecht umschlichen wurden, wo immer wir auftauchten. Dusty mag Schleicher nicht. Und irgendwie gelingt es ihm, auf Anhieb einen Menschen zu erkennen, der unehrlich ist und deshalb Angst hat.

Bei der Inka war das nicht so. Inka verschlief Mexiko in der Sonne. Auch bei größter Hitze suchte sie nie den Schatten auf. Und die schleichenden Mexikaner vermochten sie nicht zu beunruhigen. Sie machte später deshalb die bitterste Erfahrung ihres Lebens. Sie hatte genug Zeit, etwas von Dusty, dem Raufbold, zu lernen. Aber sie war die Lady, immer ein bisschen zurückhaltend und distanziert. Manchmal wirkte das sogar überheblich, aber wir wussten, dass tief in ihr eine teuflische Angst steckte, die ihr der frühere Besitzer, ein alter Trunkenbold, mit Fußtritten und Stockhieben eingebläut hatte. Seither war sie in fremder Umgebung nur zufrieden, wenn sie sich irgendwo zusammenrollen und die Schnauze unter den Beinen verstecken konnte. Wie Menschen, die nachts im Bett ein Geräusch hören und die Decke über den Kopf ziehen, um nichts mehr zu hören und nichts mehr zu sehen.

In Mexiko mussten wir aber alle wachsam sein. Schon bevor wir die Grenze überschritten hatten, warnten uns verschiedene Leute vor den recht seltsamen Zuständen in diesem Land. Man sagte uns, dass zur Zeit ein richtiger Mexiko-Boom von jungen Amerikanern ausgelöst worden sei. Tausende von Hippies trampten nach Mexiko, wo sie ein neues Paradies zu finden hofften. In Mexiko konnte man leichter an Marihuana herankommen. Auch an Opium. Außerdem ist Mexiko ein schönes und warmes Land, wo man den Winter auch ohne Schlafsack draußen verbringen kann. Wir hatten natürlich keine Ahnung, was uns da unten alles erwartete, aber wir wussten, dass wir wachsam sein mussten, denn die Leute in diesem Land scheinen nach anderen moralischen und gesellschaftlichen Grundsätzen leben zu müssen. Diebstahl, Raub, Mord sind zwar ein Verbrechen, aber nur, wenn man dabei erwischt wird. Korruption ist die einzige Art für die schlecht verdienenden Polizisten, sich und ihre kinderreichen Familien durchzubringen. Es gab damals noch Polizisten, die pro Tag keine zehn Mark verdienten und die in ihrer Freizeit ihren Lohn als Verbrecher aufpolierten. Rauschgifthandel ist das große Untergrundgeschäft in Mexiko. An jeder Straßenecke wurden uns von zwielichtigen Figuren hinter vorgehaltener Hand Drogen angeboten. Vor allem Marihuana. »Acapulco-Gold«. Aber auch harte Sachen. Heroin und LSD. Wir wussten, dass die Verkäufer auch die Informanten der Polizei waren. Sie verkauften Marihuana, ließen die Käufer beschatten und informierten die Polizei. Damals waren die mexikanischen Gefängnisse mit jungen Amerikanern und Amerikanerinnen überfüllt, die, ohne dass ihnen ein rechtmäßiger Prozess gemacht wurde, manchmal ohne Anklage, monatelang unter menschenunwürdigen Zuständen festgehalten wurden. Viele von ihnen hatten sich überhaupt nichts zu Schulden kommen lassen. Wir wussten von diesen Missständen und verhielten uns dementsprechend. Wir hatten nichts gegen die Menschen, die wir trafen, aber wir hatten etwas gegen die Regierung, die der Urheber dieser Missstände war. Es nützt eben nichts, Gesetze zu erlassen, die vom Volk nur akzeptiert werden können, wenn es sich gleichzeitig versklaven lässt. Ein korrupter, aber schwer bewaffneter Polizist ist nichts anderes als ein gemeingefährlicher Verbrecher, der im Schutze der Regierung steht und seine Verbrechen unter dem Deckmantel der Legalität ausführen kann. Sogar bei helllichtem Tage. Ich habe mir eigentlich immer vorgenommen, dem damaligen Präsidenten von Mexiko, Echeverria, diesbezüglich einen scharfen Brief zu schreiben. Ich ließ es dann aber bleiben, als ich alle Hände voll zu tun bekam, lebend aus Mexiko herauszukommen.

Es fing alles in der Küstenstadt Mazatlan an. Eine Stadt, in die wir uns auf den ersten Blick verliebten.

»Da bleiben wir eine Weile«, sagten die Paula und ich wie aus einem Mund, als die weiß getünchten Häuser Mazatlans vor uns im Nachmittagsdunst auftauchten.

Die Sonne schien trüb durch einen Schleier, der sich über das Meer ausgebreitet hatte. Auf dem Hügel im Süden der Stadt blinkte der Leuchtturm in regelmäßigen Abständen auf. Ein Mexikanerjunge mit säbelkrummen Beinen trieb zwei schwer beladene Esel über die Straße, während ein silbergrauer Bentley mit kalifornischen Nummernschildern lautlos den Gehsteigrand entlangschlich, auf dem sonnengebräunte Mädchen im Bikini beim Anblick des Bentleys munter wurden. Aber auch Lipstick zog die Blicke der Leute an. Sein Auspuff hatte ein Loch und er knatterte wie ein fehlgezündeter Ferrari, wenn ich ihn ein bisschen hochdrehte. Wir fragten ein paar Hippies an einer Straßenecke, wo wir kampieren konnten.

»Wenn ihr Glück habt, kriegt ihr noch einen freien Platz im Garten des El-Dorado-Motels. Hey, Mann, braucht ihr Dope? Ohne Risiko, Mann. Beste Qualität. Mit einem Joint fliegst du zur Milchstraße, Mann.«

Wir wollten nicht zur Milchstraße fliegen, schon gar

nicht von Mazatlan aus. Aber wir luden einen der Hippies ein, der sowieso zum El-Dorado-Motel wollte, und er zeigte uns den Weg.

»Mann, wenn ihr Stoff habt, sucht euch einen Platz am Strand und vergrabt ihn im Sand. Die Cops hier sind scharf, Mann. Die schleppten gestern meine Freundin ab. Pass nur auf dein Mädchen auf, Mann. Die schleppen dein Mädchen ab und machen sie kaputt, bevor du sie wieder zurück kriegst. Das ist die Hölle hier, Mann.«

»Wir haben keinen Stoff«, erwiderte ich gelassen.

»Mann, die finden Stoff bei dir, auch wenn du keinen hast.«

Wir fuhren langsam die Straße hoch, dem Strand entlang, vorbei an einigen Hotels und Motels, die auch an der Adria oder an der Costa del Sol stehen könnten, vorbei an Eiscreme- und Melonenständen, Bars und Cantinas zum El-Dorado-Motel, das fast am Ende der Bucht steht und am Ende der Straße.

Wir hielten am Eingang zum Innenhof, in dem ein Campingplatz eingerichtet war, umgeben von einem doppelstöckigen U-förmigen Gebäude, das zum Strand hin offen war. Wir waren verschwitzt und müde. Steve und Jeannie hatten es vorgezogen, noch einen Tag länger in Topolobampo zu bleiben, und die Paula und ich hatten noch etwas Kleingeld, was aber nicht genügte, auch nur eine Übernachtung im Voraus zu bezahlen. Wir hofften, dass wir die Telegrammüberweisung aus Deutschland für meine Geisterschreiberei am nächsten Morgen ausnahmsweise mal rechtzeitig kriegen würden.

Es war schwierig, dem Hotelmanager klarzumachen, dass wir nicht die Absicht hatten, als Zechpreller in einem mexikanischen Gefängnis zu landen, sondern gewillt waren, etwa sechs Tage zu bleiben und die Übernachtung zu bezahlen. Die Paula überredete ihn schließlich und er wies uns einen Platz neben einem brandneuen VW-Camper zu, vor dem eine Huskyhündin hechelnd im Sand lag.

Die Sonne war inzwischen im Dunst verschwunden. Die Luft wurde feucht und kühl. Unser Nachbar, der Besitzer des VW-Busses und der Huskyhündin, kam vom Strand, und wie das so unter Hundebesitzern üblich ist, kamen wir sofort ins Gespräch. Er hieß James McFarland, kam aus Los Angeles und war ein netter Kerl mit leuchtend blauen Augen und maisfarbenem Haar. Seine Hündin war noch kein Jahr alt, viel kleiner als Dusty, aber mit einer scharf ausgerissenen kontrastvollen Zeichnung. Schwarz-weiß.

Wir luden James McFarland an diesem Abend zum Essen ein. Paula machte ein echt Schweizer Birchermüesli mit vielen verschiedenen frischen Früchten und Nüssen. Früchte waren billig in Mexico. Und mit Fleisch hatten wir schon am ersten Tag schlechte Erfahrungen gemacht.

Nach dem Essen holte James seine Mundharmonika und blies uns ein paar Liedchen vor, die Dusty dazu veranlassten, mit der Huskyhündin um die Wette zu heulen, bis es um unsere Busse herum zu einem Menschenauflauf kam. Die Paula spielte Gitarre und wir sangen und tanzten und tranken Wein.

Irgendwann fiel mir eine große dunkle Gestalt auf, die an der weiß getünchten Backsteinmauer lehnte, dort, wo die Toiletten waren. Ich beachtete sie nicht weiter, unterhielt mich mit einer Rechtsanwältin aus New York über die Mafia und mit einem Studenten über den »Steppenwolf« von Hermann Hesse, der damals bei den Amerikanern als literarische Neuentdeckung hoch im Kurs stand.

Mir fiel die Gestalt erst wieder auf, als ich zur Toilette ging. Aus der Nähe sah ich, dass es sich dabei um einen hünenhaften dunkelhäutigen Mann handelte.

Ich sagte schön artig »Guten Abend«, bekam aber keine Antwort. Der Mann starrte mich nur an, als ich an ihm vorbeiging. Regungslos, die Arme über der Brust verschränkt, die Oberlippe etwas von den Zähnen gezogen. Beim Pinkeln vergaß ich ihn wieder, und als ich die Toilette verließ, war er weg.

Ich sah ihn erneut, als ich mit Dusty zum Strand hinunterging. Es war kurz vor Mitternacht und der Strand war leer. Die Wellenkämme, die auf das Ufer zuschossen und sich an den schwarzen Klippen brachen, schimmerten in der Dunkelheit wie silberne Pfeile. Ich hatte Dusty an der Leine und wir schlenderten zusammen ein Stück den Strand hoch.

Plötzlich sah ich den Mann. Er hockte mit übereinander geschlagenen Beinen im Sand und starrte ins Meer hinaus. Das war nichts Ungewöhnliches, aber trotzdem beschlich mich ein seltsames Gefühl, das mich im Schritt verharren ließ. Ich drehte um und ging zurück zum Motel. Bei unserem Bus war die Party noch im Gange und ich dachte nach kurzer Zeit nicht mehr an den Mann.

Etwa eine Stunde später kam er vom Strand hoch. Er ging mit federnden Schritten und ohne einen Blick herüberzuwerfen zum VW-Camper von James McFarland, öffnete die Seitentür und verschwand darin. Jetzt ließ mir der Mann keine Ruhe mehr und ich fragte James, ob er mit einem Partner unterwegs sei.

James wurde sofort misstrauisch.

»Warum fragst du, Mann?«, fragte er zurück.

»Hey, es ist nichts, Mann! Mir ist nur ein Kerl aufgefallen, mit dem ich nicht unbedingt Streit haben möchte. Er ist fast einen Kopf größer als ich und …«

»Das ist Cisco«, unterbrach mich James sofort. »Mein Freund.«

Ich stellte ihm keine Fragen mehr, obwohl ich das Gefühl nicht los wurde, dass irgendetwas nicht stimmte. Vielleicht lag es aber nur daran, dass hier im Innenhof des El-Dorado-Motels eine seltsame Spannung lag. Die Leute, die sich hier trafen, kannten sich nicht und schienen viele Geheimnisse zu verbergen. Sie misstrauten einander. Sie erinnerten mich an hungrige Raubkatzen in einem Käfig, die darauf warteten, dass ihnen Fleischbrocken zugeworfen wurden.

Ich wusste nicht, was los war, und ich wollte die Paula nicht beunruhigen. Aber ich hoffte, dass Steve und Jeannie am nächsten Tag kommen würden.

Wir schliefen beide nicht sehr gut in dieser Nacht. Die feuchte Luft vom Meer kroch in unsere Schlafsäcke und Dusty hechelte oft für lange Zeit so stark, dass Lipstick ganz leicht ins Schaukeln geriet. Manche Leute schlafen dabei besser ein. Bei mir war es in dieser Nacht umgekehrt.

## 8. Kapitel
## *Der Mann mit dem Bowiemesser*

Am Morgen, als ich erwachte, hing dichter Nebel über der Bucht und hüllte das El-Dorado-Motel ein. Wir hatten die Seitentür offen gelassen und unsere Schlafsäcke, die nicht von der besten Qualität waren, hatten uns kaum vor der feuchten Kühle schützen können. Ich nahm Dusty an die Leine und wir gingen in einen nebelverhangenen Palmenhain, wo er in Ruhe sein Geschäft verrichten konnte. Dusty war inzwischen derart anhänglich geworden, dass er sich nie mehr als zehn Meter von mir entfernte. Das hatte Vorteile und Nachteile. Ich konnte ihn zum Beispiel nie mehr einfach wegschicken, damit er selbstständig sein Geschäft verrichten konnte. Er blieb dann einfach hocken und wartete, bis ich kam. Wenn ich nicht hinging, kam er zurück und legte sich demonstrativ vor meine Füße, hechelte zu mir hoch und machte ein Gesicht, als ob er sagen wollte: »Quäl mich nicht, Mann. Ich muss mal dringend.«

Als wir an diesem Morgen zurückkamen, hatte die Paula Kaffee, Brot und eine Melone mit Honig bereitgemacht. James war auch schon auf den Beinen. Er frühstückte mit uns und sagte, dass er eine Verabredung in der Stadt hätte. Wir mussten ja wegen der Geldüberweisung aus Deutschland ebenfalls in die Stadt, und da wir kaum mehr Benzin im Tank hatten und nicht wussten, ob unser Freund in

Deutschland das Geld wirklich mal pünktlich abgeschickt hatte oder ob wir wieder Tage oder Wochen darauf warten mussten, entschieden wir uns, zu Fuß zu gehen. Es waren etwa drei Kilometer zur Stadtmitte. Immer dem Strand entlang. James McFarland begleitete uns. Wir fütterten die Seemöwen mit einem Stück altem Brot, als sich der Nebel auflöste und die Sonne den Strand in ein Licht tauchte, in dem man am liebsten gebadet hätte.

In der Stadt trennten wir uns. Die Paula und ich klopften sämtliche Banken ab. Ohne Erfolg. Sie sagten uns, dass Geldüberweisungen aus Europa nur über den American Express abgewickelt würden, und so versuchten wir es auch im American Express Office. Der Manager dort hatte ein paar freundliche Worte, offerierte uns einen lauwarmen Kaffee und gab uns zwei Gutscheine für eine Fischsuppe in einem der Touristenhotels. Vielleicht würde das Geld morgen kommen. *Mañana.* Oder übermorgen. *Mañana por la mañana.*

Enttäuscht zogen wir ab, kauften für die letzten Pesos ein paar Lebensmittel ein und marschierten bei brütender Hitze zurück zum El-Dorado-Motel. James McFarland war nicht da. Dafür machte ich die Paula zum ersten Mal auf Cisco aufmerksam, der einen Körperbau wie ein alter griechischer Diskuswerfer hatte. Die Paula war ganz hingerissen von seinen Muskeln, über die sich ein farbenprächtiges T-Shirt spannte. Er trug eine verwaschene Hose im Safari-Look. Das Auffälligste an ihm war ein Bowiemesser, das er an der linken Hüfte trug. Die Lederscheide, in der die Klinge steckte, war mindestens fünfundzwanzig Zentimeter lang. Er war nicht der Einzige, der ein Messer mit sich herumschleppte. Auch ich hatte immer einen Buffalo-Skinner als Mehrzweckwerkzeug angehängt, aber Cisco war der Einzige, bei dem das Messer auf den ersten Blick wie eine Waffe wirkte. Er hatte das Ende der Scheide mit einem dünnen Lederriemen um den Oberschenkel gebunden, so wie man das in den Wildwestfilmen bei Revolvermännern sieht. Wenn Cisco sich bewegte, hing seine linke Hand immer dicht über dem Hirschhorngriff. Und Cisco bewegte sich gewandt und geschmeidig wie eine Raubkatze. Sein Körper war vollkommen und durchtrainiert. Seltsam war, dass er der Paula überhaupt nicht aufgefallen wäre, wenn ich nicht auf ihn gezeigt hätte. Das lag vielleicht daran, dass er sich keine Mühe gab, aufzufallen. Ich sah ihn immer allein. Mit immer demselben verschlossenen Gesichtsausdruck. Er verstand es, den Leuten auszuweichen, ohne von seinem Weg abzugehen. Die Paula interessierte sich nicht weiter für ihn. Ihre Feststellung, dass ich ein bisschen mehr Sport treiben solle, nahm ich gelassen hin. Ich hatte nicht vor, mich mit Cisco zu messen.

Am Spätnachmittag kamen Steve und Jeannie. Sie hatten eine Stinkwut auf die Federales, die in Topolobampo im Morgengrauen das Lager von ein paar Jungen und Mädchen aus Kalifornien regelrecht überfallen und die Leute verschleppt hatten. Ältere Amerikaner versuchten, die jungen Leute freizukriegen, aber das gelang ihnen nicht. Sie waren unter dem Vorwand, Rauschgift zu besitzen, verhaftet worden, aber Steve und Jeannie, die eine Nacht mit ihnen verbracht hatten, und auch die älteren Amerikaner, die dort für über eine Woche kampierten, hatten die ganze Zeit keinen Krümel Marihuana gesehen.

Kurz nachdem Steve und Jeannie ankamen, wurden im El-Dorado-Motel zwei Burschen aus Kanada verhaftet, ihr VW-Bus ausgeräumt und ihr Hund am Strand erschossen. Aber es sollte noch schlimmer kommen.

Der nächste Tag war ein Samstag. Wir lernten Jerry Weeks kennen. Ich saß am Tisch in unserem Bus und hämmerte auf der Schreibmaschine ein paar Seiten zu einem Buch. Bei den Toiletten und Duschen standen lange Reihen von Menschen, die sich den Schweiß, den Sand und das Meersalz vom Körper schrubben wollten. Mir fiel ein Kerl auf, der aus einem Ford-Enconoline-Camper kam. Er trug eine Badehose und einen breitrandigen schwarzen Cowboyhut auf seinem Kopf. Über dem linken Arm hatte er ein Frottiertuch, in der Hand eine Seifenschale. Er hüpfte an Lipstick vorbei, zwinkerte mir mit einem Auge zu und ich zwinkerte zurück, weil ich ihn auf Anhieb für einen sympathischen Bekloppten hielt. Ich schaute ihm etwas gedankenverloren nach und sah, wie er beim Anblick der Menschenschlangen vor den Duschen plötzlich stillstand, den Hut etwas in den Nacken schob und sich nach allen Seiten suchend umsah. Dann schien er gefunden zu haben, was er brauchte. Er ging zielstrebig auf einen der unbesetzten Lagerplätze zu, hängte den Hut an einen Pfosten, legte das Handtuch weg und betätigte den Schalter an der Laternenstange. Die nackte Glühbirne hoch über ihm, am Ende der gebogenen Stange, leuchtete auf. Ich beobachtete ihn gebannt, sah, wie er seine linke Hand in den schwachen Lichtschein hielt, zufrieden grinste und sich unter die Glühbirne stellte. Sekunden später sang er lauthals aus dem »Barbier von Sevilla« und tat, als würde er sich waschen. Die Leute in den langen Reihen vor den Duschen brachen in brüllendes Gelächter aus, aber der Bursche unter der Lampe ließ sich nicht beirren. Er beendete seine Schau, indem er das Licht abdrehte, sich abfrottierte, den Cowboyhut wieder aufsetzte und auf seinen krummen Beinen herüberkam.

»Hey, Mann, das tut gut«, rief er mir lachend zu. »Richtig erfrischend.« Und er deutete mit dem Daumen über die Schulter. »Was ist mit den Typen da drüben? Sind die alle verrückt oder was? Warten 'ne Stunde, bis sie dran sind.« Er lehnte sich gegen unseren Lipstick. »Ich bin Jerry Weeks«, sagte er. »Und ich wette, du bist Hemingway. Und weil du Hemingway bist, wird es dich bestimmt interessieren, dass ich die schönste Frau der Welt zur Freundin habe. Los, vergiss die Schreiberei und komm mal rüber. Ich zeig sie dir.«

Leute, die mir ihre schönsten Frauen zeigen, sind selber Schuld. Ich nahm meine Kamera, in der kein Film war, weil ich kein Geld hatte, einen Film zu kaufen, und ging mit ihm. Seine Freundin war Karen Carson, eine Bombenfrau. Ich stellte mich als Reporter des Playboy-Magazins vor und da wollte sie sich erst mal noch schöner machen. Unter meinen Anweisungen schminkte sie sich so fürchterlich, dass man sie tatsächlich als »Playmate of the month« hätte verkaufen können, und ich knipste sie fünfzigmal im Abendlicht, bevor ich zugab, keinen Film in der Kamera zu haben.

Karen Carson, Jerry Weeks, Steve und Jeannie und die Paula und ich verstanden uns sofort derart prächtig, dass wir uns zu einer Familie zusammenschlossen. Jerry war ein ausgezeichneter Wellensurfer, Gitarrenspieler, Fotograf und Clown. Seit er aus dem Vietnamkrieg zurückgekommen war, hatte er einen Knacks. Das behauptete er jedenfalls und er war schon etwas überdreht. Dauernd schnorchelte er herum und tat verrückte Dinge, aber Karen sagte, dass er schon unheimliche Depressionen gehabt hätte. Jerry, die Paula und James McFarland spielten an diesem Abend eine Reihe Kris Kristofferson Songs und alle, die nicht in die Stadt wollten, versammelten sich bei unserem Lager.

Irgendwann ging ich mit Dusty und Karen am Strand spazieren und ich dachte in keinem Moment an Cisco, ließ

Dusty von der Leine und wir gingen im seichten Wasser. Dusty machte seine kleinen Abstecher und ich beachtete ihn weniger als sonst. Er wartete immer auf uns und wir warfen angeschwemmtes Holz ins Meer hinaus und er raste durch das Wasser, stürzte sich in die anrollende Gischt der Wellen, tauchte und holte die Holzstücke heraus, bis er ausgepumpt war.

Wir gingen langsam zurück und da entdeckte ich die Gestalt, die im Sand hockte. Sie hatte uns den Rücken zugedreht und ich weiß nicht, warum mir nicht sofort Cisco einfiel. Ich sah, wie Dusty auf die Gestalt zusteuerte. Für einen Augenblick wurde ich von Karen abgelenkt, die einen Seeigel entdeckt hatte. Als ich mich wieder nach Dusty umsah, stand er hinter der Gestalt, hob sein Bein und pinkelte.

»Dusty!«, brüllte ich. »Zurück! Hierher, verdammt noch mal!«

Im selben Moment fuhr die Gestalt herum und ich erkannte im Licht des Mondes Cisco. Er hatte die linke Hand am Griff seines Bowiemessers. Dusty kam mit zurückgelegten Ohren und eingezogenem Schwanz angeschlichen.

Ciscos Blicke trafen mich. »Entschuldige, *hombre*«, rief ich ihm zu.

Keine Antwort. Er drehte den Kopf und verharrte wieder in der Stellung wie zuvor. Sein T-Shirt hatte auf dem Rücken einen großen dunklen Fleck.

Ich nahm Dusty an die Leine. Karen fragte flüsternd, wer denn der Kerl wäre.

»Keine Ahnung«, sagte ich. »Ich weiß nur, dass er Cisco heißt.«

»Mexikaner?«

»Dem Namen nach. Aber er sieht aus wie ein Araber. Er ist mit James McFarland zusammen.«

Karen fragte nicht mehr weiter. Wir gingen zurück und ich flüsterte der Paula zu, Dusty habe Cisco gegen den Rücken gepinkelt. »So was hat er doch noch nie getan.«

»Vielleicht hat er am T-Shirt die Huskyhündin gerochen«, erwiderte die Paula und damit hatte sie wahrscheinlich Recht. Trotzdem war es mir peinlich, dass Dusty ausgerechnet Cisco ausgesucht hatte, dem ich doch lieber aus dem Weg gehen wollte. In dieser Nacht schlossen wir die Seitentür ab. Am nächsten Morgen stand der VW-Camper von James McFarland nicht mehr neben uns.

Das hatte nicht viel zu bedeuten, obwohl James am Abend zuvor kein Wort gesagt hatte, dass er verreisen wollte.

Wir verbrachten den Morgen damit, auf Jerrys Surfboard aus Fiberglas die ersten Versuche zu machen. Wir ritten die Wellen auf dem Bauch und kamen eigentlich recht gut damit zurecht. Aber als wir versuchten auf dem Surfboard zu knien, verloren wir erst einmal schnell den Mut. Steve brach sich fast das Genick, als ihn eine Welle voll erwischte. Er konnte das Gleichgewicht nicht halten. Das Surfboard schoss wie von einem Katapult geschleudert aus dem Wasser, drehte sich in der Luft und traf Steve im Nacken, als er aus dem schäumenden Wasser tauchte. Halb ohnmächtig taumelte Steve aus dem Wasser und erbrach Sand und Seetang.

Am Mittag kamen dann die drei Männer, die Anzüge und Krawatten trugen. Männer mit ernsten Gesichtern und kalten Augen. Sie sahen aus wie drei Pinguine. Der Motel-Manager brachte sie zu uns. Als Dusty ihnen entgegenknurrte, blieben sie stehen. Ein kleiner hagerer Mann in der Mitte, ein großer rechts und ein großer links. Die Paula und ich waren beim Essen. Es gab einen Fruchtsalat, der hauptsächlich aus Melone, Ananas und Bananen bestand. Sie schauten uns eine Weile beim Essen zu.

»Siehst du die Pinguine da draußen?«, fragte ich die Paula auf Deutsch. »Die wollen vielleicht mitessen.«

»Soll ich ihnen ein lauwarmes Yoghurt anbieten?«

»Das sind vielleicht Spione oder so.«

Die Paula beugte sich aus der Türöffnung. »Hey, es ist unanständig, anderen Leuten beim Essen auf den Mund zu gucken«, rief sie lachend.

Zwei von ihnen lächelten ein bisschen. Der dritte kratzte sich am Kinn.

»Entschuldigen Sie«, sagte der Kleine und kam einen Schritt näher. Dusty, der unter Lipstick im Schatten lag, bewegte sich. Die Kette rasselte und der Kleine ging den Schritt wieder rückwärts.

»Entschuldigen Sie, wir möchten ein paar Auskünfte haben.«

»Doch Spione«, sagte die Paula leise. »Das hat uns gerade noch gefehlt. Am Ende nehmen sie dir noch deine Minox-Kamera weg.«

»Ich hab doch gar keine Minox«, erwiderte ich nicht gerade freundlich und verließ Lipstick. Zuerst beruhigte ich mal Dusty, der den Mörderblick im Gesicht hatte, streichelte ihn und fragte, was sie denn wissen wollten.

»Es geht um James McFarland«, sagte der Kleine. »Man sagte uns, dass er ein Freund von euch war.«

»Das kommt darauf an, was man unter einem Freund versteht«, erwiderte ich gelassen.

Der Große, der nicht gelacht hatte, nahm die Sonnenbrille von den Augen und sah mich an, als wäre ich mit seiner Tochter durchgebrannt. »McFarland war ein Freund von euch«, sagte er und es war jetzt keine Frage mehr.

Die Paula wurde ungeduldig. »Wer seid ihr eigentlich? Was soll die Fragerei? Warten Sie doch hier, bis James zurückkommt.«

Der Kleine lächelte. »James McFarland kommt nicht zurück«, sagte er freundlich.

»So. Und warum reisen Sie ihm dann nicht nach und fragen ihn selbst aus?«

»Die Hölle ist kein Ferienparadies, Miss«, sagte der Kleine, griff in die Innentasche seines Jackets und brachte einen Ausweis zum Vorschein, in dem irgendetwas aufblinkte. Ein Stern oder ein Abzeichen oder eine Milchmarke. Genau habe ich nicht hingesehen.

»Wir sind von der amerikanischen Botschaft«, sagte der mit der Sonnenbrille.

Auch er zog einen Ausweis heraus, aber der dritte, der noch kein Wort gesagt hatte, hielt das nicht für nötig. Die drei Pinguine schienen tatsächlich vom CIA zu sein und mir blieb glatt die Luft weg. So was gibt es sonst nur im Film. Die Paula wurde wieder einmal bleich um die Nase und Steve, der herüberkommen wollte, sah die drei Männer von schräg hinten und verkrümelte sich sofort wieder.

»Was ist mit James McFarland?«, fragte ich und kraulte Dusty hinter dem Ohr. Den drei Pinguinen war nicht zu trauen. Mir war ganz mulmig unter der Haut.

»Das wollen wir von euch wissen.«

»Wir wissen nichts. Gestern war er noch da und heute fehlt sein Camper. Er ist in der Nacht verreist.«

»Ohne etwas zu sagen?«

»Nein. Was ist mit ihm?«

»Er ist tot. Wir fanden ihn vor zwei Stunden. Er hatte sechs Messerstiche im Leib und ist von einem Jeep mehrfach überrollt worden. Wir fanden ihn auf einer Kehrichthalde in der Nähe der Stadt.«

Die Paula würgte ein Stück Melone hinunter und mir zitterten die Knie, als ich mich aufrichtete. James war tot. Ermordet. Wir kannten ihn drei Tage und wir waren gut miteinander ausgekommen. Ich konnte es nicht begreifen und die einzigen Gedanken, die mir durch den Kopf gingen, zeichneten Bilder von James McFarland. Sein lachendes fröhliches Gesicht mit den blauen Augen. Das wilde blonde Haar. Ich starrte die drei Männer ungläubig an, aber ich sah in ihren Augen, dass sie keine Lüge erzählt hatten.

»Wir wollen alles über ihn wissen«, sagte der Kleine. »Und wir wollen alles über seinen Freund wissen.«

»Cisco!«, stieß ich hervor.

Der Kleine nickte. »Dass er Cisco heißt, wissen wir. Könnt ihr ihn beschreiben?«

Das konnte ich. Ich hatte mir bei verschiedenen Gelegenheiten die Mühe gemacht, ihn haargenau zu betrachten. Ich gab eine kurze Beschreibung ab. Aber die Pinguine schienen alles schon zu wissen. Sie hörten nur zu, sahen sich an, und der Kleine sagte: »Das ist er.«

»Habt ihr ihn erwischt?«

»Nein. Das wird schwierig sein. Danke für die Auskunft. Falls Cisco auftauchen sollte, telefonieren Sie sofort. Passen Sie auf, er ist ein gefährlicher Mann.«

»Dusty hat ihm gestern Abend gegen den Rücken gepinkelt«, sagte ich.

»Wer ist Dusty?«

»Unser Hund. James McFarland hatte eine Hündin mit. Husky.«

»Wir fanden Hundehaare an seinen Kleidern«, sagte der Kleine. »Der VW-Camper und der Hund sind weg. Keine Spur von ihnen. Sagen Sie mal, könnte Dusty eine Spur halten, wenn er drauf angesetzt wird?«

Ich hob die Schultern. »Keine Ahnung. Wieso? Haben Sie eine Spur?«

»Noch nicht. Aber wir kommen vielleicht noch mal her.«

Sie grüßten und gingen davon. Ich sah sie noch eine Weile herumfragen. Dadurch entstand ein bisschen Aufregung im Motel. Leute standen herum und redeten. Einige kamen herüber und wollten von uns wissen, was wir wussten. Aber wir wussten genauso wenig wie sie. Wir konnten das alles nicht begreifen, aber der Motel-Manager wollte wissen, dass es mit Rauschgift zu tun hätte. James McFarland und Cisco seien groß im Rauschgiftgeschäft und man könne damit rechnen, dass hier bald die Federales auftauchen würden.

Aber die Federales kamen nicht. Dafür wurden wir am Nachmittag, als wir vom Schwimmen kamen, von zwei der drei Pinguine erwartet. Dem Kleinen und einem der Großen. Der Kleine sagte, dass man in den Sümpfen hinter der Stadt eine Spur aufgenommen hätte. »Wir würden es schätzen, wenn Sie uns mit Ihrem Hund begleiten könnten.«

»Das ist kein Bluthund, Mister«, sagte ich. »Er hat noch nie Mörder gejagt.«

Ich muss gestehen, dass mir nicht so recht wohl war bei dem Gedanken, mit diesen beiden Männern zu gehen. Allmählich wurde mir Mexiko richtig unheimlich. Ich hatte von anderen Leuten gehört, dass amerikanische Agenten mit den Federales zusammenarbeiteten und unter ihnen ein paar üble Burschen wären. Auch die Federales, die in Topolobampo das Lager der Hippies überfallen hatten, waren von einem Amerikaner angeführt wurden.

Die Paula war auch nicht damit einverstanden, bei der Suche des Mörders von James McFarland mitzumachen. Wir wollten schon Abenteuer erleben, aber diese Sache konnte lebensgefährlich werden. Außerdem zweifelte ich daran, dass Dusty eine Fährte aufnehmen und halten konnte.

Ich sagte den Pinguinen klipp und klar Bescheid, aber sie ließen durchblicken, dass uns vielleicht in der nächsten Zeit Schwierigkeiten erwachsen könnten und ich dann nicht mit ihrer Hilfe rechnen könne.

Das war nichts anderes als eine Erpressung und die Paula wurde wütend und schrie ihnen ins Gesicht, dass wir einen Bericht für das Times-Magazin schreiben würden und sie zu den berühmtesten CIA-Beamten Amerikas machen würden. Wir holten die Kamera hervor und knipsten die beiden Pinguine ohne Film. Da kriegten sie Fracksausen und zogen ab. Von diesem Moment an rechneten wir mit ernstlichen Schwierigkeiten und eigentlich hätten wir Mazatlan noch am gleichen Tag verlassen, wenn wir das Geld aus Deutschland gehabt hätten.

Wir steckten ganz schön in der Klemme. Kein Geld mehr, kaum etwas zum Essen, kein Benzin im Tank, Schulden beim Motel-Manager und ein paar Pinguine des CIA im Nacken, die hinter unserem Rücken vielleicht ein paar faule Eier ausbrüteten. Die Lage war ernst. Ein Mörder lief frei in der Gegend herum und in ganz Mexiko schien so etwas wie eine Hippie-Verfolgung stattzufinden, wobei für die Mexikaner jeder ein Hippie war, der einen VW-Bus fuhr, Bluejeans trug und zwischen sechzehn und dreißig war. Es kam natürlich auch auf die Haarlänge an und wer einen Schnauz oder gar einen Bart hatte, war besonders verdächtig.

Langsam fragte ich mich, was wir in Mexiko eigentlich noch wollten. Wir enthielten uns des Genusses von Marihuana, das hier billig zu kriegen war. Baden und Wellenreiten hätten wir auch in Kalifornien tun können. Die Aztekenruinen und alten Mayakulturen waren alle weit im Süden des Staates und wir kannten sie längst von Postkarten, Kulturfilmen und Büchern. Mexico City, die

Hauptstadt, hatte den Ruf, eine der verrauchtesten und schmutzigsten Großstädte der Welt zu sein, und Acapulco war ein Platz für die Reichen.

Eigentlich hatte ich in die Sierra Madre fahren wollen, um ein paar abgelegene Indianerdörfer zu besuchen. Aber dafür fehlte mir jetzt schon der Mut.

Jerry Weeks erzählte uns von einem Landzipfel, der weit im Süden in den Pazifik hinausragte und von paradiesischer Schönheit sein sollte. Der Zipfel hieß Punta de Mita und galt unter den Hippies als Geheimtipp. Wir könnten dort frei und in Sicherheit die Wochen, bis die Regenzeit einsetzte, verbringen. Die Federales würden nur einmal im Monat von Puerto Vallarta aus das Gebiet durchkämmen. Dann müsse man halt irgendwo Unterschlupf finden. Sonst aber sei es traumhaft schön. Mit Sandstrand auf der Südseite des Zipfels und Korallenriffen auf der Nordseite.

Wir suchten den Zipfel auf der Landkarte, fanden ihn und entschlossen uns, sofort dorthin zu fahren, wenn das Geld ankam. Vielleicht würden wir dort draußen, weit ab von den Durchgangsstraßen, ein Stück Mexiko finden, das noch nicht im Terror untergegangen war. Niemand wusste es genau. Jerry Weeks war auch noch nie dort gewesen. Aber alle redeten davon. Die Zufahrt sei schwierig. Etwa hundert Mexikaner sollten dort draußen leben. Man müsse Wasser mitbringen und Lebensmittel.

Vorerst aber waren wir gezwungen, in Mazatlan zu bleiben. Die Pinguine kamen an diesem Tag noch einmal und zeigten uns Fotos von James McFarland, wie sie ihn gefunden hatten. Man konnte ihn auf den Bildern nicht identifizieren. Die Bilder waren schrecklich. Die Jeannie musste sich übergeben, obwohl sie nicht zimperlich ist.

Der kleine Pinguin sagte, dass ich mir alles noch einmal durch den Kopf gehen lassen solle. Aber es gab nichts, was ich mir hätte zweimal überlegen müssen. Ich wollte mit der Sache nichts zu tun haben und das sagte ich den Pinguinen auch.

Von dem Moment an hatte ich ständig das Gefühl, dass wir beobachtet wurden. Mir fielen auch Leute auf, die ich vorher nie im Motel gesehen hatte. Steve besaß eine Machete, mit der man mit einem Hieb einen oberarmdicken Baum fällen konnte. Er trennte sich kaum mehr von ihr, hatte sie nachts neben dem Bett und tagsüber griffbereit über der Rückenlehne des Fahrersitzes.

Sonst ließ sich Steve von dem, was passiert war, nicht beunruhigen. »Montezumas Rache« plagte ihn ebenso wie die Paula und Jeannie. Sie verloren jeden Tag viel Zeit auf den Toiletten und der Motel-Bursche, der dafür verantwortlich war, dass die Toiletten sauber blieben, schien das als einen Angriff auf seine Person zu werten.

Er rächte sich am Dienstag, als wir wieder in die Stadt gingen und nach Geld fragten. Er füllte einen Putzeimer mit heißem Wasser, ging zu Steves Bus, lockte Inka, die darunter ein Schläfchen hielt, hervor und schüttete das Wasser über ihr aus. Inka drehte durch, sprengte die Hundekette und jagte in panischer Angst davon. Als wir zurückkamen, hatten die Leute schon den ganzen Strand nach ihr abgesucht, aber sie blieb verschwunden.

Wir nahmen sofort Dusty an die Leine und jetzt stellte sich heraus, dass er anscheinend tatsächlich eine Fährte aufnehmen und halten konnte. Wie Lassie! Er zog uns an der Leine den Strand hinunter, kreuzte die Hauptstraße und führte uns zielstrebig in die schwarzen stinkenden Sümpfe hinein. Er hatte die Nase immer am Boden und ließ sich durch nichts ablenken. Da ich ihn an der Leine hatte, musste ich ihm überallhin folgen. Und er hatte keine Hemmungen, zerrte mich durch Tümpel stinkender, zähflüssiger Brühe, über denen Wolken von Stechmücken und Fliegen trieben. Der Brei hing in schwarzen Klumpen an ihm und an meinen Kleidern.

Plötzlich hörte ich hinter mir Paula und Jeannie aufschreien. Ich machte kehrt und sah einen Mexikaner in den Büschen stehen, der die Hose heruntergelassen hatte. Steve jagte den Mexikaner davon und wir folgten Dusty tiefer in die Sümpfe hinein und weiter weg vom belebten Strand.

Zwei oder drei Stunden arbeiteten wir uns durch die Kloake, riefen ständig nach Inka und waren völlig erschöpft und von Moskitos zerstochen, als wir endlich festen Grund erreichten. Dusty hatte uns kreuz und quer geführt und wir wussten nicht mehr, wo wir uns befanden. Es gab nichts, wonach wir uns hätten orientieren können. Vor uns breitete sich ein steiniger, karg bewachsener Wüstenstrich aus. Hinter uns war der Sumpf. Dusty führte uns auf eine kleine Steinhütte zu, markierte die Mauer und legte sich hechelnd in den Schatten.

Dusty war nicht mehr zu bewegen, weiter nach Inka zu suchen, falls er das überhaupt gemacht hatte. Wir trauten ihm nicht mehr. Steve meinte, dass die wasserscheue Inka sowieso nie durch die Sümpfe geflohen wäre. Dusty war eben doch keine Lassie, was er uns wieder einmal deutlich zu verstehen gegeben hatte. Der Teufel weiß, welcher Spur er gefolgt oder ob er überhaupt einer Spur gefolgt war. Vielleicht hatte ihn einfach der Gestank des Sumpfes angezogen.

Die Sonne trocknete den Dreck an ihm und uns zu einer harten Kruste. Wir blieben eine Weile bei der Hütte, ruhten uns aus und suchten dann einen Weg, auf dem wir den Sumpf umgehen konnten. Zufällig stießen wir auf eine Landstraße. Ein Mexikaner mit einem klapprigen alten

Ford-Pick-up ließ uns aufsitzen und fuhr uns zurück nach Mazatlan.

Inka kam morgens um vier zurück, winselte uns aus dem Schlaf und wir fanden keinen einzigen Dreckspritzer an ihr. Vielleicht war sie auf ihrer Flucht irgendwo einem Sofa begegnet. Auf jeden Fall wirkte sie ausgeruht. Hunger hatte sie auch nicht. Sie trank nur ein bisschen Wasser, rollte sich unter dem Bett zusammen und schlief für den Rest der Nacht.

9. Kapitel

# *Flucht nach Süden*

Sie kamen am Morgen nach dem Frühstück. Ein Schwarzer und zwei Weiße. Der Schwarze trug einen Nadelstreifenanzug, Krawatte und Sonnenbrille. Er war ein schlanker Bursche, etwa dreißig Jahr alt und er bewegte sich wie ein Truthahn. Goldene Manschettenknöpfe blitzten in der Morgensonne und an seinen Lackschuhen klebte kein einziges Sandkorn.

Einer der beiden Weißen sah aus wie eine zweite Ausgabe von James McFarland. Auf seinem verwaschenen T-Shirt stand »Cowboys are better lovers«. Der andere war vom Schlage des Schwarzen. Sein Anzug hatte ein paar Falten und seine Schuhe waren nicht lackiert, aber er passte ebenso wenig in das Landschaftsbild wie ein Pfau in einen Hühnerhof. Alle drei trugen dunkle Brillen. Der Schwarze und sein Partner hatten wahrscheinlich Revolver unter den Anzugjacken.

Wir sahen sie, als sie den Innenhof des Motels betraten. Der Schwarze und sein Partner hatten den »Cowboy« in ihrer Mitte. Sie bewegten sich so vorsichtig, als ob sie rohe Eier in den Taschen hätten.

»Killer«, stellte Jerry Weeks fest, der aus Los Angeles kam und sich scheinbar mit solchen Typen auskannte. »Die sind nicht da, um sich die Bäuche in der Sonne bescheinen zu lassen. Die suchen den Mörder von James McFarland.«

Jerry hatte Recht. Die drei schnüffelten im Motel herum, schlichen den Strand entlang und trugen ihre Sonnenbrillen sogar nachts. Man sah sie immer zusammen. Wenn Polizisten auftauchten, waren sie wie vom Erdboden verschwunden, bis die Luft wieder rein war. Der Schwarze ging ein einziges Mal schwimmen. Mit einer Badehose im Tiger-Look. Die beiden anderen warteten am Strand, bis er zurückkam.

Am zweiten Tag nach ihrer Ankunft besuchten sie uns. »Ich bin Paul McFarland«, sagte der Cowboy. »James war mein kleiner Bruder.«

Der Schwarze zeigte zwei Reihen blitzender Zähne. »Wir hörten, dass James mit euch befreundet war. Jungs, es wäre schön, wenn ihr uns ein bisschen unter die Arme greifen könntet.«

»Wir haben mit der Sache nichts zu tun«, sagte Jeannie schnell. »Geht doch mal ins Konsulat. Dort kann man euch weiterhelfen.«

»Die rücken nicht einmal die Leiche raus«, sagte der Schwarze. »Dabei haben die McFarlands in Pasadena ein hübsches Familiengrab.« Er lachte glucksend. »Hat euch James nichts über seine Pläne erzählt?«

»Kein Wort«, sagte ich. »Wir sind nicht vom Geschäft, verdammt. Und wir wollen keinen Ärger. Wir wären euch verbunden, wenn ihr hier verduftet. Wir können euch nicht helfen.«

»Hey, Mann, war ja nur 'ne Frage«, sagte der Schwarze und die drei verzogen sich. In der Nacht krachten irgendwo Schüsse. Leute lärmten. Steve und ich gingen mal nachgucken. Es gab nicht viel zu sehen. Der Motelbesitzer hatte auf ein paar Hippies geschossen, die über die Mauer geklettert waren und kurz nach Mitternacht im Swimmingpool des Motels ein Bad nahmen. Der Motelbesitzer traf glücklicherweise nur einen Hund, der auf einer der Hollywoodschaukeln geschlafen hatte. Die Sitzkissen waren voll Blut und der Motelbesitzer tobte mit dem Revolver in der Hand herum, bis sich aus Versehen ein Schuss löste. Wir verzogen uns schleunigst.

Am nächsten Tag marschierten wir wieder in die Stadt, hatten allerdings keine großen Hoffnungen mehr, das Geld tatsächlich zu erhalten. Wir kriegten dafür ein Telegramm aus Deutschland, in dem uns unser Freund mitteilte, dass er das Honorar schon vor Wochen per Telegramm überwiesen hätte. Ich knallte das Telegramm dem Manager des American Express auf den Schaltertisch, aber es nützte alles nichts. Steve pumpte uns fünfundzwanzig Dollar, damit die Paula wenigstens Proviant kaufen konnte.

Am Nachmittag wollte Jeannie in einem nahe gelegenen Geschäft für Strandmoden einen neuen Bikini kaufen, da ihr der alte in wenigen Tagen viel zu groß geworden war. Die Paula begleitete sie, während Steve und ich versuchten den Auspufftopf von Lipstick zu reparieren. Wir hatten im Ersatzteilkasten, den Steve auf seinen Bus montiert hatte, außer einem Ersatzmotor und Werkzeugen auch einen Lötkolben dabei und wir flickten das Loch mit einem Stück Blech von einer Konservenbüchse. Dann fuhren wir Lipstick zum ersten Mal seit unserer Ankunft aus dem Motel und tankten bei einer nahe gelegenen Tankstelle auf. Wir hatten jetzt die Nase wirklich gestrichen voll und wollten noch in dieser Woche wegfahren.

Kurz nachdem wir wieder im Motel waren und Lipstick geparkt hatten, kamen die Paula und die Jeannie durch die Einfahrt gerannt, als wäre der Teufel hinter ihnen her. Ich habe die Paula noch nie im Leben so schnell rennen sehen, schon gar nicht in Sandalen. Steve und ich ahnten sofort, dass irgendetwas Schlimmes passiert war. Man konnte es an ihren Gesichtern erkennen. Die Paula sprang schnurstracks in den VW-Bus hinein, totenbleich im Gesicht, obwohl sie kaum mehr genug Luft kriegte.

»Die Federales sind hinter uns her!«, keuchte die Paula. »Mach die Tür zu! Schnell!«

Ich schloss die Tür hinter mir, öffnete aber die Vorhänge an den Fenstern, sodass ich den Innenhof des Motels überblicken konnte. Ich sah den Schwarzen in einem Liegestuhl und Paul McFarland hockte mit übereinander geschlagenen Beinen am Boden und spielte mit einer Katze. Der andere Mann stand an der Hauswand und kaute auf einem Stück Holz herum.

Ein silbergrauer Jaguar Typ E fuhr durch die Toreinfahrt und hielt an. Der Fahrer sagte etwas zu Paul McFarland, der sofort aufstand. Er bestieg den Jaguar, der eine Runde im Innenhof drehte und dann wegfuhr.

»Was ist los?«, fragte ich die Paula, die am ganzen Leib zitterte.

Sie holte tief Luft und schüttelte den Kopf. »Du glaubst mir die Geschichte nicht, wenn ich sie dir erzähle. Ich kann …«

»Versuch's mal, Müsu«, sagte ich und setzte mich auf die Bank.

»Ich kenne dich doch. Ich weiß, dass du mir nicht glauben wirst, weil das alles wie ein Märchen klingt. Ich kann es selbst fast nicht glauben.«

»Nach dem, was während der letzten Tage hier passiert ist, bin ich auf alles gefasst. Los, erzähl, bevor sie dich hier aufspüren.«

»Wir waren in dem Laden. Ich glaube, sie haben uns die ganze Zeit beobachtet.«

»Wer?«

»Die Federales. Oder Pinguine vom amerikanischen Konsulat. Oder irgendwelche Typen, die wir nicht kennen. Auf jeden Fall kaufte die Jeannie einen Bikini und bezahlte. Als wir dann rauswollten, hielten sie uns auf.«

»Mexikaner?«

»Ja. Zwei, die wie Zuhälter aussahen. Sie hielten uns auf und behaupteten, wir hätten zwei Bikinis gestohlen.«

»Und? Habt ihr?«

»Werd nicht unverschämt, mein Schatz. Natürlich hatten wir nicht. Aber die Jeannie hatte das ganze Geld in der Tasche und unsere Pässe. Sie wollten die Tasche. Vielleicht wegen des Geldes. Vielleicht wegen der Pässe. Vielleicht war es auch nur ein Vorwand. Sie zerrten an der Jeannie herum und da habe ich einem von ihnen einen Tiefschlag versetzt und wir sind raus aus dem Laden! Die Jeannie knallte einem Verfolger die Tür gegen den Kopf. Das Türglas splitterte. Hinter uns war die Hölle los. Die Mexikaner schrien durcheinander und kamen sich gegenseitig in die Quere.« Die Paula holte Luft und sah mich lauernd an.

Ich nickte ihr aufmunternd zu. »Bis jetzt klingt die Geschichte nicht wie ein Märchen«, sagte ich.

»Aber was jetzt kommt, glaubt uns keiner. Wir waren kaum aus dem Laden, da sahen wir den VW-Bus von Jeff und Terry. Sie kamen die Straße hochgefahren, und als sie uns sahen, hielten sie sofort an. Wir sprangen in den Bus. Jeff gab Vollgas und die Mexikaner spritzten auseinander. Wir kamen glatt durch.«

Das konnte ich tatsächlich kaum glauben und die Paula sah es meinem Gesicht an.

»Siehst du, du glaubst mir nicht«, rief sie. »Ich wusste es. Aber es stimmt. Es stimmt alles und es ist genauso passiert, wie ich es erzählt habe.«

Das Unglaubliche an der Geschichte war, dass wir Jeff und Terry in Vancouver getroffen hatten. Sie waren Freunde von Jack, Jeannies Cousin, und sie hatten damals davon gesprochen, einen Trip nach Mexiko zu machen. Sie wollten allerdings zwei Monate später losfahren und ich weiß noch, dass wir im Scherz gesagt hatten, wir würden uns vielleicht irgendwo auf der Straße begegnen. Jetzt waren mehr als drei Monate vergangen und wir hatten insgesamt etwa siebentausend Meilen zurückgelegt.

»Jeff und Terry sind heute in Mazatlan angekommen«, sagte die Paula. »Anstatt in der Stadt zu bleiben, fuhren sie erst mal den Strand hoch. Es war purer Zufall. Sie kamen gerade zur rechten Zeit. Ohne sie hätten uns die Mexikaner erwischt.«

»Und wo sind die beiden jetzt?«

»Sie ließen uns ein Stück vom Motel entfernt aussteigen. Weil die Mexikaner ihren Bus kennen und wahrscheinlich die Nummer aufgeschrieben haben, fahren sie ein Ablenkungsmanöver, bis es dunkel ist, dann kommen sie her.«

Ich wusste, dass die Paula oft mit haarsträubenden Geschichten Tischrunden verblüffte, aber diesmal schien es bitterer Ernst zu sein. Hatten uns die Pinguine nicht gewarnt? Der Gedanke, dass die Paula und die Jeannie nur mit viel Glück einer Falle entkommen waren, ließ Zorn in mir aufsteigen. Und wenn der Zorn in mir aufsteigt, dann kriege ich ganz kalte Hände und ich verliere alle Hemmungen.

»Bleib mal schön hier drin«, sagte ich zur Paula. »Ich kümmere mich um die Sache.«

Sie kannte mich. Und sie wusste, dass es ihr nicht gelingen würde, mich aufzuhalten. »Nimm Dusty mit«, sagte sie. »Und pass auf!«

Ich ging hinaus. Steves Bus war dicht. Aber er sah mich durch das Fenster und kam heraus. Er war wachsbleich im Gesicht. »Gehst du hin?«, fragte er sofort.

Ich nickte ihm zu und löste die Kette von Lipstick. Die Kette war etwa fünf Meter lang und Dusty sah daran noch gefährlicher aus.

»Wir nehmen die Pässe mit«, sagte Steve. »Außerdem sollten wir vielleicht das Konsulat benachrichtigen.«

Es gibt kein schweizerisches Konsulat in Mazatlan. Es gibt ein amerikanisches und ein deutsches. Das Generalkonsulat für die Schweiz befindet sich in Mexiko City. Steve holte unsere Pässe. Außerdem hatte ich eine Karte bei mir, die mich als Journalist einer internationalen Geschichtsforschungsgesellschaft auswies. Ich nahm Dusty kurz an die Kette und wir verließen das Motel, gingen die Straße hoch und ich glaube, in diesem Moment hätten zwei Dutzend Federales Mühe gehabt uns aufzuhalten.

Wir betraten den Laden, in dem ziemlich viel Betrieb war. Eine hübsche kleine Verkäuferin fragte uns höflich nach unseren Wünschen. Ich verlangte den Ladenbesitzer oder den Manager. Sie warf einen Blick auf Dusty, der wahrscheinlich keine Ahnung hatte, wozu ich ihn in das Strandmodengeschäft geschleift hatte. Er guckte ziemlich dämlich umher, und während die Verkäuferin den Besitzer holte, versuchte ich ihn ein bisschen aufzuhetzen, indem ich die Kette an seinem Hals etwas enger zog. Er schien tatsächlich zu merken, dass irgendetwas nicht stimmte, und als der Ladenbesitzer, ein schmieriger dicker Mann mit viel Pomade im Haar, erschien, hatte ich Dusty so weit, dass er den Mann wahrscheinlich auf Kommando angesprungen hätte.

»Womit kann ich den Herrschaften dienen?«, fragte der Mann mit einem schleimigen Grinsen im Gesicht. Da platzte mir schon der Kragen. Ich packte ihn mit einer Hand am Jackenaufschlag und Dusty fing an zu knurren.

»Ich will wissen, wie Sie dazu kommen, zwei Frauen des Diebstahls zu bezichtigen und sie von irgendwelchen zwielichtigen Figuren verfolgen zu lassen! Ich will genau wissen, was hier vorgefallen ist und wer für diese Sauerei verantwortlich ist!«

Obwohl die Klimaanlage über dem Fenster ratterte, glitzerte plötzlich Schweiß auf dem feisten Gesicht des Mexikaners. Die Kunden, fast alles junge Amerikanerinnen, umringten uns. Ich sah, wie die Verkäuferin nach hinten verschwinden wollte. Steve erwischte sie am Kleid und hielt sie auf.

»Es war ein schreckliches Missverständnis, Señor«, stieß der Ladenbesitzer hervor. »Ich schwöre bei meiner geliebten Mutter, dass ich mit der Sache nichts zu tun habe.«

»Und wer hat dann Ihrer Meinung nach mit der Sache zu tun?«

»Keine Ahnung, Señor. Bei allem, was mir heilig ist, ich weiß von nichts.«

»Sind Bikinis gestohlen worden?«, fragte Steve wütend.

»Nein!« Der Ladenbesitzer fragte die Verkäuferin und die Verkäuferin schüttelte den Kopf.

Eine Amerikanerin sagte, dass Mexiko ein ganz kaputtes Scheißland sei, und riet uns, lieber in die Vereinigten Staaten zurückzukehren. Ich ließ den Ladenbesitzer los und er holte ein Taschentuch aus der Brusttasche seines durchschwitzten Hemdes und wischte sein Gesicht ab. Meine Wut verrauchte etwas.

»Ich empfehle Ihnen, der Polizei bekannt zu geben, dass keine Bikinis gestohlen wurden«, sagte ich zum Ladenbesitzer. Er beteuerte, dass er dies tun würde. »Sie kriegen sonst Ärger, Mann«, warnte ich ihn. »Sie kriegen sonst so viel Ärger, dass Sie den Laden dichtmachen können. Klar?«

»Ja. Das ist mir klar.« Er wich zurück und ich gab Dusty etwas mehr Kette. Er machte aber keine Anstalten, auf den Ladenbesitzer loszugehen, sondern schnüffelte an den nackten Beinen der Amerikanerin herum und ich zog es vor, den Laden zu verlassen. Wir gingen sofort zurück zum El Dorado. Die Paula und Jeannie saßen zusammen im Lipstick. Sie wagten sich nicht mehr nach draußen, obwohl sie dringend zur Toilette mussten.

Wir warteten, bis es dunkel wurde. Federales in einem Jeep machten die Runde durch den Innenhof, hielten ein paar Mal an und belauerten die Leute. Jerry Weeks kam mit der Nachricht, dass die Polizei tatsächlich nach zwei blonden Mädchen fahnden würde. »Sie suchen den Strand, die Campingplätze und die Motels ab. Von euren zwei Freunden habe ich nichts gehört.«

Wir warteten ungeduldig auf Jeff und Terry. Sie kamen um zwei Uhr in der Nacht mit ihrem weißen Bus. Beide waren völlig entnervt. Schwer bewaffnete Polizisten hatten sie am Nachmittag am Strand verhaftet und ins Gefängnis gebracht. Beide mussten über hundert Dollar Bestechungsgeld zahlen, um sich freizukaufen. Die Polizisten hatten ihnen eine Kamera und ein Tonbandgerät weggenommen. Sie waren verhört und geschlagen worden. Aber beide hatten behauptet, dass sie die Mädchen nicht kannten und ihnen einfach geholfen hatten, weil es für sie ausgesehen hätte, als ob eine Bande von Straßenräubern hinter ihnen her war.

Jeff, ein großer Bursche mit einem Vollbart, hatte eine Schramme im Gesicht, die ihm mit einem Gewehrkolben zugefügt worden war. Um die Schramme herum war sein Gesicht arg verschwollen.

»Wir haben ihnen gesagt, dass es sich bei den Mädchen um zwei Amerikanerinnen handeln würde. Wir haben ihnen auch gesagt, dass wir die Mädchen auf der andern Seite der Stadt ausgeladen hätten. Aber ihr müsst hier weg. Wenn sie euch erwischen, sperren sie euch ein, bis ihr grau seid.«

»Wir sind nur losgekommen, weil wir australische Pässe haben, sie sagten uns, dass wir verdammtes Glück hätten, keine Gringos zu sein.« Terrys Stimme zitterte. Die Polizisten hatten ihm die Armbanduhr und ein Taschenmesser abgenommen.

Jeff und Terry waren in der Welt herumgekommen. Aber so was wie Mexiko hatten sie auch noch nie erlebt und Jeff war nahe daran, sofort zurück in die USA zu fahren. Steve ersetzte ihnen das Geld, das ihnen die Polizei abgenommen hatte. Für die Kamera, die Uhr, das Tonbandgerät und das Taschenmesser würden wir aufkommen, wenn wir zurück in Vancouver waren. Im Moment waren wir nicht in der Lage, ihnen den vollen Schaden zu bezahlen, und Jeff und Terry wollten das auch nicht. Wir schrieben sofort einen Brief an das schweizerische Generalkonsulat und an die Botschaft von Großbritannien, beide in Mexico City. Dann schrieb ich einen scharfen Brief an das Innenministerium und einen an unseren Freund in Deutschland mit der Bitte, die Geldüberweisung nach Mazatlan zurückzuziehen und sie nach Guadalajara zu schicken, wo wir in etwa vierzehn Tagen sein würden, falls uns die Federales nicht erwischten.

Am nächsten Morgen besuchte ich mit Jerry Weeks das amerikanische Konsulat in Mazatlan. Einer der drei Pinguine war dort. Als er mich sah, kam er zum Schalter.

»Schwierigkeiten?«, fragte er mit leisem Spott in der Stimme. Ich glaube, der wusste längst Bescheid. Und das sagte ich ihm auch. Er lächelte und wollte mir auf die Schulter klopfen, aber ich wich zurück.

»Tut mir Leid, Junge. Aber ich glaube, wir haben euch gewarnt. Nicht? Hier ist ein heißes Pflaster.«

»Wir haben nichts verbrochen«, sagte ich ernst. »Das ist ein mörderisches Spiel, verdammt noch mal.«

Er lachte. »So was passiert hier alle Tage. Das ist nichts Außergewöhnliches. Leute werden von der Straße weg verhaftet und eingesperrt. Wir können selten etwas unternehmen. Die Polizei hier arbeitet nach eigenen Spielregeln. Ich würde euch empfehlen, das deutsche Konsulat aufzusuchen. Immerhin sind doch die Schweiz und Deutschland Nachbarländer.«

Ich ließ mir die Adresse geben, sagte aber vorsichtshalber, dass ich Briefe an die Botschaften und an das Innenministerium in Mexico City weggeschickt hätte. »Wenn uns hier etwas passiert, wird man den Fall untersuchen. Und ich weiß nicht, ob Ihnen das angenehm wäre.«

»Verlassen Sie Mazatlan«, erwiderte er. »Verlassen Sie am besten Mexiko. Ich kann euch hier nicht helfen.«

Ich verließ mit Jerry Weeks, der sich für sein Land schämte und dem Pinguin ein paar passende Sprüche aufgesagt hatte, das amerikanische Konsulat, holte die Paula im El Dorado und wir suchten eine Stunde herum, bevor wir das deutsche Konsulat fanden.

Ich weiß heute noch nicht sicher, ob es tatsächlich ein offizielles deutsches Konsulat oder eine Zweigstelle in Mazatlan gibt. Was wir dort am Hafen vorfanden, war eine Hütte, die zum Teil mit Palmwedeln abgedeckt war. Über dem Eingang wehte zwar die deutsche Fahne und an einer Lehmmauer hing ein ovales Blechschild mit dem schwarzen Adler auf gelbem Grund.

Vorsichtig und misstrauisch geworden, betraten wir die

Hütte. Am Landesteg hinter der Hütte waren zwei Hochseejachten vertäut und überall an den Wänden hingen Fotos mit Menschen, die neben riesigen aufgehängten Schwertfischen standen. Auf den Fotos standen die Namen der Fischer und die Maße der Fische, die von ihnen gefangen worden waren.

Ein Mann in knielangen bunten Bermudashorts und einem verwaschenen T-Shirt kam vom Steg herein. Auf dem Kopf hatte er eine Kapitänsmütze.

Ich dachte, dass es sich entweder um einen Jachtbesitzer oder einen Touristen handeln würde, und fragte ihn, ob jemand vom Konsulat da sei.

Er musterte uns von oben bis unten. Was er sah, schien ihm nur bei der Paula zu gefallen.

»Was kann ich für euch tun?«, fragte er, als wären wir zwei Bettler.

»Sie sind vom Konsulat?«, fragte ich ungläubig.

»Mein Name ist Hemphill«, sagte er. »Bill Hemphill. Was wollt ihr?«

»Wir haben Schwierigkeiten mit der Polizei«, sagte die Paula, die sich schneller gefangen hatte.

»Und da kommt ihr hierher?«

»Wir dachten, das hier ist das deutsche Konsulat.«

»Das ist das deutsche Konsulat«, sagte er und setzte sich an seinen Schreibtisch, auf dem eine Menge Papierkram lag. »Ich habe wenig Zeit. Erzähl mal die Geschichte.«

Allmählich fing mir die Sache an, Spaß zu machen. Ich hockte mich auf den Schreibtisch, beugte mich zu ihm hinüber und sagte auf Deutsch: »Lieber Herr Konsul, wir sind auf der Flucht und der Laden hier gefällt mir so gut, dass ich nicht abgeneigt bin, Sie um Asyl zu bitten.«

Er machte ein Gesicht wie ein Schimpanse, dem man versucht, das Abc beizubringen. Ich weiß nicht, ob er wirklich kein Deutsch konnte oder nur so tat. Vielleicht war er auch nur clever genug, sich rauszuhalten. Mir war das egal. Ich wusste, dass wir von ihm keine Hilfe erwarten konnten.

Die Paula erzählte ihm die Geschichte trotzdem. Auf Englisch. Er hörte zu, verlangte die Pässe, sah das Schweizerkreuz und sagte, dass er nicht einmal etwas für uns tun könnte, wenn auf uns geschossen worden wäre. »Deutschland ist Deutschland und die Schweiz ist die Schweiz. Tut mir Leid.«

»Aber wir arbeiten für deutsche Firmen und ...«

»Ich kann nichts tun. Wenn Sie eine Jacht mieten wollen, dann sind Sie hier am richtigen Ort. Wir vermieten Jachten an alle Touristen, ganz gleich, welcher Nationalität.«

Die Paula packte unsere Pässe ein. »Wir brauchen keine Jacht, Mister, wir brauchen Schutz. Da unten wurde ein Nachbar von uns ermordet. Seither ist der Teufel los. Es muss doch in dieser Stadt jemanden geben, der sich um solche Dinge kümmert.«

»Versuchen Sie es vielleicht mal bei den Amerikanern. Die Schweiz vertritt doch in Kuba auch die amerikanischen Interessen.«

Die Paula und ich, wir sahen uns an, als ob wir mit einer Straßenbahn auf dem Mond gelandet wären. So was durfte doch einfach nicht wahr sein. Aber obwohl alles so unwirklich war, musste ich mich nicht in den Hintern kneifen, um zu wissen, dass ich nicht träumte.

Ich wünschte Bill Hemphill gute Geschäfte und zog Paula, die ihm beinahe an den Kragen gegangen wäre, ins Freie. Frische Luft tat gut. Ich warf noch einen einzigen Blick über die Schulter, vergewisserte mich, dass tatsächlich die deutsche Fahne am Mast flatterte und der Adler unterdessen nicht weggeflogen war, und wir gingen am Hafen spazieren. Die Paula war so enttäuscht, dass sie Tränen in die Augen kriegte. Wir kauften uns ein Eis, tranken irgendwo Bacardi mit Cola und wollten dann zum El Dorado fahren.

Steve und Jeannie fingen uns auf halbem Weg ab.

»Im El Dorado warten die Federales auf uns«, rief mir Steve zu. »Wir müssen weg hier, und zwar sofort.«

Jerry Weeks hatte sie gewarnt, als sie in der Stadt waren und zurückfahren wollten. Es war ihnen noch gelungen, Jeff und Terry zu verständigen. Die beiden hatten sich auf einem Campingplatz eingenistet und litten unter starkem Durchfall.

»Wir treffen uns heute Abend Punkt acht Uhr vor dem Postamt in Rosario«, sagte Steve. »Dann fahren wir zusammen raus nach Punta de Mita.«

»Und was passiert mit unseren Sachen im El Dorado?«, fragte ich. Wir hatten dort unseren Kochherd und ein paar Kleinigkeiten zurückgelassen.

»Jerry hat uns alles in die Stadt gebracht. Wir sollen ihn auf der Rückfahrt in Los Angeles besuchen, falls wir das überhaupt schaffen. Ich gab ihm das Geld für den Campingplatz.«

Wir ließen uns nicht länger in Mazatlan aufhalten und fuhren sofort südwärts. Am Abend erreichten wir Rosario, ein kleines Nest an der Hauptstraße, etwa siebzig Kilometer von Mazatlan entfernt. Wir fuhren sofort zum Postamt, das geschlossen war. Die Stadt schien wie ausgestorben. Kein Mensch auf den engen Gassen zwischen den halb zerfallenen Häusern. Irgendwo bellten Hunde. Sonst war nichts zu hören und die Stille war uns unheimlich. Wir kamen uns ziemlich verlassen vor.

## 10. Kapitel
## *Fahrt zum Ende der Welt*

Wir warteten in Rosario vergeblich auf Jeff und Terry. Die Furcht, dass sie vielleicht verhaftet worden waren, ließ uns ungeduldig werden.

Da wir auf dem leeren Marktplatz vor dem Postamt parkten, fielen wir auf. Nach und nach kamen Leute auf die Straße. Zuerst Kinder. Dann ihre Mütter und schließlich ein paar Väter. Hunde streunten herum. Es wurde schnell dunkel. Paula und Jeannie schlugen vor, außerhalb der Stadt zu warten. Wir blieben auf dem Marktplatz. Es war ein warmer Abend. Die Leute saßen vor den Häusern und beobachteten uns. Kinder spielten auf der Straße. Eine Frau stillte unter einer Toreinfahrt ihr Baby.

Hier war es friedlich. Eine alte Frau mit grausträhnigem Haar kam herüber und zeigte uns eine Polaroidaufnahme von einer jungen Frau, die in einem Korbsessel saß. Vor einem schönen Haus. Neben dem Korbsessel stand ein runder Tisch, auf dem ein Teddybär lag und eine Colaflasche stand.

»Das ist meine Tochter Maria«, sagte die Frau. »Sie lebt in Kalifornien. In Sacramento.« Die Frau war stolz auf ihre Tochter. Stolz darauf, dass sie in Kalifornien mit einem Architekten verheiratet war. Es ging ihr gut. Sie war hübsch und reich und hatte zwei Kinder. Die Frau sagte, sie hätte nichts gegen die Amerikaner. Für sie seien Amerikaner keine Gringos. Es gäbe gute und schlechte Amerikaner. Genauso, wie es gute und schlechte Mexikaner gäbe. Mehr schlechte als gute Mexikaner, sagte sie. Wir sollten aufpassen. Als sie hörte, dass wir keine Amerikaner waren, wollte sie wissen, wo wir herkamen. Schottland war ihr kein Begriff. Die Schweiz auch nicht. Aber Deutschland. Wegen der Fußballweltmeisterschaft. Sie kannte den Bomber der Nation. Sie nannte ihn Muller. Nicht Müller. Ob wir Muller kennen würden. Nur vom Fernsehen, sagte ich.

Sie lachte verschmitzt hinter ihrer nervigen Hand mit den verschwollenen Knöcheln. Dann ging sie davon und holte ihren Sohn, der etwa vierzig Jahre alt war. Er hieß Roberto und er brachte einen Fußball mit. Steve und ich wollten uns die Gelegenheit nicht entgehen lassen und kickten auf dem Marktplatz herum. Ein paar andere Männer kamen und wir machten zwei Mannschaften. Das Portal des Post Offices war das Tor und der Torhüter ein Junge, der einen Klumpfuß hatte.

Einer von ihnen musste schon kurz nach Spielbeginn aufgeben, weil er Schwierigkeiten mit dem Herz hatte. Zuschauer kamen, angelockt vom Lärm. Steve war bei der anderen Mannschaft. Er schoss glatt das erste Tor und dann das zweite. Sie nannten ihn nur noch Muller. Er war der große Star und ich glaube, es gelang ihm sogar ein echter Hattrick. Wir verloren mit mindestens fünf Toren Unterschied, aber wir hatten einen Mann weniger. Außerdem hatte mich Steve dreimal elfmeterreif gefoult, aber er nannte mich nur einen Elfmeterschinder, obwohl ich mir bei einem Sturz die Knie und die Hände aufscheuerte.

Nach dem Spiel kamen Soldaten und brachten eine Kiste Carta Blanca. Das ist Bier. Und sie schickten einen Knaben aus, um beim Kommissariat der Polizei Schmiere zu stehen, weil es verboten war, auf der Straße Bier zu trinken. Die Paula musste wieder einmal mindestens zehnmal »Hey Jude« singen und ich hatte von Kris Kristofferson ein paar Songs auf Lager. Dann sangen sie uns mexikanische Soldatenlieder und Liebeslieder vor, holten mehr Bier und der Knabe, der Schmiere stehen sollte, schlief in einer dunklen Gasse ein, denn plötzlich kam der *Comisario,* ein schnauzbärtiger Mensch in einer dunkelblauen Uniform, an der allerlei Gold glänzte. Er brachte den Knaben mit und die alte Frau, die uns das Bild gezeigt hatte, redete mit ihm und sagte ihm, dass wir Muller kennen würden. Da wollte er alles über Muller wissen. Wo er wohnt und ob wir Nachbarn wären, und wir sagten natürlich Ja. Wir wären Freunde von Muller. Manchmal, wenn er im Garten trainierte, käme der Ball rüber zu uns geflogen und er hätte uns schon sämtliche Scheiben eingeschlagen. Aber sonst sei er ein friedlicher Bursche, mit dem man sogar auf der Straße Bier saufen könne, auch wenn ein Polizist in der Nähe sei. Das half. Der *Comisario* knöpfte seine Uniformjacke auf, setzte seine Mütze dem Knaben auf den Kopf und erklärte sich nicht mehr im Dienst. Dann betrank er sich so fürchterlich, dass ein paar Männer ihn heimtragen mussten.

Ich war froh, dass wir mit Gerd Müller einen wahren Freund auf unserer Reise durch Mexiko hatten. Wo immer wir auch hinkamen, er war bekannt wie ein roter Hund. Und wenn wir sagten, dass er unser Nachbar oder gar unser Freund wäre, kriegten wir sogar die Lebensmittel um die Hälfte billiger. Und in Guadalajara kamen wir sogar gratis in einen Stierkampf, weil der Mann an der Kasse ein Muller-Fan war. Aber das war später. Hier in Rosario vergaßen wir fast, dass wir eigentlich auf der Flucht waren.

Das fiel uns erst wieder ein, als die Leute heimgegangen waren und wir allein auf dem Platz zurückblieben. Es war schon Mitternacht. Es hatte keinen Sinn mehr, auf Jeff und Terry zu warten. Wir fuhren hinaus zum Stadtrand und verbrachten die Nacht in einem ausgetrockneten Bachbett.

Früh am nächsten Morgen fuhren wir weiter und gegen Mittag erreichten wir Tepic, die letzte große Stadt, bevor wir uns auf den Weg nach Punta de Mita machen wollten. Tepic ist die Hauptstadt des mexikanischen Staates Nayarit. Das war für uns allerdings unwichtig. Wir brauchten Lebensmittel für etwa fünf Tage und einen Wasserkanister. Ich pumpte bei Steve noch einmal etwa fünfundzwanzig Dollar, die wir gegen Pesos eintauschten. Wir kauften in einem Supermercado ein, was wir brauchten. Es war nicht viel, aber wir hatten uns inzwischen daran gewöhnt, mit wenig auszukommen. Der letzte Peso ging für einen riesigen Plastiksack voll Kekse drauf.

Wir verstauten alles in unserem »Küchenschrank«, fuhren zu einem nahe gelegenen Park und die Paula machte ein paar belegte Brote. Nach dem Essen musste die Paula dringend mal und ich begleitete sie zu einer nahe liegenden öffentlichen Toilette. Dusty blieb allein im Bus zurück. Er sollte unsere Schätze bewachen. Als wir zurückkamen, lag er auf dem Fahrersitz, hatte die Ohren zurückgelegt, sprang uns an und gebärdete sich, als ob wir zwei Monate lang weggeblieben wären. Erst als wir einsteigen und wegfahren wollten, fiel mir ein kleiner Fetzen Plastik auf, der am Boden lag. Ich schaltete sofort den Motor aus, nahm das Plastikstück auf und hielt es der Paula vor die Nase.

»Was glaubst du, was das ist?«, fragte ich sie.

»Plastik«, sagte die Paula.

»Und was glaubst du, woher dieses Stück Plastik kommt?«

»Von einem Plastiksack. Hör mal, was …« Ihre Brauen hoben sich. Sie sprang aus dem Auto, öffnete die Seitentür und stieß einen Schrei des Entsetzens aus. Die Schlafsäcke waren mit Krümeln von Biskuits übersät.

»Er hat den ganzen Sack mit Inhalt gefressen!«, rief die Paula. »Dieser hinterhältige Schurke hat unsere Biskuits gefressen!«

Die Paula wurde zum ersten Mal richtig wütend und sie packte Dusty am Nackenfell und scheuerte ihm eine.

Aber jetzt stellte sich heraus, dass Dusty mit Platz Nummer drei in diesem Rudel nicht ohne weiteres zufrieden war. Solange die Paula mit ihm nur herumspielte, solange ging alles gut. In dem Moment aber, als sie ihn für das, was er getan hatte, zurechtweisen wollte, setzte er sich zur Wehr. Er griff dabei ohne Warnung an. Kein Laut war zu hören. Er sprang hoch und er erwischte die Paula mit seinen Zähnen am Oberarm. Die Paula ließ sich vor Schreck nach hinten aus dem Bus fallen und schlug hart auf dem Asphalt auf. Dusty stand über ihr und hatte die Lefzen drohend über die Zähne zurückgezogen. Sein Nackenfell war gesträubt, der Schwanz auf geplustert. Er stieß ein leises Knurren aus und ich sprang aus dem VW-Bus und erwischte ihn mit beiden Händen im Fell. Er duckte sich und stieß einen winselnden Laut aus. Aber ich war so wütend, dass ich mich nicht beherrschen konnte. Ich riss ihn mit beiden Händen wuchtig vom Boden hoch und schmetterte ihn gegen den VW-Bus. Die Paula behauptete später, ich hätte dabei gebrüllt wie ein Verrückter. Das ist schon möglich, denn im Moment war ich außer mir vor Schreck und Zorn. Erst als er beim Vorderrad des Busses am Boden kauerte und am ganzen Leib zitterte, war ich wieder voll da und es gelang mir, mich zu beherrschen. Ich half der Paula auf die Beine. Sie stand kaum, als sie anfing, mir Vorwürfe zu machen.

»Ich verstehe nicht, dass du ihn auf diese Art anpacken

musst«, sagte sie und rieb sich den Straßendreck vom Hintern. »Schau nur, er ist halb tot vor Angst. Wie konnte er wissen, dass die Biskuits nicht für ihn bestimmt waren. Und als ich ihm eine gescheuert habe, da …«

»Da wollte er dir mal zeigen, wie die Rangordnung in dieser Gemeinschaft ist. Begreifst du denn nicht, dass er dich ebenso gut hätte am Hals erwischen können? Er hat dich angegriffen, verdammt noch mal. Und er wird es wahrscheinlich wieder tun, wenn ihm mal was nicht passt.«

»Trotzdem hättest du ihn nicht so grob behandeln müssen.«

»Das ist richtig, mein Schatz!«, stieß ich wütend hervor. »Du hättest ihm zeigen sollen, dass er sich dir unterzuordnen hat. Nicht ich. Von mir weiß er es. Er käme nie auf die Idee, mir auch nur einen einzigen Zahn zu zeigen. Bei dir lässt er sein ganzes Gebiss sehen und schnappt auch noch.«

»Weil ich ihm eine gescheuert habe.«

»Du hast ihm zu Recht eine gescheuert. Er hat die Biskuits gefressen, die wir mit den letzten Pesos gekauft haben. Seit wann haben wir uns es denn nicht mehr leisten können, Biskuits zu kaufen. Seit hundert Jahren oder so. Und jetzt, wo wir mal Biskuits kaufen, frisst er sie uns weg.«

»Ich hab sie aufs Bett gelegt. Ich hätte sie im Schrank verstauen sollen, aber da war kein Platz.«

»Er hat ganz genau gewusst, dass die Biskuits nicht für ihn bestimmt waren. Sonst hätte er nicht versucht, alle Spuren zu verwischen. Frisst sogar den Plastiksack und legt sich anschließend nicht am Tatort nieder, um zu verdauen, sondern auf dem Fahrersitz, wo er sonst nie liegt, weil ihm dort zu heiß ist. Und warum hat er wohl die Schau abgezogen, als wir zurückkamen? So als ob wir ihn zwei Monate allein gelassen hätten? Weil er ein verteufelt schlechtes Gewissen hatte.«

»Von Plastik kriegt er womöglich Bauchweh. Das ist Strafe genug.«

»Herrgott noch einmal, es geht hier nicht um Biskuits und Plastik, sondern darum, dass du ihm vollkommen berechtigt eine gescheuert hast und er dir dafür an die Kehle gefahren ist! Darum geht es! Verstehst du das denn nicht? Solange du mit ihm am Boden rumhockst und ›Klau mir den Tennisball‹ spielst, so lange ist alles in Ordnung. Aber wenn du mal …«

Steve und Jeannie kamen herüber. Sie waren schon ein Stück weitergefahren und hatten zurücksetzen müssen.

»Wollen wir hier übernachten?«, fragte Steve. »Es ist ein langer Weg nach Punta de Mita.«

Die Jeannie sah Dusty am Wagenrad kauern und wollte sofort hingehen und ihn womöglich hinter dem Ohr kraulen.

»Lass ihn!«, rief ich, noch immer ziemlich wütend.

Jeannie blieb stehen. »Was ist mit ihm?«, fragte sie.

»Er hockt eine Strafe ab, der Hund!«, gab ich zurück. »Er hat versucht, seine Stellung zu verbessern, indem er die Paula angriff.«

Ich war von dem, was ich sagte, völlig überzeugt. Aber die Paula hatte andere Ansichten. Für sie war Dusty ein Ersatz für Lassie, die sie als Kind immer bewundert hatte. Aber ich dachte an Old Sam und das, was er uns alles über die Wölfe erzählt hatte. Das meiste davon war inzwischen längst Wirklichkeit geworden. Ich war der Leitwolf, ob mir das passte oder nicht. Dusty ließ mir keine Wahl. Er war ein Halbwolf und verhielt sich dementsprechend. Er zwang mich immer wieder, seine Herausforderungen anzunehmen, und manchmal wünschte ich ihn zum Teufel. Wenn er das merkte, war ihm nicht mehr wohl unter seinem Pelz und er tat nahezu alles, was ich von ihm verlangte, nur um Sympathien zu gewinnen und sein Image aufzupolieren. Er lernte einen Salto schlagen, als sei dies eine natürliche Fähigkeit, mit der alle Wölfe ausgezeichnet waren. Er schnappte spielenden Kindern den Ball weg und brachte ihn mir. Er erlegte ein Gürteltier, warf es zerfetzt vor meine Füße und wartete darauf, dass ich mir die besten Stücke davon auf den Teller legen würde. Er bewachte Lipstick, als hätten wir einen Goldschatz geladen. Und an einem schönen Tag, als ich wieder einmal keine Lust hatte, mich als Leitwolf zu bewähren, schlich er sich von hinten an eine alte Frau heran und entriss ihr die Einkaufstüte. Die alte Frau fiel fast in Ohnmacht und Dusty brachte mir schwanzwedelnd seine Beute.

Ich wusste nicht, wie ich ihm beibringen sollte, alte Frauen in Ruhe zu lassen, aber ich wollte und musste ihm unbedingt beibringen, dass die Paula meine Paula war und er die Pfoten und vor allem die Zähne von ihr zu lassen hatte, wenn er auch seine alten Tage bei uns verbringen wollte.

»Das nächste Mal, wenn er dich angreift, ist er ein toter Hund«, sagte ich scharf zu der Paula, die aber nur abwinkte. Wahrscheinlich glaubte sie nicht daran, dass Dusty es noch einmal versuchen würde. Aber da täuschte sie sich gewaltig.

Von Tepic aus führt die Straße 200 südwärts zum Touristenort Puerto Vallarta. Die Straße ist auf den meisten Karten rot eingezeichnet und sie ist auch tatsächlich asphaltiert. Aber es gab keinen Mittelstreifen und keine Randmarkierungen. Außerdem war der Asphalt durch die Hitze weich geworden und hatte überall Löcher.

Die Nacht kam, als wir uns zwischen den beiden Dörfern Compostella und Las Varas befanden, und sie war so schwarz wie der Asphalt der Straße, die sich wie ein schlüpfriges Reptil durch eine wilde, urweltliche Gegend schlängelte.

Das Licht an meinem mit einer Sechsvoltbatterie versehenen VW-Bus war schlecht. Manchmal streiften die Lichtkegel die Umrisse von Kühen, die am Straßenrand weideten. Mexikanische Kühe haben alle Farben. Und es gibt auch schwarze darunter. Eine von ihnen nahm uns fast auf die Hörner. Im letzten Moment konnte ich ausweichen. Hinten im Bus ging die Küchenschranktür auf und Lebensmittel flogen durch die Gegend.

Wir wussten nicht genau, wo wir von der Hauptstraße abschwenken mussten. Jerry Weeks hatte gesagt, dass auf einem Wegweiser Sayulita oder Socorro oder San Francisco oder etwas Ähnliches stehen würde. Von dort würde eine Dreckstraße durch den Busch nach Punta de Mita führen.

Wir erwischten die Abzweigung. Ich glaube, das Nest heißt Sayulita. Genau weiß ich das auch nicht mehr. Die Straße war ein Karrenweg. Staubig und holprig. Steves Scheinwerfer, die mich auf der Fahrt oftmals vom Rückspiegel her geblendet hatten, verschwanden hinter uns wie im Nebel. Der Staub drang durch sämtliche Ritzen und Öffnungen. Lipstick wurde furchtbar durcheinander geschlagen. Die Stoßdämpfer knallten.

Links und rechts von uns war Busch. Dann kleine Felder. Bananenplantagen. Mächtige Eukalyptusbäume. Die Luft roch nach Meer.

Ein paar Laternen beleuchteten einige Hütten, zwischen denen die Straße plötzlich aufhörte. Eine Reifenspur führte durch ein breites, flaches Bachbett. Im Scheinwerferlicht glitzerte ein dünnes Rinnsal. Frösche quakten. Aus einer der Hütten drang Licht durch die Fensteröffnungen.

Paula stieg aus und klopfte an die Brettertür. Eine Frau öffnete und wir hörten die Paula nach dem Weg nach Punta de Mita fragen.

Die Frau sagte: »Da ist kein Weg.« Sie sagte: »Es gibt kein Punta de Mita.«

Sie hatte Angst vor irgendwem oder vor irgendetwas. Sie schlug das Kreuz und schloss die Tür. Die Paula hob hilflos die Schultern. Es war etwa zehn Uhr in der Nacht. Ein Hund kam aus dem Nichts, blieb im Scheinwerferlicht stehen und kratzte sich mit dem Hinterbein im Genick. Wir waren müde. Zerschlagen. Wir hatten nie nach Punta de Mita fahren wollen. Wir wollten runter nach Yucatán. Die Ruinen ansehen. In Frieden ein paar Wochen verbringen. Jetzt waren wir hier. Im Sayulita oder Socorro oder San Francisco. Der Hund trottete davon.

»Wir fahren der Spur nach«, schlug ich vor. »Es sieht aus, als wäre das die Fortsetzung der Straße.«

»Eine Jeepspur?« Steve schüttelte den Kopf. »Mann, ich bin todmüde. Dieses Scheißland macht mich noch krank. Wenn ich nur wüsste, was hier eigentlich los ist.«

»Es ist ein Krieg«, sagte die Paula.

»So? Und worum geht es in diesem Scheißkrieg?«, fragte die Jeannie gereizt.

Wir hatten keine Ahnung. Wir merkten nur, dass wir hier den Frieden nie finden würden. Es war ein gespenstischer Krieg. Ohne Fronten. Ohne Soldaten. Und wir hatten keine Ahnung, was wirklich los war. Wer gegen wen kämpfte und worum es eigentlich ging.

Wir folgten der Jeepspur und verloren sie schon nach hundert Metern im Sand, der vom Wind verweht worden war. Ich fuhr trotzdem weiter. Westwärts. Man kriegt ein

Gefühl für Richtungen, wenn man eine Zeit lang unterwegs ist. Im Westen war die Küste. Vielleicht zehn Kilometer entfernt. Vielleicht zwanzig. Lipstick rutschte seitwärts weg in ein Bachbett hinein. Das Bachbett schien die einzige Öffnung in einem dichten, schwarzen Urwald zu sein, der sich vor uns wie eine riesige schwarze Mauer in den Himmel hob. Wir fuhren im Bachbett. Steine knallten gegen den Unterboden. Harte Stöße rissen mir manchmal fast das Steuerrad aus der Hand. Wir fuhren im Schritttempo. Das Bachbett war nicht viel breiter, als Lipstick lang war. Lipstick tanzte und schlingerte, schlug manchmal mit dem Boden auf. Weit hinter mir waren die Scheinwerfer von Steves Bus. Die Lichtkegel jagten kreuz und quer und hoch und tief. Nach etwa einer halben Stunde hielten wir an. Ich war schweißgebadet. Der Urwald umgab uns. Dämonisches Geschrei rings um uns. Der Geruch nach Meer war stärker geworden.

»Ist das die Straße oder ist das der Fluss?«, fragte Steve. Auf seinem Gesicht war eine dicke Kruste aus Schweiß und Staub.

»Zur Trockenzeit ist das die Straße«, sagte ich und es sollte wie ein Scherz klingen. Aber niemand lachte.

Steve sagte, dass er wegen dem Staub etwas mehr Abstand halten würde. «Fahr langsam, Mann. Wenn wir hier draußen stecken bleiben, sind wir geliefert.«

Wir fuhren noch langsamer. Über Buckel hinweg. Steil abfallende Stellen, auf denen Lipstick ins Rutschen geriet und sich drehte. Oft schlug er so hart auf, dass die Paula und ich bis auf die Knochen durchgeschüttelt wurden.

Etwa nach einer Stunde Fahrt verwandelte sich das steinige Bachbett in einen schmalen, staubigen Karrenweg, der wie ein Tunnel durch den Urwald führte.

»Jetzt kann es nicht mehr weit sein«, sagte die Paula aufatmend, während Lipsticks Räder in sandgefüllten Schlaglöchern durchdrehten.

Plötzlich erfassten die Scheinwerferkegel eine Gestalt, die etwa hundert Meter vor uns am Wegrand stand. Die Gestalt, schneeweiß im Scheinwerferlicht, bewegte sich nicht. Ich warf einen Blick in den Rückspiegel. Die Lichter von Steves Bus waren nicht zu sehen. Jetzt bewegte sich die Gestalt. Hob den rechten Arm und streckte den Daumen.

»Das darf doch nicht wahr sein«, hörte ich die Paula sagen. »Ein Anhalter, mein Schatz.«

»Glaubst du an Gespenster?«, fragte ich zurück. »Es ist ungefähr Mitternacht.«

Die Gestalt rührte sich nicht vom Fleck. Unter dem Strohhut war das schnauzbärtige Gesicht eines dunkelhäutigen Mannes.

»Ich glaube, ich fahre durch«, sagte ich. »Mit Gespenstern will ich nichts zu tun haben.«

»Angsthase«, sagte die Paula. »Vielleicht weiß er, wo Punta de Mita ist. Das ist ein Mexikaner, Schatz. Ein Feldarbeiter oder so und er ist unbewaffnet.«

Es war fast wie damals, als wir zum ersten Mal den Wolf sahen. Ich hielt an, ließ aber den ersten Gang drin. Ich beobachtete die Straßenränder und den Wald. Nichts rührte sich. Nichts geschah. Hinter mir krochen die Lichtkegel von Steves Scheinwerfer heran. Die Paula und ich saßen bewegungslos nebeneinander.

Der Mann wagte nicht, näher heranzukommen. Er stand am Wegrand und hielt die Augen geschlossen, weil er von uns geblendet wurde. Ich schaltete das Parklicht ein.

»Frag ihn, was los ist«, sagte ich zu Paula.

Sie schob das Seitenfenster zurück. »Können wir Ihnen irgendwie helfen, Señor?«, fragte sie auf Spanisch.

Der Mann öffnete die Augen. Hinter uns hielt Steve an.

Löschte die Lichter an seinem Bus und öffnete die Tür. Ich sah im Rückspiegel, dass er die Machete in der Hand hatte.

»Was ist los?«, rief er nach vorn.

»Da steht einer und macht Autostopp«, rief ich zurück.

»Mann, pass auf!« Steve knallte die Tür zu.

»Könnt ihr mich mitnehmen?«, fragte der Mexikaner vom Wegrand her. »Ich bin müde. Meine Füße wollen nicht mehr.«

»Wohin wollen Sie, Señor?«, fragte die Paula.

»Punta de Mita«, erwiderte der Mexikaner.

Wenigstens wussten wir jetzt, dass wir wirklich auf dem richtigen Weg waren. Wir ließen den Mann einsteigen. Bevor wir weiterfuhren, zog er eine zerfledderte Brieftasche aus seiner Hose und zeigte uns Fotos von seiner Familie und eine Karte, die ihn als Bürgermeister von Punta de Mita auswies. Er sei in Puerto Vallarta gewesen, bei seinem Amtskollegen, wegen einer Besprechung. Seit zehn Stunden war er zu Fuß unterwegs nach Hause. Querfeldein.

Wir fragten ihn, warum er nicht mit dem Bus gefahren sei oder per Anhalter. Er zuckte mit den Schultern. »Ich kenne den alten Weg, wo ich Freunde treffe. Auf den Straßen sind die Gringos und die Soldaten und die Federales. Ich mag die Gringos nicht und die Soldaten nicht und die Federales auch nicht. Deshalb gehe ich den alten Weg.«

»Was ist hier in diesem Land eigentlich los?«, fragte ich ihn.

Er lachte. »Was soll denn los sein, *hombre.* Mexiko ist ein gutes Land. Was wollt ihr in Punta de Mita?«

»Man sagte uns, dass es dort schön ist. Und friedlich.«

»Wer sagt das?«

»Freunde von uns.«

»Gringos?«

»Ja.«

Er nickte gedankenvoll. »Punta de Mita ist meine Heimat«, sagte er. »Ich möchte nicht woanders leben. Wie ist es in Europa?«

»Eng«, sagte ich. »Zu viel Leute. Zu viele Zäune und Mauern. Alles ist geregelt.«

Er kam sofort auf den Fußball zu sprechen. Auf Muller. Dort in Mexiko ist Muller der Kaiser und sonst niemand. Ich glaube, Muller könnte dort eine Revolution auslösen. Wie Pancho Villa oder Zapata.

Viel war nicht aus ihm rauszukriegen. Er meinte nur, dass die Gringos diesem Land Unglück bringen würden. Alles wegen der Dollars. Die Gringos hätten zu viele Dollars und wüssten nicht mehr, was sie damit anfangen sollten.

»Die Gringos haben keine Träume mehr und deshalb kommen sie her und kaufen sich den Stoff, der Träume macht. Marihuana und Heroin. Die Gringos sind an allem Schuld. Ihr habt Glück, dass ihr keine Grinogs seid.«

Während des Gesprächs vergaß ich, nach Steve und Jeannie Ausschau zu halten. Als ich wieder mal einen Blick in den Rückspiegel warf, war hinter uns alles dunkel. Ich hielt an und öffnete die Tür. Steves Bus war nicht zu hören. Wir warteten. Dann drehte wir um und fuhren langsam zurück. Wir entdeckten Radspuren, die vom Weg abschwenkte und folgten ihnen ein Stück. Mitten auf einer kleinen Lichtung stand Steves Bus. Jeannie kickte Staub und fluchte auf Deutsch, was sie wirklich nur tat, wenn sie furchtbar zornig war.

»Ich habe genug!«, rief mir Steve zu. »Ich fahr keinen Schritt mehr weiter! Wir sind jetzt schon über achtzehn Stunden unterwegs.«

Steve und Jeannie hatten stundenlang unseren Staub geschluckt. Sie waren müde und wütend. Wir brauchten eine

Zeit, um sie zu beruhigen. Es seien nur noch etwa vier Meilen, sagte der Bürgermeister von Punta de Mita.

»Ihr könnt den Rest vorausfahren«, sagte ich zu Steve. »Der Mann hier ist seit zehn Stunden zu Fuß unterwegs und möchte nach Hause.«

Schließlich bestiegen Steve und Jeannie den Bus. Steve fuhr hart an. Die Räder drehten im Sand durch, fassten festen Grund und sein Bus machte einen Sprung. Der schwere Holzkasten mit dem Reservemotor und den Werkzeugen schlug gegen den Ast eines Baumes. Er wurde aus der Halterung gerissen und rutschte auf dem Dach nach hinten. Steve trat die Bremse. Der Kasten flog vom Dach und barst am Boden.

Steve und Jeannie stiegen aus und tobten eine Weile herum. Dann fingen wir an, die Bestandteile und Werkzeuge einzusammeln. Der Bürgermeister half uns. Nach fast einer Stunde konnten wir weiterfahren.

Den Rest der Fahrt fuhr Steve voraus und es schien, als ob es noch einmal eine Ewigkeit dauerte, bis wir endlich Punta de Mita erreichten. Im Sternenlicht konnten wir nur ein paar Hütten erkennen, die dort standen, wo der Urwald plötzlich aufhörte. Wir ließen den Bürgermeister aussteigen, fuhren quer über ein zerfurchtes Plateau zu einem Leuchtturm hinaus. Dort hielten wir an. Vor uns rauschte der Pazifik in der Dunkelheit. Der Strand schimmerte, als wäre er mit Glimmer überpudert. An schwarzen Felseninseln brachen sich schäumend die Wellen. Wir sahen uns um. Nichts bewegte sich auf der busch- und baumlosen Ebene, die wie eine Halbinsel in den Ozean hinausragte. Der Leuchtturm war nicht in Betrieb. Wir hatten das Ende der Welt erreicht.

## 11. Kapitel
# *Punta de Mita*

Jerry Weeks hatte nicht zu viel versprochen. Am nächsten Tag, als die Sonne aufging, zeigte sich uns die Halbinsel in ihrer ganzen Pracht. Jeannie und ich, wir waren an diesem Morgen zuerst auf den Beinen und machten uns sofort auf einen Erkundungsspaziergang. Was wir zu sehen bekamen, entschädigte uns für alle Mühen und Strapazen, die wir auf dem Weg hierher durchgestanden hatten.

Der Pazifik rollte in mächtigen Wellen, von denen das erste Licht der Sonne wie flüssiges Gold tropfte, in die weite Bucht hinein, von welcher der Landzipfel auf der Südseite begrenzt wurde. Pelikane schwebten über den Wellenkämmen. Felsklippen, die von den schäumenden Wassermassen überspült wurden, glänzten wie Onyx. Wie ein breites weißes Samtband trennte der Strand den Ozean vom Festland, auf dem etwa zwei Dutzend mit Palmwedeln bedeckte Hütten standen. Im Osten hob sich der Dschungel über die Halbinsel hinweg. An den steil abfallenden Uferhängen wuchsen seltsame Bäume, die mit ihren Wurzelarmen Halt im losen Gestein zu finden schienen. Ein Gewirr von ineinander verschlungenen Ranken hing von ihren Kronen. Es schien wirklich, als hätten wir hier einen kleinen Rest vom Paradies entdeckt.

Nahe dem Platz, an dem wir lagerten, führte ein schmaler Pfad über die steil abfallende Uferböschung in den Schatten einiger Bäume hinein. Dort unten war ein Zugbrunnen. Das Wasser, tief in der Erde, spiegelte unsere lachenden Gesichter. Kristallklares Wasser. Aber wir erinnerten uns, dass Jerry Weeks gesagt hatte, dass es auf Punta de Mita nur eine Quelle für die Bewohner des Dorfes gibt, und die mussten mit dem Wasser haushalten. Fremdlinge mussten ihr Wasser selbst mitbringen, wenn sie nicht Ärger kriegen wollten. Wir hatten Wasser dabei. Nicht sehr viel. Aber für vier, fünf Tage sollte es reichen, wenn wir sparsam damit umgingen.

Es war früh am Morgen. Am Strand waren Leute vom Dorf. Boote lagen im Sand, randvoll mit silberglänzenden Fischen. Es war Markttag für die Dorfbewohner. Die Frauen brachten Melonen und Tortillas zum Strand. Die Männer kippten die Boote und die Ladung quoll über den Strand.

Frauen und Kinder füllten große Körbe mit Fischen. Das Geschrei übertönte das Rauschen der Wellen. Jeannie und ich schauten eine Weile zu. Die Männer hockten sich, nachdem sie die Boote umgedreht hatten, in den Schatten der Uferböschung, tranken Tequila, aßen ihre Tortillas und Melonen. Es war wie ein großes Fest. Niemand verkaufte Fische. Alle nahmen sich, was sie brauchten. Und die Melonen, die im Schatten der Bäume lagen, gehörten allen Männern, die vom Fischfang zurückgekehrt waren und die lange Nacht draußen verbracht hatten. Niemand zog einen Geldbeutel. Niemand feilschte um Preise. Selbst die Hunde, die herankamen und sich ihre Bäuche mit Fischen vollschlugen, stritten sich nicht. Es war genug da für alle. Und was übrig blieb, würden sich die Vögel holen und die Krabben.

»Ich bin froh, dass wir hierher gefahren sind«, sagte die

Jeannie, als wir uns auf den Rückweg machten. »Es ist wie ein Traum, nach allem, was wir in diesem Land erlebt haben.«

Für mich war es, als hätten wir einen gewaltigen Zeitsprung in die Vergangenheit gemacht. Kein Motorenlärm. Keine Stromleitungen und Telefondrähte. Kein Asphalt und Beton. Nur an einer der Hütten hing ein ausgebleichtes, vom Rost zernagtes Blechschild, auf dem man noch den Schriftzug »Coca-Cola« entziffern konnte. Später fanden wir heraus, dass in dieser Hütte ein kleiner Lebensmittelladen untergebracht war. Dort in dieser Hütte war die Wirklichkeit. Man konnte sie kaufen. Auf Flaschen gezogen, in Konservenbüchsen und Plastiktüten und Schachteln. Wer dorthin ging, brauchte Geld. Dort lagerten die Träume der Mexikaner. Schillernd verpackt und mit Preisschildern versehen.

Unsere Träume waren gratis. Wir waren der Zivilisation entflohen und hatten im Paradies Unterschlupf gefunden. Die Träume wurden Wirklichkeit, die Visionen gegenwärtig. Keine Federales. Keine CIA-Beamte. Keine Mörder und keine Hippies, die sich ihre Träume einspritzten oder sie aus den Joints saugen mussten. Hier konnten wir alles abschütteln, womit wir die letzten Wochen hindurch nicht fertig geworden waren. Die Götter kamen und nahmen uns die Bürde von den Schultern. Die Götter der Maya und Azteken mit ihren Schlangenköpfen und den leuchtenden Augen aus blank poliertem Obsidian. Wir waren frei und wir konnten lachen und singen und vergessen. Wenn Steve die Machete in die Hand nahm, dann um Holz für unser Feuer zu machen. Und mein Buffalo-Skinner, das Messer mit der gebogenen Klinge, wurde zum Küchenmesser. Die Angst, die uns getrieben hatte, war weg.

Wir schlugen unser Lager an der Nordseite der Insel auf.

Etwa zweihundert Meter vom Leuchtturm entfernt. Wir stellten die beiden Busse so, dass die Seitentüren gegeneinander lagen. Dann spannten wir von einem Bus zum andern eine alte Armeeplane als Schattendach.

Etwa zwanzig Meter entfernt hörte die Ebene auf. Ein Steilhang führte hinunter zu einem schneeweißen Korallenstrand. Einige kleine Inseln lagen in der Bucht verstreut. Bei Ebbe konnten wir sie erreichen, ohne schwimmen zu müssen. Aber wir mussten unsere Stiefel anbehalten. Korallen sind scharf wie Rasiermesser.

Am Abend des ersten Tages, als die Sonne tief über dem Meer stand, hockten wir am Strand und sahen einem überwältigenden Schauspiel zu. Die Wellen, die sich weit draußen hoben und immer größer wurden, bis sie sich am Strand brachen, wurden im Schein der Sonne durchsichtig. Wir sahen die dunklen Schatten von tausenden von Meerfischen, die pfeilschnell unter den Wellenkämmen dahinschossen. Über den Wellen flogen die Pelikane tief, öffneten ihre gewaltigen Schnäbel und schaufelten damit die Fische förmlich aus dem Wasser. Schaum überspülte die Felseninseln, auf denen sich Millionen von schwarzen glänzenden Krabben bewegten. Und dann, als die Sonne mit ihrem unteren Rand den Horizont berührte, entdeckte Steve bei der größten der Inseln vier Haifischrückenflossen. Sie schienen im Wasser still zu stehen, hoben und senkten sich im Wellengang, verschwanden manchmal kurz im Wasser und tauchten fast immer an der gleichen Stelle wieder auf. Nur wenn man die Inseln und die Flossen gleichzeitig ins Auge fasste, konnte man erkennen, dass sie sich ziemlich schnell bewegten. Kaum hatten wir sie alle ausmachen können, verschwanden sie wieder. Aber wir waren gewarnt und die Paula, die am Nachmittag ein gutes Stück rausgeschwommen war, kriegte nachträglich die große Angst.

Am nächsten Tag wollten wir unseren Proviant ein bisschen auffrischen. Steve und ich machten das Angelzeug bereit. Da wir vom Ufer aus kaum eine große Chance hatten, wählten wir eine der kleinen Felseninseln, etwa hundert Meter vom Ufer entfernt. Wir nannten sie »Pelikanausguck«, weil die Pelikane während ihrer Jagd auf Fische diese kleine Insel meistens als Zwischenstation benutzten, wo sie sich ausruhen und das Revier überblicken konnten. Vom Ufer aus wirkte die Insel klein. Sie wurde regelmäßig von den größeren Wellen überspült. Wenn die Pelikane weg waren, kamen die Krabben und besetzten die Insel zu tausenden.

Steve und ich mussten rausschwimmen. Wir behielten unsere Kleider und die Stiefel an, nahmen die Angelruten quer in den Mund und beobachteten eine Weile den Wellengang, bevor wir uns hinauswagten. Der Meeresgrund bestand aus zerklüfteten Felsformationen und bizarr geformten Korallenbänken. Wir hatten nur am Anfang Schwierigkeiten. Dort, wo sich die Wellen überschlugen, tauchten wir und kämpften gegen den Sog an. Danach war das Schwimmen kein Problem mehr. Erst als wir die Insel erreichten, mussten wir feststellen, dass die Felsen so steil und glitschig aus dem Wasser ragten, dass wir nicht an ihnen hochklettern konnten. Wir mussten auf größere Wellen warten, die uns dann hoben. Wir klammerten uns wie die Krabben auf dem Felsen fest. Steve verlor dabei seine Angelrute. Wir sahen sie tief im türkisfarbenen Wasser glitzern und tauchten mehrmals nach ihr, bis es Steve endlich gelang, sie vom Grund zu holen. Er schürfte sich dabei an den Korallen die linke Schulter auf. Sein Hemd war wie mit einem Messer aufgeschlitzt.

Wir fischten mit allerlei Blinkern, denen wir Stahlleinen vorgebunden hatten. Wir sahen die Fische in den Wellen wie in einem Aquarium. Sie tauchten wie Sturzkampfbomber im Geschwader auf, schossen hinter unseren Blinkern her und schnappten danach. Wir verloren in knapp einer halben Stunde ein halbes Dutzend Stahlleinen und Blinker, die der Gewalt der Barracudas nicht standhalten konnten. Aber wir fingen elf mittelgroße, in allen Farben schillernde Fische von einer Sorte, die wir nicht kannten. Sie hatten große Köpfe und hervorquellende Augen. Ihre Rücken- und Seitenflossen waren mit langen Stacheln versehen. Es waren hässliche Geschöpfe, und da wir keinen Stock dabei hatten, um ihnen das Genick zu brechen, übten wir uns in Karate. Wir töteten die Fische mit der Handkante. Das Schlimme dabei war, dass sie im Todeskrampf ihre Rückenflossen aufrichteten und die gespreizten Stacheln tief in unsere Hand stachen, mit der wir sie festhielten. Als uns die Blinker ausgegangen waren, mussten wir zurück. Wir waren mit dem Fang zufrieden. Die Fische waren alle länger als dreißig Zentimeter. Die Frage war nur, ob man sie essen konnte. Wir hatten von tropischen Fischen gehört, die giftig waren. Diejenigen, die wir fingen, sahen überhaupt nicht appetitlich aus, aber in der Not frisst der Teufel eben Fliegen.

Nach unserem ersten Erfolg glaubten wir, dass wir jederzeit genug Fische fangen konnten, um sogar einen Notvorrat anzulegen. Deshalb bauten wir einen Räucherofen aus Büchsenblech und Lehm. Die Paula und die Jeannie schauten uns bewundernd zu. Wir taten, als wüssten wir mit Räucheröfen Bescheid, und es gelang uns wirklich, ein imposantes Ding zusammenzupflastern; eine Feuerstelle mit Windschutz, Hitzeschild und einem unterirdischen Rauchkamin, der zur Rauchkammer führte. Wir hatten auch keine Ahnung, wie lange so ein Fisch im Rauch hängen muss. Steve sagte, etwa zwanzig Stunden, aber man könne das ja von Stunde zu Stunde überprüfen.

Das einzige Holz, das es auf der Halbinsel in unserer Nähe gab, waren die Ranken, die von den Bäumen hingen. Zum Teil waren sie armdick. Ihre Rinde war ausgefranst, und wenn man sie mit der Machete entzweischnitt, floss eine kristallklare Flüssigkeit heraus. Wie Wasser aus einer Brunnenröhre. Wir trugen einen Haufen von diesen Ranken zusammen. Da sie innen lange feucht blieben, brannten sie nur langsam und entwickelten viel Rauch. Steve schlug vor, den Rauch mit Grünzeug zu würzen. Wir schnitten ein paar Äste von den Bäumen, die an den Rändern der Halbinsel wuchsen. Sie hatten kleine dicke Blätter. Wenn man die Blätter brach, lief ein zähflüssiger milchweißer Schleim heraus. Steve versuchte ein bisschen davon.

»Schmeckt ausgezeichnet«, meinte er. »Damit würzen wir unsere Fische.«

Wir hatten sieben Fische in der Rauchkammer. Vier davon brieten wir an diesem Abend und aßen sie mit Hochgenuss am offenen Feuer. Aus dem Räucherofen kroch der Rauch und wurde vom Meerwind über die Halbinsel weggetragen. Steve warnte mich, als ein Skorpion auf meine nackten Beine zukroch. Ich tötete ihn. Es war einer von der kleinen, gelben Sorte, deren Stich tödlich ist. Lateinisch ist sein Name *Centruroides sculpturatus.* Er hat einen dünnen, sechsgliedrigen Schwanz, der am Ende mit einem Stachel versehen ist. Im Laufe der Zeit, die wir in Mexiko verbrachten, töteten wir mindestens zwei Dutzend Skorpione, die uns zu nahe kamen.

An diesem Abend erwischte es Dusty. Er lag neben uns im Sand. Plötzlich stieß er einen japsenden Laut aus und sprang auf. Die Paula sah den Skorpion, der in einer kleinen Sandmulde stand, den Schwanz zum Stich hochgedreht. Steve tötete ihn mit der Machete. Dusty wischte sich mit den Pfoten über die Schnauze, wälzte sich auf dem

Rücken und versuchte seine Nase in den Sand zu stecken. Wir beugten uns über ihn und hielten ihn fest. Auf seiner Nase, zwei Finger breit hinter der Schnauze, glitzerte ein winziger Blutstropfen im Schein des Feuers. Die Nase schwoll von einer Sekunde auf die andere stark an. Aber Dusty schien sich nicht viel daraus zu machen. Er legte sich in den Sand und leckte nur mit der Zunge dauernd die Schnauze. Die Paula war aufgeregt wie noch nie und behauptete, man müsse die Schwellung aufschneiden und das Gift heraussaugen.

»Die Nase ist seine empfindlichste Stelle«, sagte ich. »Es ist vielleicht besser, wenn wir nicht daran herumfummeln. Solange er so ruhig liegt, kann es nicht so schlimm sein.«

Wir entschieden uns dafür, nichts zu unternehmen. Einem Halbwolf konnte man immerhin etwas zutrauen. Wir untersuchten den Skorpion. Er war etwas größer als der andere und hatte einen kürzeren und breiteren Schwanz. Da es viele verschiedene Skorpionarten gibt, von denen nur ein paar tödlich sind, hatte Dusty eine echte Chance. Es gab keinen Tierarzt in der Nähe und die nächste Stadt war mindestens fünfzig Kilometer entfernt.

Wir beobachteten Dusty bis Mitternacht. Er verhielt sich ruhig. Die Stichwunde blutete nicht mehr. Als wir zu Bett gingen, führte ich Dusty noch zum Pinkeln. Er zeigte keine Anzeichen dafür, dass ihm nicht wohl war. Nur seine Schnauze war heiß und trocken und seine Augen schienen etwas angeschwollen. Und er rannte nicht herum wie sonst. Außerdem schien er froh zu sein, als ich mit ihm zum Lager zurückging und er sich unter Lipstick in den kühlen Sand legen konnte.

Wir hatten wirklich Angst um unseren Dusty. Trotz all dem Ärger, den er uns am Anfang gemacht hatte, und der ganzen Scheiße, die er manchmal baute, war er uns allen ans Herz gewachsen. Er war immerhin der Einzige von uns, der noch nicht am Durchdrehen war. Außerdem machte er auf die Leute mehr Eindruck als Steves Machete oder mein Buffalo-Skinner. Ich glaube, es ist in Mexiko besser, einen gefährlich aussehenden Hund zu besitzen als eine Maschinenpistole.

Bevor wir an diesem Abend ins Bett gingen, redeten wir ihm noch eine Weile gut zu. Wir machten allerlei Sprüche. »Du kommst schon durch, Junge! Bleib nur schön liegen. Morgen ist es bestimmt besser.«

Dusty guckte uns dabei nur an, als ob wir nicht alle Tassen im Schrank hätten, und langsam fielen ihm die Augen zu. Wir konnten nichts mehr für ihn tun.

Es war Mitternacht, als wir in die Schlafsäcke schlüpften. Steve und ich hatten genug Holz nachgeschoben, damit der Ofen bis zum Tagesanbruch nicht ausgehen würde. Das Feuer schwelte unter den Blättern, mit denen wir den Rauch würzten.

Beim Einschlafen spürte ich, wie meine Zunge zu brennen anfing. So, als hätte ich Chili-Pfeffer gegessen. Ich schlief trotzdem ein, erwachte aber nach kurzer Zeit wieder. Jetzt brannte nicht nur meine Zunge. Meine Geschlechtsteile schmerzten, als hätte ich glühende Kohle zwischen den Beinen. Ein schrecklicher Gedanke ließ mich hochfahren. Die Fische! Hatten wir doch giftige Tropenfische gegessen?

Ich machte das Licht an. Die Paula lag neben mir und ich stellte beruhigt fest, dass sie atmete. Ich weckte sie sofort. Sie kam aus tiefstem Schlaf zu sich. »Was ... was ist denn los?«, fragte sie verwirrt.

»Ich habe furchtbare Schmerzen!«, presste ich hervor. »Ich habe noch nie im Leben so furchtbare Schmerzen gehabt.«

Die Paula setzte sich sofort auf und sah mich prüfend an. Ich lag nackt auf dem Schlafsack.

»Bauchschmerzen?«, fragte sie. »Wir haben ein Mittel gegen Bauchschmerzen.«

»Nein. Mein ›Charlie‹ brennt.« Wir nannten damals das Ding »Charlie«. Der Teufel weiß, wieso. Die Paula lachte zuerst und ich fluchte. Die Schmerzen trieben mir Tränen in die Augen. Es war wirklich, als hätte ich mich höllisch verbrannt. Aber dem Ding war nichts anzusehen. Keine Rötungen. Überhaupt nichts. Wir tränkten einen Lappen mit kühlem Wasser und legten ihn schön darüber. Das half nur für wenige Sekunden. Dann war der Lappen richtig heiß und »Charlie« fing wieder zu brennen an.

Etwa eine Stunde lang kühlten wir ihn mit nassen Lappen. Dann konnte ich die Schmerzen kaum mehr aushalten. Ich kletterte aus dem VW-Bus. Eine frische Brise vom Meer her linderte den Schmerz ein bisschen. In Steves VW-Bus brannte Licht. Die Tür war offen. Ich sah Steve im Bett liegen. Zugedeckt. Aber er war wach.

Da ich ihn nicht erschrecken wollte, sagte ich: »Mann, mir ist was Sonderbares passiert.«

»Was hast du?«, fragte er zurück. »Albträume?«

»Nein. Es fing alles ganz harmlos an. Ein leichtes Brennen an der Zunge und dann, nun, ich weiß nicht, aber ich glaube, es hat etwas mit den Fischen zu tun. Auf jeden Fall habe ich jetzt woanders fürchterliche Schmerzen.«

Steve lächelte süß-sauer und warf den Schlafsack zurück. Da lag er, seine Geschlechtsteile dick mit einer weißen kühlenden Salbe eingeschmiert. In meinem Unglück einen Partner zu finden, dem es nicht besser ging, beruhigte mich seltsamerweise sofort. Wir lachten so laut, dass die Jeannie erwachte. Als sie Steves salbenbekleistertes Ding sah, kriegte sie einen großen Schreck.

Wir waren überzeugt, dass uns die Fische mit ihren Flossenstacheln Gift eingespritzt hatten, als wir sie töteten, da nur Steve und ich Schmerzen hatten. Die Paula und Jeannie fühlten sich pudelwohl, während Steve und ich von den ersten Schüttelkrämpfen heimgesucht wurden. Um die Schmerzen ertragen zu können, füllten wir zwei Plastikbecken mit Meerwasser. Den Rest der Nacht hockten wir abwechselnd mit blankem Hintern im Becken, bis die Schmerzen etwas nachließen, wanderten dann im kühlen Nachtwind herum, bis das Wasser trocknete und der Brand kam, und hockten uns wieder in das Becken. Bei Tagesanbruch waren wir fix und fertig. Wir hatten je etwa ein halbes Dutzend Aspirin geschluckt, und als die Sonne aufging, konnten wir uns nicht mehr auf den Beinen halten. Völlig erschöpft legten wir uns in die Busse und ich fiel in einen ohnmächtigen Schlaf, trotz der Schmerzen.

Ich erwachte am Mittag und es war mir, als hätte ich eine Woche geschlafen. Mühsam richtete ich mich auf und stellte fest, dass die Schmerzen weg waren. Ich warf einen Blick an mir herunter und vor Schreck blieb mir fast das Herz stehen.

Da lag er zwischen meinen Beinen. Die Haut schälte sich von ihm. Rohes Fleisch kam darunter zum Vorschein. Wie bei Brandverletzungen. Ich konnte das fast nicht glauben. Aber Steve hatte das gleiche Problem. Seine Geschlechsteile hatten sich vollständig geschält. Da hört natürlich jeder Spaß auf. Der Schock traf uns wie ein Hammer und die Furcht packte uns. Es war ja nicht abzusehen, was sich da unten noch alles tun würde. Zwar hatten wir keine Schmerzen mehr und die Gefühle schienen nicht gestört, aber wir fürchteten wirklich um unsere »Charlies«. Wir behandelten sie mit verschiedenen Salben und legten Tücher darüber und ich ging kurz raus, um ein bisschen

Holz in den Räucherofen zu tun. Das Feuer war fast aus. Ich holte auch noch ein paar von den belaubten Baumästen. Dann legte ich mich lang und bewegte mich bis zum Abend nicht mehr.

Nachdem einmal die ganze Haut weg war, verschlimmerte sich die Sache nicht mehr. Am Abend wagten wir es, aufzustehen. Wir bewegten uns vorsichtig und konnten nichts mehr anziehen. Die Paula und die Jeannie nervten uns mit Witzen und mit ihrem Gekicher. Es war zum Kotzen. Man kommt sich vor, als ob man kastriert worden wäre.

Wir aßen so um neun Uhr am Abend. Es gab Büchsenfleisch und Büchsenmais. Sitzen konnten wir nicht. Ich war gerade dabei, einen Fleischbrocken zwischen die Zähne zu schieben, als ich im linken Auge einen brennenden Schmerz spürte. Genau wie auf der Zunge. Und genau wie zwischen den Beinen. Ich sprang auf, als wäre ich von einem Skorpion gestochen worden.

Das Auge brannte wie Feuer. Ich konnte nichts mehr sehen. Wie ein Verrückter rannte ich draußen im Kreis herum. Später sagte man mir, dass ich fürchterlich gebrüllt und mich am Boden gewälzt hätte. Ich verlor beinahe den Verstand. Nicht nur wegen der Schmerzen. Ich wusste, was da unten passiert war, und fürchtete, das Auge zu verlieren.

Steve versuchte mich festzuhalten. Es gelang ihm nicht. Die Paula schrie, dass wir sofort nach Puerto Vallarta fahren müssten. Mitten in der Nacht. Den gleichen Weg zurück, den wir gekommen waren. Steve fing sofort damit an, das Lager abzubrechen. In diesem Moment tauchten zwei Gestalten aus der Dunkelheit auf. Ich sah sie nicht. Ich hörte nur eine fremde Stimme.

»Was hat der Mann?«, fragte jemand auf Spanisch. »Wir waren im Dorf und hörten ihn schreien.«

Es waren zwei Jungs vom Dorf. Etwa dreizehn Jahre alt. Die Paula erklärte ihnen, was passiert war. Sie kannten sich aus. Zeigten auf die Bäume mit den grünen Blättern und sagten so etwas wie *Manzanita.* Das hat etwas mit Apfel zu tun. Die Bäume hatten wirklich eine Form wie Apfelbäume. Die beiden Jungen verlangten Zitronen. Die Paula holte ihnen eine und sie schnitten sie in der Mitte durch und pressten sie in meine Augenhöhle aus. Der Schmerz ließ ein bisschen nach. Dann sagte einer von ihnen:

»Bibaburu!« Niemand wusste, was das bedeutete. Er sagte immer und immer wieder: »Bibaburu, bibaburu, bibaburu! Crema! Bibaburu!« Dass es sich um eine Salbe handeln musste, war uns klar. Aber mit Bibaburu konnten wir nichts anfangen. Die beiden Jungen sagten, dass sie Bibaburu holen würden. Sie rannten davon und waren in wenigen Minuten zurück. Mit einem winzigen Döschen »Wick Vapo Rub«.

Teufel, wir hatten eine Riesendose davon im Auto. Sie schmierten mir das ganze Auge voll mit Wick Vapo Rub. Das Zeug, das man sonst nur gegen Erkältungen anwendet, weil es wärmt, kühlte den Brand wie ein Eisbeutel. In knapp einer halben Stunde waren die Schmerzen fast weg und ich konnte immerhin wieder sehen.

Die beiden Retter in der Not waren Benito Nungarai und sein Freund Jesus. Jesus zeigte uns eine Brandwunde an seiner rechten Schulter. Er hatte dort eine etwa zehn Zentimeter lange, daumenbreite Narbe. So, als hätte man ihm ein Stück glühendes Eisen gegen den Leib gehalten.

»Manzanita«, sagte er und zeigte auf die Bäume. »Nur Bibaburu und Zitrone hilft. Es ist ein teuflischer Baum. Sein Saft brennt wie die Hölle.«

Jetzt wussten wir wenigstens Bescheid. Wir hatten den

milchigen Saft der Blätter an die Hände gekriegt und ihn von dort beim Pinkeln auf die Geschlechtsteilte übertragen. Da die Haut an den Händen viel weniger empfindlich ist, blieben uns dort Verletzungen erspart. Wir haben nie herausgekriegt, was für ein Baum das ist. Vielleicht so eine Art von giftigen Holzapfelbäumen. Auf jeden Fall ließen wir in Zukunft die Finger davon. Die Fische, die wir mit dem Rauch gewürzt hatten, warfen wir weg. Wir wollten kein Risiko mehr eingehen. Am nächsten Tag wickelte wir unsere Geschlechtsteile in Plastik, verklebten alles wasserdicht und wählten eine kleine Insel zum Fischen, die dem Ufer näher gelegen war und wo wir nicht zu schwimmen brauchten. Wir trugen nur das Plastik und die Stiefel und bei jeder Welle hüpften wir so hoch, dass unsere empfindlichen Stellen nicht mit dem Salzwasser in Berührung kamen. Auf der Insel überraschte uns aber ein gewaltiger Brecher und Steve verletzte sich trotz des Stiefels am Fuß. Das Leder war aufgeschlitzt und Steve blutete stark. Wir blieben trotzdem draußen, fischten fast drei Stunden lang und Steve fing zum Trost einen *Red Snapper* und einen *Blue Fish.* Beide groß genug, um ein anständiges Abendessen für vier Personen daraus zu machen. Auf dem Rückweg hatte Steve mit seinem Fuß Schwierigkeiten. Eine Welle überraschte ihn von hinten und riss ihm das Plastik weg. Steve wurde so wütend, dass er sein Angelzeug ins Meer schleuderte. Am Ufer tat es ihm dann Leid, aber es war nichts mehr zu machen. Wir trösteten uns mit der alten Seemannsweisheit, dass das Meer alles, was es rausnimmt, wieder zum Ufer zurückbringt, und am nächsten Morgen lag Steves Rute tatsächlich auf dem Strand.

Benito und Jesus kamen jeden Tag zu uns. Die Paula brachte Benito ein paar Gitarrengriffe bei, er lernte schnell und sang uns immer und immer wieder ein trauriges Lied vor, das *Povrecita de una Palma* hieß und Jesus manchmal Tränen in die Augen trieb. Sie brachten uns Bananen, die allerdings noch grün waren, und Tomaten, die wir zuerst drei Tage im Sand eingraben mussten, bevor sie reif waren.

Unsere Wasservorräte wurden schnell knapp. Aber Benito warnte uns, das Wasser aus dem Zugbrunnen zu trinken, den Jeannie und ich am ersten Tag entdeckt hatten. Das Wasser dort sei nur gut für die Maultiere, nicht einmal für die Hunde und Pferde. Menschen würden davon krank werden und sterben. Wo sich die Trinkwasserquelle befand, verriet er uns nicht. Es wäre für uns sowieso zu gefährlich, dort Wasser zu holen. Wenn wir erwischt würden, dann … Er fuhr mit dem Zeigefinger quer über seinen Hals und wir wussten Bescheid. Jesus behauptete, sein Vater hätte schon einmal zwei Yankees umgelegt. Er sagte es so ernst, dass wir ihm glauben mussten.

Als wir kein Trinkwasser mehr hatten, blieb uns nichts anderes mehr übrig, als die Quelle zu finden. Steve und ich spionierten herum und beobachteten die Leute. Schließlich sahen wir eine Frau, die mit einem Krug aus einer Hütte kam. Sie ging einen schmalen Pfad hoch und erreichte eine grasbewachsene Mulde. Dort kniete sie nieder.

Früh am nächsten Morgen schlichen wir dorthin. In der Mulde war ein kleines Loch, kaum einen Meter im Durchmesser und mit Brettern zugedeckt. Wir hoben die Bretter an. Das Wasser im Loch war so trüb, als ob jemand Wäsche darin gewaschen hätte. Wir tranken ein bisschen davon. Es war gutes Wasser. Seltsam, im anderen Brunnen war das Wasser kristallklar, aber ungenießbar. Hier war es trüb und gut. Wenn uns niemand gewarnt hätte, wir hätten uns für das andere Wasser entschieden.

Wir füllten unsere Kanister und machten, dass wir zum

Lager zurückkamen. Am Abend, als Benito und Jesus von den Feldern kamen, wussten sie schon, dass wir die Quelle gefunden hatten. Benitos Schwester hatte uns beobachtet.

»Wir sagen nichts«, sagte Benito. »Sie würden euch kaltmachen!«

Zwei Tage später ging uns der Proviant aus. Von diesem Tag an lebten wir von den Tortillas, die Benitos Schwester für uns machte. Tortillas zum Frühstück, Tortillas zum Mittagessen, Tortillas am Abend. Einmal brachte uns Benito einen toten Hund. Wir aßen ihn nicht.

Wir besuchten Jesus' Vater. Er war ein alter Mann mit einer Gesichtshaut wie Leder. Als wir kamen, saß er vor seiner Hütte und arbeitete mit einem Stechbeitel an einem mächtigen Mahagonibaumstamm herum. Das sollte sein neues Fischerboot werden. So, wie er arbeitete, würde er zehn Jahre lang daran herumschnippeln müssen. Aber er schien alle Zeit der Welt zu haben. Er schnippte mit dem kleinen Stechbeitel winzige Stücke aus dem Baum, prüfte mit den Fingerspitzen nach, schnippte wieder ein kleines Stück, trank ein bisschen Tequila, betrachtete sein Werk eingehend und schnippte wieder ein kleines Stück aus dem Baum.

Er lud uns zu einem nächtlichen Fischfang ein. Er war schweigsam und am Anfang unzugänglich. Aber nach einigen Tagen waren wir gute Freunde. Die Leute vom Dorf kamen raus und brachten uns zu essen. Nicht viel. Sie hatten selber kaum genug, außer Fischen und Melonen und Mais.

Benito spielte von Tag zu Tag besser Gitarre und er trennte sich kaum mehr von ihr. Er brachte der Paula ein altes klappriges Pferd, mit dem sie ausreiten konnte. Und Jesus brachte der Jeannie ein Pferd. Die beiden Jungs waren bis über beide Ohren in die Paula und die Jeannie verliebt.

Unsere Sorge galt Dusty. Die Geschwulst auf seiner

Nase brach auf. Es bildeten sich eitrige Krater, die von Tag zu Tag tiefer wurden. Auch über seinen Augen platzten kleine eitrige Beulen. Dusty lag die meiste Zeit apathisch herum. Als die Paula ihm mal das Futter machte, griff er sie jäh an und die Paula hatte Glück, dass er an der Kette festgemacht war. Seine Zähne schlugen dicht vor ihrem Hals zusammen. Am nächsten Tag biss er Steve ins Gesicht, als Steve die Wunde an seiner Nase untersuchen wollte. Er erwischte ihn schlimm über und unter dem linken Auge.

Dusty war wie verwandelt. Er wurde bösartig und wollte nicht einmal von Inka etwas wissen. Seine Nase sah immer schlimmer aus. Wie ein offenes Krebsgeschwür, das sich schnell ausbreitete. Jeannie fand im Arzneischrank ein antiseptisches Mittel, mit dem wir die Wunden auswaschen konnten. Dann bestrichen wir sie mit Penicillinsalbe. Das war alles, was wir im Moment tun konnten, und während der nächsten beiden Tage zeigte sich kaum eine Besserung.

Die Wunden, die Steve und ich hatten, heilten verhältnismäßig schnell. Wir fischten mit selbst gemachten Blinkern aus Büchsenblech und gekrümmten Nägeln, fingen aber nichts mehr. Die alten Götter der Maya und Azteken schienen sich von uns abgewandt zu haben, nachdem wir uns einmal häuslich in ihrem Paradies niedergelassen hatten. So, als wollten wir nicht mehr weggehen. Aber dem war nicht so. Nach zehn Tagen, als wir keinen Kaffee, keinen Zucker, kein Büchsenfleisch und kein Geld mehr hatten, als auch Erdnussbutter und Marmelade ausgingen und die Kraterlandschaft auf Dustys Nase nicht richtig heilen wollte, entschieden wir uns dafür, Punta de Mita zu verlassen.

Nicht dass es uns drängte, in die Zivilisation zurückzukehren, aber mit der Zeit merkt man in der Wildnis, wie sehr man schon von verschiedenen Dingen der modernen Welt abhängig ist. Wir dachten natürlich auch, dass inzwischen Gras über die Sache in Mazatlan gewachsen war und die Federales vielleicht etwas anderes zu tun hatten, als uns zu schnappen, und außerdem sagten Benito und Jesus, dass demnächst der große Regen kommen würde und sich die Straße von Punta de Mita dann für ein paar Monate in den Rio San Felipe verwandeln würde. Es war also wirklich an der Zeit, das Lager abzubrechen. Am letzten Abend schenkte die Paula ihre Gitarre Benito, der vielleicht heute noch mit ihr schläft. Jesus bekam ein kleines Taschenradio, weil er völlig unmusikalisch war und wir kein anderes Instrument mit uns führten.

In der Nacht erwachten wir dann plötzlich, als ein lauter Motorenlärm den Frieden störte. Wir sprangen aus den Betten und hinaus. Beim Leuchtturm waren ein paar Lichter, die auf und ab blinkten. Und in der Luft hing ein Helikopter und senkte sich langsam. Er landete neben dem Leuchtturm. Im Licht von Laternen und Taschenlampen liefen ein paar Gestalten herum. Dann tauchte ein Range-Rover auf. Seine Scheinwerfer erfassten den Helikopter und die Gestalten. Er stoppte neben dem Helikopter. Ein paar Männer entluden ein paar Packen und verstauten sie im Helikopter, der nach knapp zehn Minuten startete und davonflog. Die Gestalten verschwanden, der Range-Rover fuhr davon und der ganze Spuk war vorbei.

Wir legten uns wieder schlafen, wurden aber von Benito und Jesus geweckt. Sie waren ganz aufgeregt. »Morgen kommen die Federales«, sagten sie. »Ihr müsst früh wegfahren, bevor die Federales da sind.«

»Und warum kommen die Federales?«, fragte ich Benito. »Hat es etwas mit dem Helikopter zu tun?«

Sie nickten beide heftig. »Wir sagen nichts«, sagte Jesus. »Wenn wir etwas sagen, töten sie uns.«

»Wer? Die Federales?«

»Nein. Wenn wir etwas sagen, dann ...« Er fuhr wieder mit dem Zeigefinger über seinen Hals. »Wir müssen heim, jetzt. Und morgen gehen wir weg, bevor die Federales kommen. Wir arbeiten morgen im Wald. Da kommen sie nicht hin und können keine Fragen stellen.«

»Was wollen sie denn von euch?«

»Wir dürfen nichts sagen«, wiederholte Benito grimmig. Und er hatte Tränen in den Augen, als ihm die Paula einen Kuss gab. *»Vaya con Dios«,* würgte er hervor. Dann lief er davon. Jesus hinterher. Wir sahen die beiden nie mehr wieder.

Früh am nächsten Morgen verließen wir die Halbinsel. Wir hatten vier Stunden bis zur Hauptstraße. Bei Tageslicht kamen wir etwas besser durch, aber es war doch eine fürchterliche Fahrt. Kurz nachdem wir auf die Hauptstraße einbogen, kamen uns zwei Jeeps entgegen. Im ersten saßen ein Amerikaner und drei Mexikaner in Zivil. Im zweiten vier Federales. Alle waren bis an die Zähne bewaffnet. Wir beobachteten im Rückspiegel, wie sie hinter uns auf den Weg einschwenkten, der nach Punta de Mita führte.

## 12. Kapitel
# *Gefährlicher Wettlauf*

Wir fuhren nach Puerta Vallarta, um einen Tierarzt aufzusuchen, der sich um Dusty kümmern sollte. Elf Tage hatten wir auf Punta de Mita verbracht. Wir fühlten uns wie neugeboren, als wir rauskamen. Die Schatten, von denen wir verfolgt worden waren, hatten sich wie Frühnebelschleier aufgelöst. Wir hatten frischen Mut, glaubten, dass wir einem Albtraum entkommen waren, und erreichten Puerto Vallarta in Hochstimmung. Der Touristenrummel störte uns seltsamerweise überhaupt nicht. Im Gegenteil, wir überlegten sogar, ob wir nicht in einem der Strandmotels ein Zimmer nehmen und am Abend wieder mal die Puppen tanzen lassen sollten. Geld hatten wir zwar nicht mehr viel, aber der Gedanke, uns unter die Touristen zu mischen und so zu tun, als wären wir mit dem Privatjet gekommen, war verlockend.

Wir parkten die VW-Busse am Straßenrand, aßen in einer Kneipe Enchilladas, und Steve trug seit Wochen zum ersten Mal eine Sonnenbrille. Die Wunden in seinem Gesicht waren zwar verkrustet, aber er sah trotzdem aus wie ein Pirat, der aus dem letzten Jahrhundert übrig geblieben war.

Nachdem wir uns die Bäuche vollgeschlagen hatten, gingen wir zurück zu unseren Bussen. Schon von weitem bemerkte Steve, dass die beiden vorderen Nummernschilder fehlten. Und an den Windschutzscheiben steckten Bußzettel mit der Adresse des Polizeireviers, wo wir die Nummernschilder abholen konnten.

Mexiko überraschte uns aufs Neue. Wir hatten noch nicht einmal unsere Enchilladas verdaut und schon standen wir wieder bis zum Hals in der Scheiße. Wir wussten, dass die mexikanischen Polizisten Falschparkern die Nummernschilder abschraubten. Man konnte sie dann im Revier abholen, musste dafür aber ein Bußgeld bezahlen, dessen Höhe vom zuständigen Beamten nach Lust und Laune festgesetzt wurde.

Da wir nirgendwo Parkverbotschilder entdecken konnten und die anderen Autos, die hinter und vor uns geparkt waren, alle noch beide Schilder hatten, verzichteten wir darauf, das Polizeipräsidium aufzusuchen. Wir überließen die Nummernschilder der mexikanischen Polizei als Souvenirs, kauften in der nächsten Apotheke eine Salbe für Dusty und machten, dass wir wegkamen.

Schade, wir hätten uns gerne noch eine Weile in Puerto Vallarta herumgetrieben, aber das Risiko schien uns einfach zu groß. Wir fuhren zurück nach Tepic und von dort nach Guadalajara, einer der schönsten Städte Mexikos. Wir lagerten dort auf dem Campingplatz eines Schweizers.

Jeff und Terry erreichten die Stadt ein paar Tage später. Sie waren noch eine Weile in Mazatlan geblieben und hatten danach eine Woche in San Blas verbracht. Ohne Schwierigkeiten. Aber sie erzählten uns ein paar wüste Geschichten über Federales, die in San Blas eine Razzia durchgeführt und mehrere Leute verhaftet hatten. Jeff hatte die Nase voll. Er wollte zurück in die Staaten. Er hatte jahrelang für diese Reise Geld gespart und fühlte sich ausgebeutet und betrogen. Seit sich Jeff und Terry in Mexiko befanden, hatten sie nur Rechtlosigkeit und Terror erlebt. Die Unsicherheit machte ihnen genauso zu schaffen wie uns.

Wir waren alle übermäßig gereizt. Das lag daran, dass wir diesem Terror hilflos ausgeliefert waren. Wir konnten nichts tun, außer in der Gegend herumfahren und hoffen, dass man uns in Ruhe ließ. Der Zorn, der sich in uns staute, machte uns wild, aber wir konnten nicht ausbrechen und uns austoben. Es stand zu viel auf dem Spiel. Das wurde uns auch in Guadalajara wieder klar, als wir zusahen, wie drei junge Amerikaner von Polizisten und mexikanischen Studenten durch die Stadt gejagt wurden, als ob sie Freiwild wären.

Jeff und Terry malten eine riesige australische Flagge an die Seite ihres weißen VW-Busses. Anstelle des Nummernschildes pinselte ich ein Schweizerkreuz auf die Front von Lipstick und schrieb unten auf die Stoßstange SUIZA. Der Manager des Campingplatzes, ein Mexikaner, empfahl mir, mich zu rasieren und die Haare zu schneiden.

»Du bist doch ein intelligenter Mensch«, meinte er. »Warum forderst du mit deinem Bart und deinen langen Haaren die ganze Welt heraus?«

Er hatte selbst einen Schnurrbart. Und Pancho Villa hatte einen Schnurrbart gehabt. Zapata auch. Ich wusste nicht, was er meinte.

»Die Regierung hat Angst, dass die jungen Leute von den Gringos verdorben werden. Es könnte eine Revolution geben. Die Gringos sind reich. Wir hier sind arm. Bevor die Gringos kamen, waren die jungen Leute mit Mexiko zufrieden. Das hat sich geändert.«

Wir fragten uns, was wir denn damit zu tun hatten. Wir besaßen selbst nicht mehr, als wir zum Leben brauchten. Wir waren auch nicht hergekommen, um eine Revolution zu starten. Und was meinen Bart betraf, so hatte ich den schon bald zehn Jahre im Gesicht. Neu war nur der Zorn und der Trotz, den ich in mir verspürte. Wir hatten alle eine Stinkwut im Bauch, weil wir uns nicht zur Wehr setzen konnten gegen den Terror, der in Mexiko herrschte und dem wir ausgeliefert waren. Als friedlicher Mensch ist man da immer im Nachteil. Und man könnte oft platzen vor Wut und Enttäuschung, aber das hilft ja auch nichts.

Dann kam auch das Geld, das wir schon in Mazatlan hätten erhalten sollen, nach Guadalajara. Vierhundert Dollar. Davon musste ich Steve fast zweihundert zurückzahlen. Danach kauften wir Lebensmittel, und was übrig blieb, waren knapp hundert Dollar. So viel Geld hatten wir, seit wir in Mexiko waren, noch nie besessen. Mit hundert Dollar kamen wir mindestens vierzehn Tage durch.

Steve, Jeannie, Jeff und Terry wollten nach Chapala hoch, einer kleinen Stadt an einem kleinen See, etwa dreißig Kilometer von Guadalajara entfernt. Sie fuhren zwei Tage früher, weil ich noch eine Arbeit fertig machen und sofort nach Deutschland schicken musste. Wir verabredeten uns beim Postamt in Chapala. Nachmittags um vier.

Dusty ging es besser. Seine Wunden verheilten langsam und die Schwellungen gingen zurück. Eine hässliche Narbe würde zwar immer bleiben, aber das machte ihm bestimmt nichts aus. Er hatte gelernt, Skorpionen und anderen Kriechtieren aus dem Weg zu gehen, was ihn später in Texas davor bewahrte, von jener Klapperschlange gebissen zu werden, die Inka erwischte.

Nachdem wir in Guadalajara alles erledigt hatten, fuhren wir ganz gemütlich nach Chapala hoch.

Es war ein schöner Nachmittag und die Stadt döste in der schwülen Hitze. Alles sah so friedlich aus, dass wir beinahe vergaßen, wo wir uns befanden. Chapala wirkte so richtig einschläfernd auf uns und am liebsten hätten wir uns irgendwo in den Schatten gelegt und den Rest des Tages verträumt.

Wir waren ein bisschen zu früh dran. Ganz langsam steuerte ich Lipstick die Hauptstraße hinunter und wir hielten nach dem Postamt Ausschau, das wir allerdings nicht entdecken konnten.

Auf der Plaza, einem quadratischen Platz in der Mitte der Stadt mit einem Brunnen und schattigen Bäumen, hielt ich an. Die Paula machte mich auf eine Gruppe von Männern aufmerksam, die vor einem weiß getünchten Haus herumlümmelten. Es waren etwa zehn Zivilisten und ein halbes Dutzend uniformierte Polizisten. Alle waren schwer bewaffnet. Die Zivilisten trugen übers Kreuz gezogene Patronengurte. Einige hatten Maschinenpistolen in den Händen. Sie sahen aus wie eine Bande von Guerillakämpfern. Als ich sie sah, wurde mir für einen Moment das T-Shirt eng.

Ich schaltete den Motor aus. Ich weiß nicht mehr, was ich mir gedacht habe, als ich die Tür öffnete und ausstieg. Es war mir, als ob ich seit einer Ewigkeit gefesselt gewesen wäre. Die Wut brach mir aus allen Poren.

Da standen sie. Eine Bande von Halsabschneidern und Verbrechern, die von der Regierung bezahlt wurden. Sie sahen uns und stellten sich in Positur. Sie hakten die Daumen in ihre Waffengurte, lehnten sich lässig gegen die Hauswand und warteten wie hungrige Kojoten. Alles von Hollywood-Filmen abgeguckt. Und die weiße Wand des Gefängnisses, vor der sie standen, war wie die Leinwand.

»Steig bitte ein«, hörte ich die Paula sagen. »Lass es nicht darauf ankommen, bitte.«

Irgendein Teufel hockte in meinem Nacken und gab mir die Sporen. Ich konnte nicht wieder einsteigen.

»Ich frag mal, wo das Postamt ist«, sagte ich zur Paula.

»Bitte steig ein«, wiederholte sie.

»Ich frag sie nur, wo das gottverdammte Postamt ist. Das sind doch Polizisten. Oder? Freunde und Helfer. Die wissen, wo das Postamt ist.«

Die Paula erwiderte nichts mehr. Wahrscheinlich merkte sie, dass ich mich nicht mehr beherrschen konnte. Es waren etwa fünfzig Schritte zum Parkplatz zum Gefängnis. Ich ging auf die Männer zu. Alles in mir war gespannt. Ich dachte daran, dass ich vielleicht Dusty hätte mitnehmen sollen. Aber dazu war es jetzt zu spät. Ich blieb vor den Männern stehen. Direkt vor mir lehnte ein uniformierter Polizist an der Wand. Er hatte einen Goldzahn und eine Narbe über der Nase, mitten auf der Stirn.

*»Buenas dias«,* sagte ich. »Kann mir jemand sagen, wo das Postamt ist?«

Sie lösten sich von der Wand. Links und rechts von mir blieben sie stehen. Ein Bursche mit einer Maschinenpistole trat hinter mich und stieß mir die Mündung in den Rücken. Der Polizist vor mir grinste, zog seinen Revolver und drückte mir wuchtig den Lauf in den Bauch.

Ich stand wie erstarrt. Mein Herz schien für einen Moment auszusetzen. Der Gedanke, dass sich die beiden gegenseitig erschießen würden, wenn sie abdrückten, half mir wenig.

»Ich will nur wissen, wo das Postamt ist«, sagte ich noch einmal und meine Stimme zitterte. Ich war jetzt umringt von ihnen. Der Polizist, der vor mir stand, spuckte mir ins Gesicht. Ein anderer packte mich am T-Shirt.

»Was soll das Messer, das du trägst, Gringo?«, fragte er mit einem breiten Grinsen im Gesicht.

»Das brauche ich, um Früchte zu schneiden. Das brauche ich zum Essen. Es ist ein Weihnachtsgeschenk von meinem Bruder.«

Er schüttelte den Kopf. »Es ist in Mexiko einem Gringo verboten, ein Messer zu tragen.»

»Das stimmt nicht! Ich trage dieses Messer, seit ich in Mexiko bin. Ich weiß, dass es erlaubt ist, ein Messer zu tragen.«

»Du weißt überhaupt nichts, Gringo.« Er griff nach meinem Messer und zog es aus der Scheide. Es ging alles so schnell, dass ich keinen klaren Gedanken fassen konnte oder mich gar hätte zur Wehr setzen können. Die Paula fiel mir ein. Sie wartete im Bus, sah alles und starb wahrscheinlich fast vor Angst.

»Willst du das Messer?«, fragte ich den Polizisten.

Er nickte. »Sicher, Gringo. Und ich will nicht nur das Messer.«

»Die Scheide?«

»Ja! Auch!«

Ich öffnete den Gürtel, zog ihn aus den Schlaufen und gab ihm die Lederscheide.

Er grinste. »Und jetzt will ich dich, Gringo!«, sagte er, steckte das Messer in seinen Waffengurt und zerrte mich zwischen der Maschinenpistole und dem Revolver hervor, zerrte mich auf das Tor in der Hauswand zu und die andern schubsten mich und einer stellte mir ein Bein. Ich verlor fast das Gleichgewicht.

Zwei Schritte von der Tür entfernt riss ich mich los.

»Ihr könnt mich nicht einfach verhaften, verdammt!«, rief ich wütend.

In diesem Moment packte mich ein großer Mann in Zivil an der Schulter, riss mich herum und rief: »Lauf, Gringo! Lauf!«

Er gab mir einen kräftigen Stoß und ich fing an zu rennen. Rannte im Zickzack auf Lipstick zu, hinter dessen Scheibe ich das Gesicht von Paula sah. Und hinter mir krachte es.

Ich hörte die Paula schreien, während ich weiterrannte. Und ich erreichte Lipstick, sprang in die Führerkabine, startete den Motor, warf den ersten Gang rein und fuhr hart an.

»Sie ... sie haben auf dich geschossen!«, rief die Paula. »Herrgott, sie haben geschossen! Sie haben versucht dich zu töten!«

Lipstick schleuderte auf dem Kopfsteinpflaster in eine schmale, schattige Gasse hinein und rammte beinahe einen alten Dodge. Erst jetzt wurde mir bewusst, dass sie tatsächlich geschossen hatten. Während ich gerannt war, hatte ich das Krachen gehört. Ich war nicht getroffen. Ich war genau auf Lipstick zugerannt und eigentlich hätten sie entweder mich oder Lipstick treffen müssen, wenn sie gezielt hätten.

Ich fuhr halb um einen Häuserblock herum. Dann packte mich die kalte Wut und ich hielt am Straßenrand. Die Paula war kalkweiß im Gesicht.

»Ich hol mein Messer zurück!«, brüllte ich, sprang aus dem Bus und legte Dusty an die Kette. Die Paula stieg sofort aus.

»Ich komme mit«, sagte sie. »Ich nehme die Pässe und deinen Presseausweis mit.«

Wir nahmen Dusty zwischen uns und marschierten um den Häuserblock herum. Die Bande stand immer noch vor dem Gefängnis. Als sie uns sahen, machten sie ihre Waffen bereit. Ich nahm Dusty kurz. Er merkte irgendwie, dass Gefahr drohte. Er hechelte nicht mehr und richtete seinen Schwanz auf.

Die Bande ließ uns herankommen. Ich war so wütend und durcheinander, dass ich sie in diesem Moment mit bloßen Fäusten angegriffen hätte. Wir blieben ein paar Schritte vor ihnen stehen.

»Okay«, sagte ich leise zu ihnen. »Ich will mein Messer zurück!«

Sie glaubten wohl, dass ich es mit einem Verrückten zu tun hatten. Einer von ihnen lachte auf.

»Zeig ihnen die Pässe!«, sagte ich zu Paula.

Sie nahm die Pässe aus der Tasche. »Wir sind keine Gringos!«, sagte sie scharf. »Wir sind in dieses Land gekommen, weil wir viel über die Schönheit von Mexiko gehört haben. Aber seit wir hier sind, haben wir Schwierigkeiten mit euch! Das ist jetzt genug!«

Sie verstanden die Paula nicht. Sie sahen nur, dass ich wütend und nicht mehr zurechnungsfähig war. Und die Paula hielt ihnen die Pässe vor die Nase und behauptete stinkfrech, dass wir von Präsident Echeverria nach Mexiko eingeladen worden seien und auf dem Weg nach Mexico City wären, um ihn zu besuchen. Das war ein echter Hammer. Paula zeigte ihnen meinen Presseausweis mit den Stempeln und Unterschriften. Der Mann, der mich weggejagt hatte, nahm ihn in die Hand, betrachtete ihn von beiden Seiten und gab ihn dann weiter.

»Ich will das Messer, und zwar augenblicklich!«, sagte ich zu dem Polizisten, der es mir abgenommen hatte.

Der große Zivilist sagte etwas zu dem Polizisten, der mir das Messer abgenommen hatte. Der zog den Kopf ein, drehte sich um und verschwand im Haus. Als er wieder herauskam, hatte er tatsächlich mein Messer und die Scheide bei sich. Er kam herüber. Trotz und Wut in seinem Gesicht. Ohne ein Wort zu sagen, übergab er mir das Messer. Ich hängte es an meinen Gürtel und dann knöpfte ich mir den Burschen vor.

»Ich bin kein Gringo, Mann!«, sagte ich scharf. »Aber ich will jetzt von dir eine Entschuldigung hören. Und zwar auf Englisch. Ich will von dir hören: *I am Sorry, Sir.* Ist das klar?«

Er schüttelte den Kopf. Der Zivilist übersetzte. Der Polizist wurde dunkel im Gesicht. Es war eine Demütigung für ihn, aber in diesem Moment hätte ich auch von ihm verlangen können, mir die Füße zu küssen. Sie hatten mich bestohlen und sie hatten mein Leben bedroht.

»I am sorry, Sir!«, wiederholte ich hart.

Er schäumte fast vor Wut. Dann stieß er die Entschuldigung hervor. Die andern standen stumm um uns herum. Die Waffen zeigten jetzt nicht mehr auf uns. Dusty schnüffelte an den Stiefeln eines Polizisten herum und machte Anstalten, über sie zu pissen. Ich zog ihn etwas zurück.

»Wir haben die Absicht, eine Woche in Chapala zu bleiben«, sagte ich in die Runde. »Wenn einer von euch mir noch einmal in die Quere kommt, ist er die längste Zeit Polizist gewesen. Und jetzt möchte ich noch wissen, wo das Postamt ist.«

Sie brauchten es mir nicht mehr zu sagen. Ich sah Steve und Jeannie, die mit Inka zusammen die Straße herunterkamen. Ich gab ihnen ein Zeichen wegzubleiben, drehte mich um und ließ die Bande vor dem Gefängnis stehen.

Als wir Lipstick erreichten, waren meine Knie weich wie Butter. Die Paula umarmte mich, als wäre ich der Hölle entronnen. Als wir wieder in Lipstick saßen, weinte sie. In diesem Moment hätte ich die Reise am liebsten abgebrochen.

Wir verbrachten in Chapala eine Woche. Keiner der Polizisten kam in die Nähe unseres Lagers, das wir am See aufgeschlagen hatten. Wir waren alle ziemlich durcheinander während dieser Zeit. Jeff und Terry entschieden sich dafür, zurück in die USA zu fahren. Steve und Jeannie wollten unbedingt weiter bis nach Yucatán hinunter, wo alle die alten Ruinen waren. Nach einer Woche trennten wir uns. Die Paula und ich fuhren zusammen nach Guadalajara zurück und verbrachten dort ein paar Tage bei einer mexikanischen Familie. Steve und Jeannie machten sich unterdessen auf den Weg nach Mexico City und Jeff und Terry nahmen den Rückweg unter die Räder. Sie hatten den Mut nun endgültig verloren und waren nicht zu bewegen, weiter in den Süden vorzudringen.

Die Fahrt von Guadalajara nach Mexico City war mühsam. Wir hatten fast die ganze Zeit einen scharfen Gegenwind und kamen in den Bergen nur langsam voran. Außerdem machte sich bei Lipstick der Höhenunterschied stark bemerkbar. Er zog nicht mehr so richtig an und schnorchelte wie eine lahme Ente bergwärts.

Mexico City, die Hauptstadt von Mexiko, liegt 2240 m über dem Meer, im Talkessel eines ausgetrockneten Sees. Bevor man die Stadt erreicht, kommt man durch ein Gebiet, das Ähnlichkeit mit dem Schwarzwald hat. Hier gibt es Tannen und Föhren und die Wiesen sind grün. Überall stehen Chalets wie in der Schweiz und kleine Schwarzwaldhäuser und Kneipen, die Sauerkraut und Bockwürste auf ihrer Speisekarte führen. Wir hielten dort nicht an, sondern fuhren direkt runter in die Stadt, die von oben nicht zu sehen war, weil eine schmutzige Smogglocke über ihr hing. Es war Sonntag. Die Mexikaner hatten scheinbar alle das Weite gesucht. Die Stadt, die etwa acht Millionen Einwohner zählt, war wie ausgestorben. Man hatte uns gesagt, dass Mexico City für einen Autofahrer, der fremd war, zu einem wahren Hexenkessel werden würde, aber an diesem Sonntagnachmittag waren die Straßen leer. Wir suchten stundenlang nach einem Campingplatz, verirrten uns mehrmals im Straßengewirr und schlugen schließlich das Lager auf dem Parkplatz eines Supermercados auf. Wir waren erneut fast pleite, sollten aber in den nächsten Tagen eine Zahlung von dreihundert Dollar kriegen.

Auf dem Parkplatz kampierte außer uns ein junges Paar aus Quebec mit ihrem VW-Bus. Sie kamen von einer Reise durch Guatemala zurück und hatten einen Papagei mitgebracht, der sich sofort mit Dusty anfreundete. Er hockte manchmal stundenlang zwischen Dustys Ohren und knabberte in seinem Fell herum. Oliver und Liz, die beiden Kanadier, lagerten schon fast zwei Wochen auf dem Parkplatz, ohne dass man ihnen Schwierigkeiten machte. Jeden Abend kam der Nachtwächter des Supermercados, trank eine Flasche Bier, erzählte von seiner Familie und schlief dann in einem Campingstuhl, bis er am Morgen abgelöst wurde.

Am Montag suchten wir als Erstes mal die schweizerische Botschaft auf. Man hatte unseren Brief, den wir in Mazatlan abgeschickt hatten, erhalten, konnte aber nichts für uns tun.

Der Botschafter meinte: »Mexiko ist ein heißes Pflaster. An eurer Stelle würde ich in die USA zurückfahren, und zwar so schnell wie möglich.«

Dann erzählte er uns eine Geschichte von einem mexikanischen Diplomaten, der nach Acapulco unterwegs war, um das Wochenende in seinem Strandhaus zu verbringen. Er kam dort nie an und wurde als vermisst gemeldet. Die mexikanische Polizei suchte daraufhin beide Seiten der Straße von Mexiko nach Acapulco nach seiner Leiche ab. Sie fanden ihn tatsächlich. Von mehreren Kugeln getroffen. Er war schon Tage tot. Auf der Suche nach ihm stieß die Polizei noch auf sieben andere Leichen. So ist das hier in Mexiko.

»Wir können erst weg, wenn wir Geld haben«, sagte die Paula. »Wir warten auf eine Überweisung aus Deutschland.«

»Gebt mir eine Nachricht, wenn ihr in Schwierigkeiten

kommt«, sagte der Konsul. »Mehr kann ich für euch nicht tun.«

Wir zogen ab und warteten zwei Wochen auf das Geld. Wir verkauften einen Schlafsack für zehn Dollar und meldeten uns in einem Spital zur Blutspende. Für Blutgruppen mit dem Rhesusfaktor negativ kriegte man Pesos im Wert von zwanzig Dollar, für positiv nur zehn Dollar.

Vor dem Spital warteten mindestens zweihundert Landstreicher darauf, ihr Blut verkaufen zu können. Wir nahmen eine Hintertür und kamen sofort dran. Bei der Blutprobe stellte sich heraus, dass Paulas Blut A negativ war, und ich schien einen Blutwandel durchgemacht zu haben, denn ich hatte plötzlich B negativ, während ich kurz vor unserer Abreise aus Europa noch B positiv gehabt hatte. Wir kriegten vierzig Dollar auf die Hand, je zwei Bananen und ein Glas Rotwein. Fünf Tage später meldete ich mich in einem andern Krankenhaus. Hier hatte ich wieder B positiv und bekam nur zehn Dollar und eine Banane. Außerdem fühlte ich mich jetzt richtig schlapp, weil ich anscheinend in fünf Tagen noch nicht genug neues Blut angesammelt hatte. Da das Geld wieder einmal nicht kam, musste ich nach zehn Tagen noch einmal hin, fiel aber fast in Ohnmacht, als sie mich anzapften.

Als wir zum Parkplatz des Supermercados zurückkamen, wartete dort die Polizei und wir fuhren schnellstens einen großen Bogen und machten, dass wir wegkamen. Ich weiß nicht, ob die Polizisten Oliver und Liz dort überrascht und festgenommen haben. Auf jeden Fall kehrten wir nicht mehr dorthin zurück. In der Stadt trafen wir dann zufällig Steve und Jeannie, die am nächsten Tag weiter südwärts fahren wollten.

Wir verbrachten die Nacht in einem Park und am nächsten Morgen stießen wir auf Larry und Pat, ein Lehrerehepaar aus New York, das wir schon in Mazatlan und in Guadalajara getroffen hatten. Sie wollten sich unbedingt Acapulco ansehen. Paula und ich hatten zwar Zeit, aber kein Geld.

Ob wir allerdings hier in Mexico City warteten oder für eine Woche in Acapulco versuchen würden, über die Runden zu kommen, spielte keine Rolle. Hier in Mexico City hatten wir keinen Lagerplatz mehr und Acapulcos Ruf als Stadt des Jet-Set lockte uns schon ein bisschen.

Also fuhren wir am nächsten Tag los, nachdem wir in der schweizerischen Botschaft aus Sicherheitsgründen die Nachricht hinterließen, dass wir das Land noch nicht verlassen hatten, sondern demnächst aus Acapulco eine Postkarte schicken würden, falls wir dort überhaupt ankämen.

Das war gar nicht so sicher, denn von Mexico City aus führt die Straße nach Acapulco durch den Staat Guerrero. Es ist ein wildes und zerklüftetes Gebiet, in dem Banderos und Guerilleros ihr Unwesen treiben sollen. Ein Mann in Mexico City erzählte uns, dass mindestens fünftausend Rebellen in den Bergen hausten, die nur darauf warteten, die Regierung zu stürzen und in ganz Mexiko ein Blutbad anzurichten. Und in der Botschaft empfahl man uns, in einem Stück durchzufahren und womöglich erst in Acapulco wieder zu tanken. Da es ja die meiste Zeit bergab geht, konnten wir Lipstick über lange Strecken im Leerlauf rollen lassen und wir schafften tatsächlich etwa siebenhundert Kilometer mit fünfunddreißig Litern Benzin. Wir hielten nur einmal an, als sich Larrys Ford vor uns an einer Steigung überhitzte.

Wir schafften Acapulco bis zum Abend, fuhren am Meer entlang nordwärts hinaus zum Pie' de la Cuesta, wo wir auf einem Strandstreifen zwischen einer Lagune und dem Pazifik unser Lager aufschlugen. Es war ein schöner Platz, der von ein paar mächtigen Palmen beschattet war und einem pensionierten Polizisten gehörte, der uns pro Nacht zwei Dollar abknöpfte. Dafür waren wir bei ihm in Sicherheit, während die Leute auf den anderen Plätzen regelmäßig von den Federales heimgesucht wurden.

Schon am zweiten Tag kamen auf den Platz nebenan die Federales und verhafteten vier Kanadier, die zum Frühstück Marihuanatee gebraut hatten und ihre Tassen nicht schnell genug leer trinken konnten. Die Federales konfiszierten den VW-Bus. Am nächsten Tag kamen sie wieder und sie benutzten den VW-Bus der Kanadier als Streifenwagen. Die kanadischen Nummernschilder waren noch dran, aber auf der Front stand in großen weißen Buchstaben POLICIA. Es war wirklich zum Verrücktwerden. Man hatte nirgendwo Ruhe. Überall passierten die unglaublichsten Dinge und hier in der Nähe von Acapulco, wo viele reiche Mexikaner ihre Wochenendhäuschen haben, war es besonders schlimm. In der kurzen Zeit, die wir dort waren, hörten wir von Guerilleros, die aus den Bergen kamen und eine Familie aus Mexico City kidnappten. Und der pensonierte Polizist zeigte uns furchtbare Artikel und Bilder in einer Polizeizeitschrift. Niemand sei in diesem Land seines Lebens sicher, behauptete er. Und die Mafia hätte die Finger im Rauschgiftgeschäft. Deswegen sei hier die Hölle los. Nur er, als ehemaliger Polizist, sei natürlich besser dran.

Tatsache war, dass ich eines Nachts beobachtete, wie er einigen Amerikanern in teuren Anzügen Heroin verkaufte. Die Amerikaner fuhren einen Cadillac El Dorado mit mexikanischen Nummernschildern. Nein, sie hatten keine langen Haare und keine Bärte. Sie sahen aus wie ehrbare Geschäftsleute und wir begegneten ihnen später zufällig im mondänen Hilton Hotel von Acapulco, wo man gerade

Szenen für einen Film mit Liz Taylor und Richard Burton drehte. Die Filmfritzen entdecken die Paula am Strand und wollten sie unbedingt für diesen Film haben, der *Hammersmith is out* heißen sollte. Dort sahen wir die Amerikaner an der Bar im Garten. Sie unterhielten sich blendend mit ein paar hübschen Mädchen.

Die Filmfritzen bemühten sich alle um die Paula und sie machte in einer Szene mit, was uns ein phantastisches Abendessen und ein wenig Geld einbrachte. Ich glaube, im Film sieht man die Paula mit anderen Leuten zusammen im Bikini an der Bar sitzen. Ganz weit hinten. Aber darauf kommt es nicht an, denn der Film ist nie herausgebracht worden und ich glaube, Liz Taylor und Richard Burton haben ihn mit allen Rechten zurückgekauft, weil er so schlecht ist, dass man damit nichts anfangen kann. Das liegt bestimmt nicht an der Paula, die zu jener Zeit phantastisch aussah, braun gebrannt von der Sonne und mit weiß-blondem Kraushaar. Das war natürlich nicht unbedingt vorteilhaft, denn wir hatten ständig Probleme, Mexikaner abzuschütteln, die sich scharenweise hinter der Paula hermachten.

Wir blieben eine Woche in Acapulco. Meistens in Pie' de la Cuesta, weil Acapulco von Touristen überlaufen war und eigentlich nicht viel zu bieten hatte, außer den todesmutigen Springern, die sich von einem Felsen etwa dreißig Meter tief in die Brandung des Meeres stürzen. Der Strand ist dreckig, das Wasser voll Öl von den Dieselbooten, die einen gläsernen Boden haben, durch den man irgendwo in der Bucht eine Unterwasserkapelle mit der Heiligen Jungfrau Maria bewundern kann, wenn man dazu Lust hat.

Dusty fühlte sich in der schwülen Hitze auch nicht besonders wohl und wir fuhren nach Mexico City zurück, gingen zur Bank und hatten Glück. Unser Freund hatte tatsächlich das Geld überwiesen und wir entschieden uns, noch am gleichen Tag zurück in die USA zu fahren.

Nichts konnte uns noch in Mexiko halten. Wir hatten uns drei Monate lang durchgeboxt. Jetzt hatten wir genug. Wir fuhren noch schnell zu den Aztekenpyramiden von Teotihuacan, wurden auf dem Weg dorthin noch einmal von Federales gestoppt und Dusty hatte erneut Gelegenheit, ihnen seine Zähne zu zeigen. Sie verzichteten darauf, Lipstick zu durchsuchen, als sie Dusty sahen.

Wir bestiegen am Mittag bei brütender Hitze die Sonnenpyramide, kauften ein Souvenir und machten ein paar Fotos. Dusty auf der Pyramide. Paula ebenfalls auf der Pyramide. Im Hintergrund die Mondpyramiode. Heißer Dunst über dem Land. Touristen. Klick! Klick! Klick!

Mexiko könnte so schön sein.

Wir fuhren davon. Nordwärts. Etwa eintausendzweihundert Kilometer trennten uns von der amerikanischen Grenze. Mit Rückenwind konnten wir am Abend des nächsten Tages in Texas sein. Aber wir hatten nur am ersten Nachmittag Rückenwind und schafften es bis San Louis Potosi. Am zweiten Tag war es schwül und heiß und das Getriebe lief langsam trocken, ohne dass wir es merkten.

## 13. Kapitel
# *Adios Amigo*

Wir befanden uns etwa vierzig Kilometer von Saltillo entfernt, am steilen Anstieg zu einem Pass, als ich vom dritten in den zweiten Gang hinunterschalten wollte und Lipstick vom Getriebe her gequält aufstöhnte. Es gelang mir nicht mehr, den zweiten oder ersten Gang reinzukriegen, und Lipstick wurde an der Steigung immer langsamer. Schließlich schaffte er es nicht mehr und wir blieben inmitten einer menschenleeren unübersichtlichen Berglandschaft hängen.

Es war das erste Mal, dass uns Lipstick auf über dreißigtausend Kilometern im Stich lassen wollte. Wir hatten mir ihm bis jetzt kaum Schwierigkeiten gehabt. Nur einmal, in Tepic, mussten wir ein Radlager hinten rechts auswechseln und seither verlor er dort immer ein bisschen Getriebeöl.

Ausgerechnet jetzt, vierzig Kilometer von der nächsten Stadt entfernt und noch etwa dreihundert Kilometer von der amerikanischen Grenze, machte er nicht mehr mit.

»Wir müssen Saltillo schaffen«, sagte die Paula und kramte eine Landkarte hervor, auf der die Straße von San Luis Potosi bis Saltillo im Querschnitt eingezeichnet war. Wir konnten darauf erkennen, dass wir nur etwa zwei Kilometer von der Passhöhe entfernt waren und danach die

Straße bis nach Saltillo abfiel. Ich versuchte im Stillstand zu schalten und es gelang mir, den ersten Gang reinzudrücken. Im Schritttempo fuhren wir zum Pass hoch.

»Jetzt können wir nur hoffen, dass es tatsächlich nirgendwo mehr bergauf geht«, sagte ich zur Paula, schaltete den Motor ab und nahm den Gang heraus. Wir ließen Lipstick im Leerlauf rollen und nur an einer Stelle musste die Paula rausspringen und ein bisschen schieben.

Nach vierzig Kilometern tauchte vor uns Saltillo auf und eines der ersten Gebäude war eine VW-Werkstätte. Das Tor war weit offen und wir rollten Lipstick direkt auf die Hebebühne.

Das Getriebe war wirklich furztrocken. Dass uns die Zahnräder nicht um die Ohren geflogen waren, erschien dem mexikanischen Mechaniker wie ein Wunder. »So etwas kann man nur mit einem VW tun«, meinte er. »Ein Gringo-Auto hätte das nie geschafft. Mit einem Gringo-Auto wärt ihr da draußen stecken geblieben. Ihr habt wirklich viel Glück gehabt.«

Wir verzichteten darauf, ihm zu erzählen, wie viel Glück wir auf unserer Reise durch Mexiko wirklich gehabt hatten. Er war ein netter Kerl, der für das Getriebeöl und seine Arbeit kein Geld verlangte. Er wollte dafür Dusty haben. Er bot uns Opium an, das wir in die USA hätten verkaufen können. Er war ganz wild darauf, Dusty zu kriegen, und es war nicht einfach, ihn davon zu überzeugen, dass er an Dusty nicht viel Freude haben würde. Er wollte unbedingt beweisen, dass er sich mit Hunden auskannte und schließlich erlaubte ich ihm, den Versuch zu machen, Dusty zu streicheln. Auf seine Verantwortung.

Wir nahmen Dusty aus dem Bus und ich befahl ihm, sich hinzulegen. Der Mechaniker, ein kleiner Bursche mit fettigem Kraushaar und kleinen lustigen Augen, ging langsam auf Dusty zu. Dusty beobachtete ihn gelassen. Der Mechaniker redete mit ihm. Auf Spanisch. Dusty legte den Kopf schief.

»*Hombre*, er wird dir an die Kehle springen«, warnte ich den Mechaniker. Er winkte ab und stand schließlich nur noch einen Schritt von Dusty entfernt. Er ließ sich auf die Knie nieder, klatschte mit der Hand auf seinen Oberschenkel und sagte: »Komm mal her, *amigo.* Ich bin Juan Garcia und du gefällst mir. Ich würde dich gut behandeln, *amigo.* Komm her, mein Kleiner.«

Und da tat Dusty etwas, was die Paula und ich nie erwartet hätten. Er robbte auf den Mechaniker zu, legte ihm den Kopf auf die Knie, schnüffelte an seinem Overall herum und zog ihm ein Wurstbrot aus der Tasche.

Der Mechaniker kraulte, tätschelte und streichelte ihn, strahlte zu uns hoch und sagte: »Hey, was hab ich gesagt? Ich versteh mich mit Hunden. Sie tun mir nichts und ich tue ihnen nichts.«

Dusty verschlang das Wurstbrot mit dem Papier, als hätte er eine Woche fasten müssen. Dann guckte er zu uns hoch und das schlechte Gewissen spiegelte sich in seinen Augen. Er schwänzelte ein bisschen, robbte auf dem Bauch rückwärts und leckte sich mit der Zunge die Schnauze.

»Krieg ich ihn nun oder nicht?«, fragte der Mechaniker.

Ich war nahe daran, aus lauter Enttäuschung über das seltsame Verhalten Dustys Ja zu sagen, schüttelte aber den Kopf.

»Ich glaube, er hat nur einen Sonnenstich. Normalerweise greift er Fremde sofort an.«

Da stand Juan Garcia auf und kam auf mich zu. »Du verstehst nicht viel von Hunden«, sagte er und blieb vor uns stehen. Er hob die rechte Hand und wollte sie mir auf die Schulter legen. In diesem Moment stieß sich Dusty vom

Boden ab und flog von der Seite auf den Mexikaner zu. Die Paula stieß einen Warnruf aus, aber es war zu spät. Juan Garcia kam gerade noch dazu, die Hände zur Abwehr hochzureißen, bevor Dusty gegen ihn prallte. Dusty war inzwischen immerhin fast fünfzig Kilo schwer und Juan Garcia verlor durch den Aufprall das Gleichgewicht. Er stürzte und Dusty war über ihm.

»Dusty, lass ihn!«, brüllte ich und diesmal enttäuschte er mich nicht. Er sprang mit einem Satz zur Seite und legte sich genau dorthin, wo er zuvor gelegen hatte. Sein Nackenfell glättete sich, aber er beobachtete, wie Juan Garcia aufstand und langsam rückwärts ging, das Gesicht vor Angst und Schrecken verzerrt.

Ich entschuldigte mich bei ihm, befahl Dusty, in den Bus zu springen, und schloss die Tür hinter ihm ab. Juan Garcia wollte ihn jetzt nicht mehr haben.

»*Hombre,* so was ist mir noch nie passiert«, keuchte er. »Ich dachte, er ist ein lieber Kerl, dabei wollte er nur mein Wurstbrot haben.«

So kann man sich bei einem Halbwolf täuschen. Eigentlich weiß man nie, woran man mit ihm ist. Während der Monate, die wir jetzt unterwegs waren, hatte er einiges erlebt. Er war erwachsen geworden, groß und stark. Und er hatte inzwischen auch begriffen, dass die Paula über ihm stand. Die Wunden auf seiner Nase waren verheilt, die Narben schwarz und hässlich. Um andere Hunde kümmerte er sich nicht mehr, denn die meisten mexikanischen Köter machten einen riesigen Bogen, wenn er auftauchte. Einige legten sich sogar auf den Rücken und streckten alle viere in die Luft, wenn Dusty noch zwanzig Schritte von ihnen weg war und überhaupt keine Anstalten machte, sich mit ihnen einzulassen. Er war der König. Der Herrscher. Er war herumgekommen und so leicht konnte ihn nichts mehr erschüttern. Wer ihm in die Quere kam, musste mindestens ein Wurstbrot in der Tasche haben, um ihn beeindrucken zu können. Und insofern hatte Juan Garcia Glück gehabt. Das wusste er ganz genau. Trotzdem luden wir ihn zu einem Drink ein, bevor wir weiterfuhren. Es war jetzt spät am Nachmittag und ein scharfer Nordwind kam auf.

Eine Stunde nach Mitternacht erreichten wir nach langer, mühsamer Fahrt die geographische Grenze zwischen Texas und Mexiko, den Rio Grande del Norte. Auf der gegenüberliegenden Seite verblassten die Sterne im Licht der Neonreklamen. Unsere Reise durch Mexiko, die fast zu einer Irrfahrt geworden war, war zu Ende, als wir auf der Stahlbrücke den Fluss überquerten und Lipstick in die amerikanische Zollstation hineinsteuerten.

Ein verschlafener Zöllner gähnte uns durch eine Glasscheibe entgegen. Hinten wurde Dusty unruhig, weil ihm die Paula einen McDonald-Jumbo-Burger versprach oder weil die beiden Rauschgifthunde im Zwinger neben der Zollstation erwachten und am Gitter hochstiegen.

Die Paula und ich, wir waren völlig erschöpft und trotzdem hatten wir zum ersten Mal seit langer Zeit das Gefühl, in Sicherheit zu sein. Der Zöllner, ein großer schwergewichtiger Mann, öffnete die Tür und rief uns zu, auszusteigen und alles, was wir besaßen, auf einen langen Tisch zu legen.

»Dann wollen wir mal sehen, ob ihr sauber seid!«

»Mister, soll das ein Witz sein«, rief ich zurück.

Er schüttelte den Kopf. »Alles raus«, sagte er. »Joe wird dann ein bisschen rumschnüffeln.« Er zeigte mit seinem dicken Daumen auf den Hundezwinger.

Die Paula fing plötzlich zu lachen an. Sie lachte und sie

weinte gleichzeitig. Der Zöllner kam herüber und ich stieg aus.

»Mann, was ist mit dem Mädchen los?«, fragte er.

»Wir haben eine höllische Zeit hinter uns«, sagte ich und öffnete die Seitentür. Dusty knurrte dem Zöllner entgegen. Ich nahm ihn raus und machte eine einladende Handbewegung. »Bitte, sehen Sie sich um, aber machen Sie kein Durcheinander. Wir sind kein Rauschgifttransport und der Teufel soll mich holen, wenn Joe auch nur einen Krümel Marihuana findet.«

Der Zöllner guckte in den Wagen, nahm einen Aschenbecher in die Hand und kratzte mit dem Fingernagel ein bisschen darin herum. Dann ging er hinüber zum Zwinger und ließ Joe an seinem Daumen riechen.

Die Paula stieg jetzt auch aus und wischte die Tränen von ihrem Gesicht. Der Zöllner kam vom Zwinger zurück, kraulte Dusty im Fell und nickte uns zu.

»Ihr habt da unten Ärger gehabt, wie? Mann, warum zum Teufel müsst ihr nur da runter. Ich lebe seit vierzig Jahren hier in Laredo und habe noch nie einen Schritt über die Grenze getan. Nie einen Schritt! Und ich würde es nicht mal für 'ne Million Dollar tun.«

»Mexiko ist ein schönes Land«, entgegnete die Paula und blickte über den Rio Grande hinweg in die Dunkelheit. »Wir wussten nur nicht, dass dort unten Gewalt und Terror herrschen. Wir wussten nichts von diesem Krieg, bis wir mittendrin waren.«

Und genauso war es. Selbst als wir aus Mexiko raus waren, hatten wir nur eine leise Ahnung von dem, was da unten tatsächlich los war. Erst im Laufe der Zeit erfuhren wir die wahren Hintergründe für dieses Chaos, dem wir mit viel Glück entronnen waren. Wir hörten, dass die Mafia ihre Finger im Spiel hatte. Leute, die Bescheid wussten, erzählten uns ihre Geschichten. FBI-Beamte, Rauschgifthändler und Rauschgiftsüchtige.

Die mexikanische und die amerikanische Regierung hatten dem Rauschgiftgeschäft den Kampf angesagt. In Mexiko bauten viele Bauern, die zuvor von der Hand in den Mund leben mussten, Mohn an. Aus Mohn wird Rohopium gewonnen, das wiederum zu Heroin verarbeitet wird. Für viele Bauern ist es die einzige Möglichkeit, aus ihrer Misere herauszukommen, und für die Mafia ist es das große Geschäft. Es gibt allein in den USA über vierhunderttausend Rauschgiftsüchtige, die mit Stoff versorgt werden wollen. Mexiko wurde zum Hauptlieferant für den US-Markt.

Ein armes Land, in dem die Ärmsten plötzlich eine Chance bekamen. Von der Mafia.

Zum Krieg in Mexiko kam es, als die mexikanische Regierung auf Druck der USA und in Zusammenarbeit mit amerikanischen Agenten anfing die versteckten Mohnfelder ausfindig zu machen und zu zerstören. Ein ziemlich schwieriges Unterfangen in einem Land, wo man für ein Taschengeld einen Polizisten für einen Mord anheuern kann und wo für Schmiergeld jede Sünde und jedes Verbrechen gesühnt ist. In diesem Durcheinander, wo Amerikaner und Mexikaner manchmal zusammen, manchmal gegeneinander arbeiten, gibt es keine klaren Fronten. Die Gangster sind die Polizisten und die Polizisten die Gangster. Und die Gefängnisse sind überfüllt. Meistens erwischt es die Kleinen. Die Wehrlosen. Leute, die mit dem eigentlichen Rauschgiftgeschäft nichts zu tun haben.

Wir waren froh, dass wir heil herauskamen, und die erste Nacht, die wir in Texas verbrachten, schliefen wir so ruhig wie seit langer Zeit nicht mehr.

Wir hatten mit Steve und Jeannie abgemacht, uns in San

Antonio zu treffen. Von dort wollten wir dann nach Arizona, wo in den Bergen seit über hundert Jahren ein sagenumwobener Goldschatz verschollen ist. Viele Leute hatten die Suche danach mit dem Leben bezahlt, aber bis jetzt war der Schatz noch nicht gefunden worden. Wir kannten bei den Apachen einen Mann, der uns in die Superstition Mountains führen und mit uns nach der »Lost Dutchman Mine« suchen wollte. Diese Gelegenheit konnten wir uns nicht entgehen lassen. Ich glaube, in dieser Nacht in Laredo träumte ich, dass wir den Goldschatz gefunden hatten.

Am nächsten Morgen gingen wir am Ufer des Rio Grande spazieren. Auf der anderen Seite war Mexiko und alles sah friedlich und ruhig aus. Es schien, als wären wir aus einem langen, tiefen Schlaf erwacht.

**Abenteuer in Nordamerika**
**Für Leser ab 12**

Beim Flug über Arizona gerät die Cessna mit Brian und seinem Vater an Bord in einen Blizzard und stürzt ab. Die Lage ist kritisch: Brians Vater wurde bei dem Absturz verletzt und ihr Funkgerät zerstört, sodass sie keine Hilfe herbeirufen können. Und offenbar sind sie nicht allein: Eines Morgens liegt ein gehäutetes Kaninchen im Schnee. Darin steckt eine Steinspitze, wie sie prähistorische Indianerstämme verwendet haben. Sollten Nachfahren einer längst versunken geglaubten Indianerkultur in der Wildnis überlebt haben?

Werner J. Egli

**DAS GEHEIMNIS DER KRÖTENECHSE**

OMNIBUS Nr. 20038

**Abenteuer in Nordamerika**
**Für Leser ab 12**

Vier Jahre ist es her, dass Charlie Browns Vater auf ungeklärte Weise in den Zuckerrohrfeldern Floridas ums Leben kam. Da kreuzt Privatdetektiv Kevin Mack auf Jamaica auf. Er hat den Auftrag, den Tod einer Studentin aufzuklären, die sich gegen die ausbeuterischen Methoden eben jener Gesellschaft energisch einsetzte, für die Charlies Vater gearbeitet hatte. Mack braucht einen Partner und überredet Jamaica Charlie Brown, sich als Schnitter anstellen zu lassen.

Werner J. Egli

**JAMAICA CHARLIE BROWN**

OMNIBUS Nr. 20038